Ausführliche Informationen über
unsere Autoren und Bücher
finden Sie auf unserer Website
www.dtv.de

Hannah Dübgen
STROM

Roman

Deutscher Taschenbuch Verlag

Originalausgabe 2013
© 2013 Deutscher Taschenbuch Verlag GmbH & Co. KG,
München
Das Werk wurde vermittelt durch den
Agenten Michael Wildenhain
Umschlagkonzept: Balk & Brumshagen
Umschlagbild: Gerhard Richter, 2013
Gesetzt aus der Minion Pro 10,35/15,5˙
Satz: Gaby Michel, Hamburg
Druck und Bindung: CPI – Ebner & Spiegel, Ulm
Gedruckt auf säurefreiem, chlorfrei gebleichtem Papier
Printed in Germany · ISBN 978-3-423-24972-0

*Nah oder fern gibt es nicht mehr,
nur noch nah oder fremd.*

I

Plötzlich war es still. Der alte Yukawa starrte Jason an, seine Augenbrauen hoben sich und aus seinen Mundwinkeln verschwand das Lächeln. Die untere Gesichtshälfte des Japaners erschlaffte, seine Haut schlug Wellen, als wollte sie sich ablösen, Yukawa krümmte sich nach vorne, Jason sah ein Zucken in seinem Bauch, trat näher, da schnellte der Japaner hoch, warf seinen Kopf in den Nacken, öffnete den Mund und lachte. Laut und durchdringend, ein röhrendes Lachen, das sich langsam in die Höhe schraubte, schriller wurde. Sein dürrer Körper bebte, schnappte nach Luft, Jason sah einen Funken im rechten Auge des Japaners aufblitzen und fing ebenfalls an zu lachen. Gemeinsam lachten sie, die Rhythmen ihrer Gelächter fanden einander und Jason dachte, Yukawa im Blick, dass der alte Japaner sicherlich vergessen hatte, worüber er gerade lachte.

»Sehr gut, Sir.«

Yukawa fand seine Haltung wieder und das Lachen verlor sich so schnell, wie es aufgetaucht war. Er sammelte die Papiere zusammen, die er mit Jason durchgesehen hatte, und legte sie zurück in seine Ledermappe, Kante auf Kante. Dann nahm er die Mappe vom Tisch, verbeugte sich und ging in kleinen Schritten rückwärts zur Tür.

»Gute Reise! Sir.«

Jedes Wort eine Verbeugung. Abgehackt. Es war dieser steife Rhythmus, der vertikale Akzent, der Yukawas tadellosem Englisch etwas Hölzernes gab.

Jason bedankte sich höflich, hob die Hand zum Gruß und die Tür fiel klickend hinter Yukawa ins Schloss. Im Geiste sah Jason ihn den langen, kalt erleuchteten Flur entlanglaufen, die rechte Schulter dicht an der Wand. Als man Jason vor drei Wochen durch die Etagen des Büros geführt hatte, war ihm das zuerst aufgefallen: Die Europäer und Amerikaner liefen selbstverständlich in der Mitte des Ganges, die Japaner stets dicht an der rechten Wand. Damit sie sich für den Fall, dass plötzlich eine U-Bahn oder ein Taifun durch den Gang rauscht, möglichst schnell flach an die Wand pressen können, hatte Jason gedacht und den Kopf geschüttelt über seine von der feuchtwarmen Sommerluft aufgeweichten Gedanken.

Er musste dicht an die spiegelnde Glasfront neben seinem Schreibtisch herantreten, um hinter der Scheibe die Stadt zu sehen. Die Sonne war bereits untergegangen, im Westen leuchtete der Horizont hinter den Hochhäusern von Shinjuku orangerot, während der Himmel über der Stadt längst in Dunkelheit versank. Was das Leben unten auf den Straßen aber nicht beirrte, alles wirkte sogar noch hektischer, erregter als am Tage, der Verkehr nahm zu, die weißen Scheinwerfer der Autos drängten sich in das von Ampeln und Straßenlaternen grell erleuchtete Treiben. Vor Jasons Fußspitzen, genau vierzehn Stockwerke unter ihm, verließen die Menschen in Scharen das Gebäude, strömten über den betonierten Vorplatz und bewegten sich an der nächsten Straße mit an Sicherheit grenzender Wahrscheinlichkeit nach rechts, zum Bahnhof. Vor dessen Eingängen stauten sich die Pendler zu Trauben zusammen, pressten sich durch die Türen in die Halle und von dort aus weiter auf die Bahnsteige, in die Züge, nach Hause. Jason rieb sich die Augenlider und schaute wieder hinunter. Die Schlange wollte und wollte nicht abreißen, Menschen zogen Menschen nach sich, das war eine Bewegung, ein Schwung! Was für ein Kontrast zu jenem dunklen, starren Loch, das nur wenige hundert Meter entfernt im erleuchteten Tokio lag: das kaiserliche Anwesen, umringt von einer hohen Steinmauer und einem Festungsgraben. Vom Palast waren in der Dämmerung nur noch die flach auslaufenden, stufenförmigen Dächer zu erkennen, um sie herum verschwand der kaiserliche Garten in grauen Schatten. Jason suchte die Pinien am südlichen Ende des Anwesens, hohe, schöne Bäume, deren Äste wie suchende Arme über den Mauerrand hinweg in die Stadt hineinragten, von der massiven Festung jedoch in Schach gehalten wurden. Jasons Augen fuhren an der Mauer entlang, diesem Bollwerk aus geschichteten Steinquadern; einst gebaut, um Feinde abzuschrecken, wirkte die Mauer heute eher wie ein Schutzwall gegen die Lichter, die Bewegung, das sich beständig in die Zukunft drehende Leben der Stadt. Als versuche der Kaiser im Inneren, sich und seine Pinien vor der Wirklichkeit zu schützen.

Es klopfte. Jason rief, man solle hereinkommen, und Miss Sato trat ins Zimmer. Geräuschlos, was sowohl an ihrer Gangart als auch an ihren Schuhen liegen konnte, einem seltsamen Zusammenspiel aus Ballett- und Hausschuh, flach, ohne Absatz, dafür mit einer Schleife oberhalb der Zehen.

»Ihre Reiseunterlagen«, erklärte Miss Sato und reichte Jason einen Umschlag. Der Wagen stehe unten bereit. Sie deutete auf ihre Armbanduhr. Zwanzig nach sieben. Um halb acht wollte er losfahren? Jason schmunzelte, das war die japanische Art zu sagen: Sie haben noch zehn Minuten.

»Ich danke Ihnen, Miss Sato.«

Vorsichtig erwiderte die junge Miss Sato sein Lächeln. Sie nickte Jason freundlich zu, legte ihre Hände an die Oberschenkel und verbeugte sich, behutsam. Ihre Bewegungen waren förmlich und doch voller Grazie. Erstaunlich, dachte Jason, was bei dem alten Yukawa stets ein wenig eckig, angelernt und aufgesetzt wirkte, schien bei Miss Sato weich und selbstverständlich.

Zurück an seinem Schreibtisch öffnete Jason den Umschlag und zog einen Stapel Papiere hervor. Obenauf das Flugticket, Jason prüfte die Zeiten, Abflug in Tokio um 22:05 Uhr, Ankunft in San Francisco um 15:45 Uhr. Nonstop, gen Osten fliegen, zurück aus der Nacht in den hellen Tag. Ankommen und den gleichen Abend noch einmal verbringen, diesmal nicht in einer Bar am Flughafen, sondern in der Bucht von San Francisco. Jason steckte das Ticket in die Innentasche seines Jacketts und überflog den Ablauf: Kein offizielles Zusammenkommen heute Abend, was bedeutete, dass Greenberg selbst erst spät in San Francisco eintraf. Morgen um neun Uhr dann das große Treffen, mit den Leuten von *ASC*, mit Greenberg und Hanson. Sogar Lloyd würde da sein, der dritte Partner ihrer Firma, obwohl er für diesen Teil der Welt eigentlich nicht zuständig war. Jason sah sie bereits, seine drei Chefs, das Triumvirat: Lloyds nervös auf die Tischplatte trommelnde Finger, Hansons vom Adrenalin beflügelte Gesten und daneben Greenberg, mit durchdringendem Blick und starr gefalteten Händen. Greenberg strahlte vor wichtigen Momenten eine Konzentration aus, deren Intensität Angst einflößend war, die sich jedoch, sobald es losging, die Gäste begrüßt und die Kugelschreiber gezückt wurden, verflüchtigte. Jason spürte ein leichtes Kribbeln in seinem Magen, holte tief Luft und lächelte: Alles war bereit. Der Kauf von *ASC* würde stattfinden, in genau der Form, die er Hanson und Greenberg schon vor Monaten vorgeschlagen hatte, als er den Fall von London aus recherchiert hatte. Jetzt kaufen!, hatte er zu Greenberg gesagt, wo *ASC* kämpfte und die amerikanische Autobranche in der Krise steckte. Doch seine Chefs hatten gezögert, sie wollten abwarten, sahen noch nicht, wie sich mit so einem »Schwergewicht« Geld verdienen ließe. Mittlerweile sahen sie es. Das Angebot lag auf dem Tisch und ASC hatte zugesagt: morgen Vormittag in Menlo Park.

Die Uhr gab ihm noch vier Minuten. Mit einem Klick riss Jason den Computer aus seiner Ruheposition und öffnete den Browser. Nachrichten. Jason klickte auf die erste Überschrift, von einem Waldbrand kurz vor Athen war die Rede, der allmählich außer Kontrolle geriet, die dichten Rauchwolken waren trotz des Smogs bereits von der Akropolis aus zu sehen. Jasons Augen verharrten auf der Meldung, sie gleich wieder wegzuklicken schien ihm aufgrund der akuten Gefahr pietätlos. Er entschied, die Seite offen zu lassen, und sah zu, wie sie, einer Sternschnuppe gleich, unten rechts am Bildschirm verschwand. Im Nahen Osten gingen die Kämpfe weiter, die wenigen Wirtschaftsmeldungen waren unbedeutend, die Börse von Tokio hatte schon geschlossen, während es in London nach den hohen Gewinnen von gestern eher zögerlich losging.

19.27.49.18, 19.27.50.12. Oben auf der Bildschirmleiste rasten die digitalen Ziffern der Uhr mit faszinierender Dringlichkeit weiter, Jason selbst hatte die Uhr so eingestellt, auf die Hundertstelsekunde genau. Er mochte es, der verstreichenden Zeit zuzuschauen. Wenn er die Abfolge der Ziffern beobachtete und irgendwann nicht mehr das Vergehen, sondern nur noch das Fließen spürte, fühlte er, dass er existierte. In diesem kraftvoll nach vorne ziehenden Strom. Das war seine Zeit, die Zeit, in der er lebte, in der sie alle lebten, es war die Zeit von Greenberg und Hanson, von Yukawa und Miss Sato. Eine Zeit, die einmalig war, die mit ihnen entstand und mit ihnen verschwinden wird.

19.29.00.45. Jason blickte auf das Papier in seiner Hand. Einen Stadtplan von San Francisco? Brauchte er nicht, er kannte die

Stadt. Punkt vier Uhr würde José, der Firmenchauffeur, ihn vom Flughafen abholen und ihn keine Stunde später vor dem Hoteleingang absetzen. Und dann? Jason überlegte, er könnte Stewart treffen, in dem Irish Pub bei Stewart um die Ecke, wie früher. Einen Abend lang diskutieren, ob die Schönheit der Naturgesetze nun ein Gottesbeweis ist oder nicht. Er könnte im Hotel bleiben, in der Bar einen Whiskey trinken und seine Gedanken treiben lassen, wissend, bei wem sie landen würden... Jason senkte den Kopf und fuhr sich über seine kurzen Haare. Möglich, vieles war möglich. Sein Blackberry piepte. Eines war sicher: Wenn er jetzt nicht ging, verpasste er seinen Flieger. Er stand auf, schloss die offenen Fenster auf dem Bildschirm, die Brandmeldung, das Mailprogramm und die Seite des St. Mary's Hospital in London, und schaltete den Computer aus.

II

Die Musik hob an. Makiko nahm ihren Finger von der Play-Taste, schloss die Augen und sah sich am Klavier sitzen, in ihrem Rücken zwanzig gleichzeitig in die Höhe fahrende Geigenbögen, rechts neben ihr, dicht am Flügel, Lorenzo. Er dirigiert, mit krummem Rücken und bis zum Hals hochgezogenen Schultern, aber einer leichten, federnden Hand. Der erste Satz nähert sich seinem Ende, Lorenzo dreht sich zur Seite, ihre Blicke treffen sich, gemeinsames Nicken für die eins, den Einstieg ins finale Agitato. Makiko beugt sich nach vorn und der Trillermarathon beginnt, jeder Lauf erfordert den nächsten, stetig sich steigernd, eine Wiederholung ist keine Wiederholung, die linke Hand holt die rechte ab, gemeinsam jagen sie in die Tiefe, den letzten Triller hinein – halten, linkes Handgelenk locker lassen, dann die Auflösung. Pause. Grelle Streicher, Fanfaren rings um sie herum. Es folgt ein langsames Verklingen, zweifacher Schlussakkord. Stille.

Makiko öffnete die Augen. Es war ungewohnt, sich so zu sehen, mitten im Orchester, als schaute sie von einem der Plätze im Zuschauerraum aus zu, während sie gleichzeitig die Tasten unter ihren Fingern spürte. Als hätten sich ihre Augen verdoppelt oder von ihrem Körper gelöst.

Die Streicher begannen den langsamen Satz, mit einer Ruhe, die von weit her kam, die atmete wie ein langsam erwachendes Tier. Makiko legte den Kopf in den Nacken, lächelte. Wegen dieses

Satzes hatte sie das Konzert für die Aufnahme ausgesucht, dafür sogar einen Streit mit Gerald, ihrem Agenten, riskiert: Nein, sie wollte keinen Beethoven und auch keinen Mozart, keine klassische Größe, sie wollte Chopin, den gerade zwanzigjährigen, zerbrechlichen, sich kühn berauschenden, dann wieder verstört zurückschreckenden Frédéric Chopin.

Das Klavier setzt ein, *cantabile*, singend, jede Berührung der Tasten mit den Fingerkuppen sacht und fließend. Eine Melodie, die in die Höhe strebt. Die sich mit jedem Anlauf ein Stück weiter hinauswagt und doch immer wieder zu ihrem Ausgangspunkt zurückkehrt. Jemand, der weiß, was er sucht, aber noch nicht weiß, ob er dem trauen kann. Den seine eigene Verhaltenheit unruhig macht, der weiter muss und sich dennoch in Kreisen bewegt. Bis zur letzten Minute, dann, nach ein paar dahinplätschernden Akkorden, öffnen sie sich doch noch, die unsichtbaren Tore: Licht fällt ein und das Klavier bricht aus, wird vom Orchester hinausgetragen in die Weite, den freien Lauf, der nicht mehr sucht, der angekommen ist.

Nachdem der Satz verklungen war, drückte Makiko auf Stopp, sie wollte noch nicht weiter, sie wollte hinaus, lief durch das Wohnzimmer zur Balkontür, streifte ihre Hausschuhe ab, schlüpfte in die Bastsandalen und trat auf den Balkon. Über den Dächern von Paris lag eine düstere Wolkendecke, die Luft war warm und schwül, fühlte sich nach Gewitter an. Unten im Innenhof schnitt Monsieur Légard, der Concierge, mit Hingabe seine Rosen. Die Rosenhecke der Hausgemeinschaft, doch Makiko wusste, dass es in Wahrheit seine Rosen waren. Er allein konnte voraussehen, welche Blüte zuerst erblühen und welche die letzte sein würde, er spürte, welche von ihnen besonders empfindlich gegen die Sommerhitze war, achtete auf ausreichend Schatten und Wasser. Konzentriert schritt Monsieur Légard die Hecke entlang, bückte oder streckte sich, er arbeitete nicht systematisch, er ajustierte, perfektionierte. Am Ende der Hecke angekommen, ließ er die Schere sinken, nahm seine Mütze vom Kopf und wischte sich den Schweiß von der Stirn. Dabei entdeckte er Makiko. Erfreut hob er den Arm, wedelte mit der Mütze und rief die drei Stockwerke hinauf: »Madame Yukawa!«

Makiko trat noch einen Schritt näher an das Balkongeländer, verbeugte sich und winkte zurück. Winkte so, wie ihr Großvater immer gewunken hatte, als zöge sie statt ihrer Hand einen Fächer durch die Luft.

Monsieur Légard unten auf dem Rasen wischte sich daraufhin noch einmal den Schweiß von der Stirn, dieses Mal symbolisch, mit größerer Geste: die Hitze! Makiko nickte zustimmend und zeigte in den Himmel. Sie schaute in die Wolkendecke und hoffte auf ein Gewitter, so wie es der Sprecher im Radio heute Morgen gesagt hatte: Ganz Griechenland schaue in den Himmel und warte auf ein Gewitter. Ganz Griechenland, sie und Monsieur Légard. Makiko sah den alten Mann, sein verschwitztes Hemd, die roten Waden, und sie sah die Gießkanne neben dem Blumenkasten. Kurzentschlossen griff Makiko nach der Kanne, hob sie über die Brüstung und ließ es in den Innenhof regnen, dabei schwenkte sie die Kanne so, dass sich die Regentropfen möglichst weitläufig verteilten. Monsieur Légard lachte, streckte seine Arme den Tropfen entgegen, wie ein Kind sah er plötzlich aus.

Der Schauer war vorbei, doch Monsieur Légard machte keine Anstalten, an seine Arbeit zurückzukehren. Reglos stand er auf dem Rasen und betrachtete sie, als hätte er vergessen, wo er sei, oder als dächte er über etwas nach. Dann trat er plötzlich einen halben Schritt zurück, legte sich die Hand auf die Brust und vollführte einen ausladenden Knicks, eine höfische Verbeugung, die aufgrund seines altersteifen Körpers komisch wirkte, auch wenn die darin liegende Ehrerbietung bestimmt ernst gemeint war. Amüsiert schüttelte Makiko den Kopf, der alte Concierge! Wer hätte das bei ihrer ersten Begegnung gedacht. Sie hatten sich aufeinander zubewegen müssen, sie und Monsieur Légard, der ihr am Anfang nicht einmal in die Augen hatte sehen wollen. Der mit ihr gesprochen hatte wie mit einer Außerirdischen, betont langsam, als wäre sie debil, und dazu noch extrem laut, als litte sie außerdem an Schwerhörigkeit. Makiko hatte sich nichts anmerken lassen, schließlich war ihr derartiges Verhalten nicht neu, die Franzosen schienen noch ungeduldiger als die Engländer zu sein, hörten den leisesten Akzent und schlossen daraus, dass man nichts oder nur sehr wenig verstand. Dabei sprach Makiko wesentlich besser als die Mehrheit ihrer Landsleute, die, das musste sie zugeben, allzu oft sprachverklemmte Wesen waren, denen man, sobald sie den Mund aufmachten, ihre Unsicherheit, mehr noch, ihr Unbehagen darüber, sich in einer fremden Sprache verständigen zu müssen, anhörte. Makiko dagegen hatte von Anfang an gerne gesprochen, Englisch und lieber noch Französisch. Sie mochte die feinen Nuancen, den rhythmischen Fluss der Sprache, und sie sah in der Tatsache, dass es ihr leichtfiel, die französische Satzmelodie zu übernehmen, ein Zeichen dafür, dass Paris die richtige Stadt für sie war, die Stadt, von der schon Frédéric Chopin gesagt hatte, es sei ein Paradies zum Verschwinden.

Doch jede Stadt hatte Regeln, offizielle und inoffizielle Regeln, und wer sie nicht beherrschte, bekam das zu spüren. Mit finsterem Blick und verschlossenen Lippen hatte Monsieur Légard am Tage ihres Einzugs im Innenhof gestanden, nicht weit von seiner jetzigen Position entfernt. Seine Frau wie einen Schatten hinter sich, hatte er durch das Tor hinaus auf die Straße geschaut und unaufhörlich den Kopf geschüttelt, so etwas hatte er noch nicht erlebt, in knapp vierzig Berufsjahren als Concierge, eine Ausländerin, die mit einem Umzugswagen und einem Kran anrückte, um im Innenhof ihren Konzertflügel, der gefährlich hin und her schaukelte, erst die drei Stockwerke hinauf, dann über den Balkon in ihre Wohnung hinein zu balancieren. Und weil der Kran schon einmal da war, wurden verschiedene Möbelstücke, das weiße Ledersofa, der gläserne Esstisch und das Bett, ebenfalls auf dem Luftweg transportiert.

Monsieur Légard hatte nichts mehr gesagt, nachdem ihm Makiko an jenem Morgen auf seine verwirrte Frage, was hier vor sich gehe, geantwortet hatte, es sei alles bestens organisiert, er solle sich keine Sorgen machen. Noch bevor sie zu Ende gesprochen hatte, hatte sie Monsieur Légards betroffenem Gesicht angesehen, dass ihr ein Fehler unterlaufen war. Er solle sich nicht sorgen? Aber er war doch dazu da, sich um das Wohl und die Ruhe dieser Hausgemeinschaft zu kümmern, und wer ihm das absprach, wer es nicht einmal für nötig hielt, ihn zu informieren, wer es im Trubel wichtigerer Dinge vergaß, beleidigte ihn tief, zeigte seinen fehlenden Respekt für den Concierge. Doch es war zu spät, die Möbelpacker standen bereits auf der Straße, verlangten den Schlüssel zum Tor, Makiko dirigierte sie, lief hinein und hinaus und empfand jedes Mal, wenn sie an dem schweigenden Monsieur Légard vorbeikam, Scham. Gerade die Tatsache, dass er nichts mehr sagte, ihr keine Vorwürfe machte, sie aber auch nicht in Ruhe ließ, dass er ihr seine Enttäuschung zeigen wollte, beschämte Makiko.

Als Entschuldigung schenkte sie dem Ehepaar Légard zwei Karten für ihr nächstes Konzert im Salle Pleyel. Seitdem häuften sich die Programmzettel zu ihren Auftritten in der Wohnung der Légards. Jeder Zeitungsartikel, der in Frankreich über sie erschien, wurde sorgfältig archiviert und ihre neue Chopin-CD stand sogar auf der Anrichte, zwischen den Fotos der Enkel. Eine über achtzig Jahre alte Freundin des Ehepaars kam immer häufiger mit ins Konzert und ihre zehnjährige Enkelin hatte, wie Madame Légard vor kurzem voller Stolz berichtete, auch schon neugierig gefragt, wann sie endlich mitkommen dürfe. Makiko freute sich, verschenkte gerne Karten, das war es, was sie an Europa mochte.

Endlich erhob sich Monsieur Légard aus seiner Verbeugung. Er hielt sich den Rücken, schaute auf und winkte Makiko noch einmal kurz zu, bevor er in seiner Wohnung verschwand.

Zurück im Wohnzimmer, sah Makiko ihr Telefon, das auf dem Esstisch lag und blinkte. Sie schaute auf das Display, der Anruf war von Gerald. Makiko zögerte, ließ das Telefon blinken und setzte sich auf das Sofa, der Kalligraphie gegenüber, die Kouhei, ihr Mentor und Lehrer, vor mehr als zwanzig Jahren in einem Tempel in Kyoto für sie gezeichnet hatte. Wenige schwarze Striche, in einem Zug auf das Papier geworfen. Ein Wanderer mit Hut, der einen Berg besteigt. Oder ein Gesicht mit runzliger Nase. Oder ein Blumenkohl? Ihre europäischen Freunde entdeckten immer etwas in dem Bild. Sie mussten es nicht einmal lange betrachten, was sie darin sahen, sahen sie sofort.

Das Blinken hatte aufgehört, Makiko wartete jetzt auf das blaue Leuchten, die Meldung: Sie haben eine neue Nachricht. Sie mochte Geralds Nachrichten, seine dunkle, ruhige Stimme, ihren leichten Nachhall. *Dear Makiko*, eine kleine Pause, dann sagte er, was er zu sagen hatte. Nie nannte er seinen Namen. Sobald Makiko seine Stimme hörte, sah sie Gerald in seinem Londoner Büro in dem schwarzen Ledersessel sitzen. Es war unmöglich, sich vorzustellen, dass Gerald im Gehen telefonierte. Was er tat, tat er vollkommen: Er dachte nach, bevor er redete, wenn er seinen Tee rührte, rührte er seinen Tee, und wenn ihm ein Musikstück gefiel, wurde er, je länger er zuhörte, immer größer und aufrechter.

Auf dem Display ihres Telefons leuchtete nichts blau. Makiko wartete noch ein wenig, stand dann auf und vergewisserte sich: Geralds Nummer, aber keine Nachricht. Das war ungewöhnlich.

Im Zimmer war es ruhig, fast still. Es gibt keine Stille, hatte Großvater gesagt. Und wenn es nur der eigene Atem ist, den man hört. Ein und aus. Wir nehmen uns aus der Natur, was wir brauchen, und geben den Rest an sie zurück. Makiko schloss die Augen und sah ihn, Großvater, der nicht ihr Großvater war, sie nannte ihn nur so, den Bruder ihrer Großmutter, der am Ende der Straße wohnte, in einem kleinen Holzhaus mit offener Wiese dahinter. Auf dieser Wiese steht er, die Knie leicht gebeugt, die Oberschenkel angespannt, und dreht sich langsam um die eigene Achse, zieht mit seinen ausgestreckten Armen eine Linie durch die Luft, eine Linie, die auf- und absteigt, fließt, in Wellen, anschwillt und verebbt. Kurzlebig. Unsichtbar. Eine Melodie.

Makiko spürte ein plötzliches Verlangen nach Musik, sie trat ans Klavier und sah im Augenwinkel, wie ihr Telefon erneut anfing zu blinken. Makiko schaute nach, staunte: schon wieder Gerald. Entschieden schaltete sie das Telefon aus und setzte sich auf den Klavierhocker. Langsam senkten sich ihre Finger auf die Tasten hinab, ihr linker Fuß fand das Pedal.

III

Luiz kehrte zurück ins Schlafzimmer. Frisch geduscht lief er um das Bett herum und sammelte seine auf dem Boden liegenden Kleidungsstücke auf: Socken, Unterhose, Jeans, seine Armbanduhr, das blaue Hemd. Seinen Gürtel in der Hand, stellte er sich vor den Spiegelschrank am Bettende, streckte den Rücken und schaute hinein. Joana lag immer noch ausgestreckt auf dem weißen Laken, die Beine leicht geöffnet, den Kopf auf ein Kissen gestützt. Ihre Blicke trafen sich im Spiegel. Joana grinste ihn an, stumm fuhren ihre Augen über Luiz' nackten Körper. Dann schwang sie sich von der Taille aus hoch, Luiz sah die Spannung in ihrem Bauch, Sonnenlicht auf den Härchen unter ihrem Bauchnabel, auf ihrer verschwitzten, glänzenden Haut. Joana saß jetzt aufrecht im Bett. Atmete tief, öffnete ihre Beine und ließ dabei ihren Kopf, den langen Haaren folgend, langsam nach hinten sinken, ihre Brüste strafften sich, die Brustwarzen wurden größer, ihr Körper wölbte sich immer weiter nach unten und Luiz hörte nur noch, wie neben ihm ein Gürtel auf das Parkett fiel.

Als er eine halbe Stunde später den Kubus verließ, in dem Joana wohnte, tropfte das Duschwasser aus seinen nassen Haaren. Luiz blieb vor seinem Auto stehen, senkte den Kopf und schüttelte ihn, schnell und heftig wie ein Hund, der sich das Wasser aus dem Fell schleudert, so heftig, dass ihm fast schwindelig wurde. Als er den Kopf wieder hob, trafen ihn die gelbgrünen Augen einer ausgemergelten Katze, die auf dem Deckel einer Mülltonne saß und ihn anstarrte. Luiz starrte zurück, hielt den Blick der Katze, während er langsam auf sie zuging. Nicht langsam genug, ihr Fell zuckte und die Katze verschwand mit einem Satz im Gebüsch. Auf dem Deckel der Mülltonne hinterließ sie eine merkwürdige Leere.

Luiz stieg in seinen Wagen und fuhr los, gab Gas und musste gleich wieder bremsen, ein breiter, halb auf der Straße geparkter Jeep versperrte ihm den Weg. Luiz hupte wütend, als könnte das Auto ihn hören, und steuerte seinen Wagen um die schwarze Karosse herum. Die engen Gassen des Viertels ärgerten ihn, warum musste Joana ausgerechnet im Neve Tsedek wohnen! Sicher, die Gegend hatte ihren Charme, das Meer war nah und die niedrigen Häuser wirkten idyllisch – wirkten, denn wenn man genauer hinsah, verschwand die Beschaulichkeit: Hier noch das schicke Büro einer Immobilienagentur, versank nur wenige Meter weiter ein schon seit Monaten verwaistes Haus immer mehr in Unrat. Auf dem Müllberg vor der Haustür entdeckte Luiz heute zwischen zerschlissenen Reifen, Glasscherben und Orangenschalen einen einzelnen Kinderschuh. Wem gehörte dieser Schuh? Wurde er vermisst? Schräg gegenüber sah Luiz vor einem Coffeeshop ein junges Pärchen in Armeekleidung, sie saß, die Beine lässig übereinander geschlagen, auf einer Holzbank, er stand neben ihr, mit leicht gespreizten Beinen, das Gewehr über die linke Schulter gehängt. Gelangweilt auf die Straße blickend, aßen sie jeder einen Donut. Am liebsten hätte Luiz noch einmal gehupt, laut und jäh und schrill. Stattdessen schaltete er das Radio ein. Mit dünner Stimme hauchte ein israelisches Pop-Sternchen seine geheimen Wünsche über einen Beat, der so stur gerade war, dass von Rhythmus nicht die Rede sein konnte. Luiz wechselte den Sender, erwischte einen hyperventilierenden Moderator, der sich an Gewinnspielen erfreute, Werbung für Biowein aus einem Kibbuz in den Hügeln Galiläas, dann endlich, auf Englisch, Nachrichten. Schon wieder zwei tote Palästinenser im Gazastreifen infolge eines Bombenabwurfs durch die israelische Luftwaffe. Von israelischer Seite bislang keine Stellungnahme. In anderen Teilen der Welt sorgte das Klima für Katastrophen, Hochwasser fluteten weite Regionen in Ostasien, und in Griechenland, kurz vor der Hauptstadt, brannten die Wälder. Brandstiftung, dachte Luiz. Neu gewonnenes Bauland.

Am Ende der Gasse bog er ab, passierte den Trade Tower, dessen azurblaue Fensterscheiben die Abendsonne spiegelten, und fuhr schließlich auf die breite, gen Norden führende Küstenstraße. Luiz öffnete das Wagenfenster, streckte seinen Arm hinaus und ließ den warmen Fahrtwind durch seine Finger streichen, diese Luft, die bei Wüstenwind in der Lunge kratzte, als hätte man Sandkörner verschluckt. Die Strände begannen sich zu leeren, Handtücher und Klappstühle wurden zusammengepackt, die Sonne stand bereits tief über dem Meer, tauchte die Stadt zu Luiz' Rechten in ein goldenes, trügerisches Licht, verdeckte für ein paar Stunden den Schmutz und die Risse in den vor langer Zeit einmal weiß gewesenen Fassaden.

Vor der Abzweigung zur Frischman Beach stand am Straßenrand eine Gruppe junger Soldaten, die Mädchen trugen Pferdeschwanz, die Jungen waren fast kahl geschoren, dafür sonnenbebrillt und natürlich bewaffnet. Luiz seufzte auf, hätte er jetzt Kollegen aus dem Ausland dabei, würde er ihnen erklären müssen, dass ein solcher Auflauf in diesem Land nichts Außergewöhnliches war, nein, diese Jungen und Mädchen gehörten zu keiner Spezialeinheit, Maschinengewehre bei Achtzehnjährigen waren hier normal. In diesem Land der Palmen und Soldaten, der Flipflops und Armeestiefel. Luiz bremste vor der Ampel. In diesem Land, das ihn sogar dazu gebracht hatte, den Führerschein zu machen, da er sich nicht hatte vorstellen können, jeden Morgen vor dem Bahnhof anzustehen, um durch einen Metalldetektor zu laufen. Was natürlich nicht bedeutete, dass er deshalb einen Tag ohne Kontrollen auskäme. Nicht nur der Haupteingang zur Uni wurde bewacht, auch die Kaufhäuser, der Kinokomplex, überall wurde der Mensch, das dunkle Wesen, durchleuchtet, gefilzt, geprüft.

Seine ausländischen Freunde hielten es meist für einen Witz, wenn Luiz anfing, von den Mikrochips zu sprechen, er dagegen war sich sicher, dass sie schon bald kein Scherz mehr sein würden: Implantierte elektronische Chips für Haushunde waren bereits Pflicht, und die Menschen würden folgen, um in jeder Notlage, im Fall des ultimativen Angriffs auffindbar zu sein. Offline impossible. Selbst auf hoher See. Luiz' Blick glitt zum Meer hinaus, entdeckte erst zwei, dann drei Segelboote weit draußen, kurz vor dem Horizont, in jenem Dunst, in dem die Grenze zwischen Wasser und Himmel verschwand.

Er merkte erst, dass die Nachrichten zu Ende waren, als eine junge Frau den Wetterbericht für London durchgab. Luiz wechselte den Sender, übersprang die Börsenmeldungen, hielt bei romantischer Klaviermusik. Ein Klavier, im Wettlauf mit dem ganzen Orchester, bäumte sich auf, preschte vorwärts, hämmerte über Wogen hinweg, eine Hand fing die andere ein, gemeinsam rangen, wüteten sie über dem Abgrund. Luiz schaltete um. Er kannte die Musik. Das Stück war auf der CD, die Rachel seit ein paar Tagen abends vor dem Einschlafen hörte. Rachel – Luiz durchfuhr ein kalter Schauer, er schaltete das Radio aus, beschleunigte und verließ an der nächsten Ausfahrt die Küstenstraße, fuhr in Richtung Highway, auf dem schnellsten Weg zur Universität.

Der vierte Stock, in dem sein Büro lag, war dunkel, nur im dritten Stock, im Zimmer der Doktoranden, brannte noch Licht. Das Fenster war geöffnet, Susan und Daniel lehnten am Fensterrahmen und rauchten. Als Luiz über den Parkplatz zum Hintereingang des Instituts lief, winkten sie herunter: »Schalom!« Luiz hob die Hand und nickte ihnen zu.

Auf seinem Schreibtisch stapelten sich mehrere Briefe, obenauf ein dicker Umschlag mit dem Briefkopf der Columbia University, New York. Luiz schob die Post zur Seite, legte seine Ledertasche auf den Tisch, öffnete den Reißverschluss des Innenfachs und holte seinen Ehering heraus. Er hielt den Ring in die Höhe und betrachtete das matte Weißgold. Rachel hatte es sich gewünscht, Gold fand sie protzig, »das Metall der Babylonier«. Luiz steckte den Ring an seinen Finger, nahm das Diensttelefon und wählte.

»Ich bin's. Soll ich etwas mitbringen?«

»Nein danke, alles da.« Rachel klang beschäftigt. Zeruya quäkte im Hintergrund, quäkte, wie sie es immer tat um diese Zeit, wenn sie müde war, aber noch nicht müde genug, um zu schlafen.

»Ich komme jetzt«, erklärte Luiz.

»Schön«, gab Rachel zurück.

Luiz wartete einen Moment, überlegte, ob es noch etwas zu sagen gebe, dann legte er auf. Schaute aus dem Fenster. Die Katze von vorhin fiel ihm ein, ihre aufgestellten Schnurrhaare, ihr ziehender Blick.

Langsam erhob sich Luiz, verließ sein Büro und lief den schmalen Gang entlang, an den Labors vorbei, zur Herrentoilette. Vor dem Spiegel blieb er stehen, strich sich über das getrocknete Haar, glättete es, so gut es ging. Er prüfte den Sitz seines Hemdes und öffnete den vorletzten Knopf. Bedächtig, wie Joana es tat.

Luiz sah sie durch den Spiegel, wie sie sich ihm von hinten näherte, wie sie ihre Fingerspitzen auf seine Schultern legte und mit ihnen seinen Rücken hinabstrich. Wie sie ihre Hände, an der Hüfte angekommen, um seinen Bauch legte und ihn mit den Armen umfing. Wie sie noch einen winzigen Schritt näher trat und ihr Ohr auf sein Schulterblatt bettete. Wie sie so verharrte, reglos. Als horchte sie in ihn hinein.

IV

»Das war das letzte Foto von mir«, hatte Judith leise, aber entschieden gesagt, als Ada die Kamera vom Gesicht genommen hatte. Ada war zusammengezuckt, hatte in Judiths müde, nur mühsam geöffnete Augen geblickt und gewusst, dass Judith Recht hatte. Ada markierte das Foto und zog es auf dem Bildschirm nach rechts, aus dem Bild wurde ein Icon, ein Punkt im Himmel eines größeren Bildes, auch hier wieder Judith, daneben sie selbst, im Jeep auf der Fahrt durch die Wüste. Um die Köpfe trugen sie eng gewickelte Tücher, es roch nach Benzin und die Luft war so heiß, dass der Wüstensand vor ihren Augen flimmerte. Hinter ihnen verschwand Hebron in einer Staubwolke und die Straße war derart löcherig, dass die olivgrüne Feldtasche zwischen ihnen regelmäßig vom Sitz fiel. Ada schaute nach rechts, da lag sie, die Feldtasche, neben den gestapelten Autoreifen, dem Motorradhelm und den Filmrollen in einer Ecke des Zimmers. Sie suchte Salims Mailadresse, hängte das Foto in den Anhang und schickte es ab. Dann schloss sie den Artikel über die israelischen Luftangriffe, den Salim heute Morgen versandt hatte, die *Libération* sprach von Sommerbomben, *bombes d'été*.

Als Ada den Computer zuklappte, sah sie dahinter auf dem Tisch die Orange auf einem breiten Tonteller liegen. Ada streckte ihre Hand aus, befühlte die immer noch feste Schale. Er wisse, hatte Salim in seinem Begleitbrief geschrieben, dass es Jaffa-Orangen auch in Berlin zu kaufen gebe, diese hier jedoch stamme direkt von der Quelle, aus dem Garten seiner Nachbarn, in Sichtweite des Hafens von Jaffa. Ada griff nach der Orange, wog sie in der Hand wie ein Händler, sog ihren schweren, süßen Duft ein. Erinnerte sich an den Geschmack milder, konzentrierter Süße, an das samtige Fruchtfleisch, das man auf der Zunge spürte, aber nicht am Gaumen. Weite Gärten mit süßen Früchten und schattigen Palmen verspricht der Koran denen, die glauben, hatte Salim zu Judith gesagt, oben auf dem Berg vor Nablus. Als seine Orange letzte Woche endlich in Berlin angekommen war, hatte Judith bereits aufgehört zu essen.

Ada legte die Frucht zurück auf ihren Teller, stand auf und ging hinüber ins Schlafzimmer.

Judith hatte ihr Gesicht zum Fenster gedreht, ins Licht, das zu dieser Stunde bis in die Mitte des Zimmers fiel. Die rechte Kopfhälfte ins Kissen gestützt, schaute sie in den Ahornbaum, dessen Äste fast bis an die Glasscheibe ragten. Oder sah sie den Baum gar nicht? Schlief sie? Ada schob die Tür noch einen Spalt weiter auf, die Holzdielen unter ihren Fußsohlen knarzten. Judith rührte sich nicht. Mit vorsichtigen Schritten näherte sich Ada dem Bett, wich ein paar auf dem Fußboden stehenden Blumensträußen aus, schob den Tropf zur Seite und setzte sich neben Judith auf die Bettkante. Judiths Augen waren geschlossen, ihre Arme lagen ausgestreckt auf der roten Bettdecke. Ada legte ihre Hand auf Judiths kalte Finger und erschrak im ersten Augenblick darüber, wie mager Judiths Hand geworden war. Es war etwas anderes, diesen langsam verschwindenden Körper zu sehen oder ihn zu spüren, die harten Knochen zwischen den Adern, die sich wie dicke Schläuche unter der Haut emporwölbten, sodass man Angst bekam, Judith bei jeder Berührung das Blut abzudrücken.

Judith bewegte den Kopf, drehte ihr Gesicht weg vom Fenster und schlug die Augen auf. Sie sah anders aus als heute Mittag, der trübe Schleier über ihren Augen war verschwunden, ihr Blick war wach und klar. Sie lächelte. Ihre Lippen zuckten, Ada beugte sich vor und hörte Judith flüstern: »Camarada.«

Ada fuhr zusammen, schon seit Wochen hatte sie dieses Wort nicht mehr gehört! Es schien einer anderen Zeit anzugehören, einer Zeit der Arbeit, ihrer gemeinsamen Arbeit – Ada freute sich, drückte vorsichtig Judiths Hand, nickte ihr zu und antwortete: »Zur Stelle, Camarada.«

Das Lächeln auf Judiths Gesicht wurde breiter, sie strahlte. Zweifellos, Judith strahlte, drehte ihren Kopf zum Fenster, deutete hinaus und flüsterte: »Hörst du?«

Ada schaute auf, horchte. Im Zimmer war es still. Draußen, auf der Straße, kein Auto. Keine Kinder, die wie gestern Wasserbomben auf den heißen Asphalt warfen, keine grölenden Fahrradfahrer, nicht einmal ein Vogel im Baum. Es war still, ungewöhnlich still.

Ada suchte Judiths Blick, fand ihn, worauf Judith noch einmal zum Fenster deutete und flüsterte: »Hörst du?« Dann fiel ihr Kopf ins Kissen, Judith seufzte auf und war kurz darauf eingeschlafen.

Ada blieb reglos sitzen. Ihr Herz pochte hart gegen ihren Brustkorb, ihre Wangen und Ohren wurden heiß, nur die Leuchtziffern des Weckers auf dem Nachttisch blinkten lautlos, stoisch im Sekundentakt. Ada starrte auf die Zahlen. Sie folgte der sturen Abfolge der Ziffern und hörte darunter, wie ein Rauschen, Judiths tiefer werdenden Atem. Ein Atem, der bald auch Ada in seine Müdigkeit, den Schlaf hineinzog, sie gähnte, blinzelte, ihre Lider und Glieder wurden schwer.

Wie von selbst glitten ihr die Flipflops von den Füßen, Ada hob die Beine an, legte sie auf das Bett und rollte sich neben Judith auf die Seite. Judiths warmer Atem blies ihr in den Nacken, Ada holte tief Luft und schloss die Augen.

V

Jede Ankunft ist ein Anfang, dachte Jason, auch wenn sich jeder Schritt, jeder Blick nach Rückkehr anfühlt. Die glatten Steinwände der Flughafenhalle schimmerten im Sonnenlicht. Jason lief, seinen Rollkoffer hinter sich herziehend, durch die Gänge, schob sich an einer Gruppe japanischer Touristen vorbei, überholte zwei Inderinnen in pink leuchtenden Saris, wurde schneller, er fühlte sich erstaunlich frisch, beinahe ausgeruht, obwohl ihm sein Hemd am Körper klebte und roch, als trüge er es seit Wochen.

Draußen vor dem Eingang kaufte er an seinem Lieblingskiosk, einem Holzkarren mit aufmontiertem Sonnenschirm, jene Pistazien, die der Verkäufer, ein alter Hippie mit zum Zopf geflochtenem Bart, in losen Tüten und zu wechselnden Preisen anbot. Mal war eine Tüte erstaunlich günstig, dann wieder, wie heute, unverhältnismäßig teuer. Welches Prinzip den Preisschwankungen zugrunde lag, hatte Jason noch immer nicht verstanden, es schien gar kein Prinzip zu geben, reine Laune, Willkür des Hippies zu sein.

Während Jason auf das Wechselgeld wartete, streifte sein Blick die ausliegenden Zeitungen und blieb beim *San Francisco Chronicle* hängen. Oben rechts auf der Titelseite war ein Foto von den griechischen Wäldern, in Rauch gehüllte, karge Stämme, so hoch und schmal wie dorische Säulen, über ihnen Baumkronen, die sich in die Ferne zogen und aus deren Mitte eine gigantische Feuersäule in den Himmel stieg. Jason griff nach der Zeitung, zögerte dann und ließ sie wieder fallen.

Die Pistazientüte in der Hand, schlenderte er zum Taxistand, blickte sich um, von José, seinem Fahrer, und dem schwarzen Firmenwagen war noch nichts zu sehen. Jason schaute auf, in den blankblauen Himmel, die unglaublich klare Luft. Es war dieses Licht, das er mehr als alles andere an Kalifornien liebte, ein Licht, das die Konturen schärft und die Farben erstrahlen lässt, das nichts kaschiert und alles zeigt, ein ehrliches Licht, das zu Taten drängt und das von jener frischen Brise, die von der Küste hinauf in die Hügel wehte, nicht zu trennen war. Jason schloss die Augen und atmete tief ein, er wollte diese Luft bis in den letzten Winkel seiner Lunge saugen, wollte spüren, wie ihm der Sauerstoff ins Blut und in den Kopf stieg, bis auch seine Gedanken klar und weit, frei wurden. Leyla. Weißt du, was ich meine? Siehst du es, dieses Licht?

In einem Moment wie diesem kostete es Jason wahrhaft Überwindung, Leyla nicht anzurufen, sie nicht teilhaben zu lassen an diesem Anblick. An seinem Leben. Doch er hielt sich an ihre Abmachung, und das nicht nur, weil es in London bereits nach Mitternacht war. Er hielt sich an das, worum Leyla ihn gebeten hatte, in der Hoffnung, dass sie nicht vergaß, wie schwer es ihm fiel.

Sein Wagen fuhr vor, José, der alte Mexikaner, stieg aus, begrüßte Jason fröhlich und öffnete den Kofferraum.

Geschickt navigierte José den breiten Cadillac durch den dichter werdenden Verkehr. Die Rushhour begann, die ersten Angestellten verließen das Silicon Valley und fuhren ebenso wie sie gen Norden, in Richtung Zentrum. José nutzte jede Lücke, schaute ungeduldig um sich und Jason wusste, worauf der Mexikaner wartete, denn als nach ein paar Meilen linker Hand die Spur für Wagen mit mindestens zwei Insassen begann, wechselte José umgehend die Fahrbahn, freute sich über die Leere vor ihm und gab Gas, genau so viel, dass er die Grenze des Erlaubten berührte, aber nicht überschritt. Jason blickte aus dem Fenster in die rostrotbraunen, sanft geschwungenen Hügel und versuchte, sich anstelle der nächsten Ausfahrt eine Stromtankstelle vorzustellen. Von weitem wird sie sich von herkömmlichen Tankstellen vor allem dadurch unterscheiden, dass die Zapfsäulen fehlen werden, alles wird flacher, unscheinbarer sein. Die ankommenden Autos und Motorräder werden auf im Boden markierte Felder mit den Ladeplatten fahren, dort synchronisieren sich die Fahrzeuge per Transponder mit den Platten im Boden, die Magnetfelder werden aktiviert und das Laden der Akkus beginnt. Elektromagnetische Induktion. Unsichtbar und sauber, ehe man sichs versieht, werden die Fahrzeuge wieder verschwinden, ohne einen Laut. Jason lächelte, das wird die wahre Revolution sein, das jähe Aufheulen der Motoren wird in die Geschichte eingehen, das konstante Dröhnen auf den Straßen wird verschwinden und nur das geschmeidige Abrollen der Reifen auf dem Pflaster bleiben. Jason versuchte, sich das Geräusch vorzustellen, ein gedämpftes, regelmäßiges Schlappen. In das Schlappen hinein piepte sein Blackberry, Jason fuhr auf, nahm den Anruf an und sah im gleichen Augenblick am Ende der abschüssigen Kurve die ersten Hochhäuser von San Francisco.

Schwarzes Leder, schwarzer Marmor, schwarzes Glas. In der Mitte des Raumes eine Säule, in ihr auf einer sich treppenförmig nach oben windenden Schlange die Alkoholika: Whiskey, Wodka, Jägermeister, weiter unten Cognac, Grappa und Reiswein. Ein Gipfeltreffen der Spirituosen.

»Guten Abend«, raunte eine Stimme in Jasons Nacken. Er drehte sich um, blickte in das etwas zu große Lächeln einer Kellnerin, deren kirschroter Lippenstiftmund den Rest ihres Gesichts zum Verschwinden brachte, und erwiderte: »Guten Abend. Ich werde erwartet.«

Die Bar war lang und schmal und je weiter man in ihr Inneres vordrang, desto größer wurden die Abstände zwischen den einzelnen Sitzgruppen. Jason folgte der Kellnerin, schaute um sich, Bill Hanson, der sportlichste und lebenslustigste seiner drei Chefs, saß bereits in einer Sitzecke im hinteren Ende der Bar. Als er Jason auf sich zukommen sah, stand Hanson auf und lief ihm entgegen: »Jason! Gut, dass Sie da sind.«

Sie setzten sich einander gegenüber, Hanson spielte den Gastgeber, bestellte für Jason und erkundigte sich freundlich nach dessen ersten Wochen in Tokio. Gut eingelebt? Und das Klima? Die Unterkunft? Vor seinem Antritt dort habe er hoffentlich etwas Urlaub gemacht!

Jason bejahte, erzählte kurz von seiner Wanderung mit Stewart durch das mexikanische Hochland.

»Ein Marsch durch die Vulkane!« Hanson nickte anerkennend und unterstrich seine Bemerkung mit einem fachkundigen Kommentar über die geologische Struktur Mexikos im Allgemeinen und des vulkanischen Hochlands im Besonderen. Dann endlich kam er zur Sache.

»Und, aufgeregt?«, fragte er schmunzelnd.

Jason überlegte, wo genau lag der Unterschied zwischen Aufregung und Vorfreude? Aufgeregt klang für ihn nach Unruhe, Nervosität, auch Angst, er dagegen war ruhig, entspannt und gespannt zugleich.

»In positiver Erwartung«, erwiderte er lächelnd.

Die Antwort schien Hanson zu gefallen. Er hob sein Glas und prostete Jason zu: »Jeder, der morgen da sein wird, weiß, wem wir dieses Geschäft zu verdanken haben.« Hanson lachte auf: »Sie waren hartnäckig! Wir legen den Fall zu den Akten, doch Jason McAllister bohrt weiter, bohrt von allen Seiten, bringt uns auf die richtige Spur und – überzeugt uns!« Ihre Gläser klirrten aneinander, und keine Sekunde später war Hansons Gesicht wieder ernst: »*ASC* wird ein gutes, ein ausgezeichnetes Investment.«

Jason lächelte, er wusste, dass es so war, und fühlte sich dennoch geschmeichelt.

Als Hanson nicht weitersprach, hob Jason erneut sein Glas, nickte seinem Chef zu und sagte: »Hoffen wir, dass es in Tokio ebenso gut laufen wird. Schließlich –«, Jason hielt inne und Hanson vollendete den Satz: »Schließlich ist *ASC* erst die eine Hälfte des Kuchens.«

Sie schauten einander an und Hanson nickte zuversichtlich: »Es wird klappen. Bei den Schulden kann *Kazedo* doch gar nicht anders, als sich zu verschlanken. Es muss nur –«, Hanson beugte sich vor, näher zu Jason: »endlich vorwärts gehen.«

Jason ahnte, was Hanson meinte. »Es ist an der Zeit, konkret zu werden«, erwiderte er zustimmend.

Auf Hansons Gesicht blitzte ein Lächeln auf: »Genau darüber wollte ich mit Ihnen sprechen.«

Zuvor jedoch winkte Hanson nach der Kellnerin und bestellte noch einen Whiskey.

»Okada«, begann Hanson, nachdem die Kellnerin außer Hörweite war, »ist seit knapp zwei Jahren unser Chef in Japan. Seine Analysen sind verlässlich, er kennt den japanischen Markt, die Mentalität der Leute. Das ist sein Vorteil«, Hanson hob die Augenbrauen, »und, unter Umständen, sein Nachteil.«

Jason konnte sich denken, worauf Hanson hinauswollte.

»Schon seit Wochen ist klar, dass nichts gegen unsere Beteiligung spricht«, fuhr Hanson fort, »im Gegenteil, alle Fakten sprechen dafür. Doch sobald Jack und ich wissen wollen, wie es mit den Verhandlungen aussieht, wird Okada schwammig, er sieht überall nur Schwierigkeiten, Hindernisse, schafft keine Allianzen, um sie zu lösen, malt dafür den Teufel an die Wand.« Hanson drückte seine Finger in das Sofapolster. »Wir brauchen jemanden, der nicht nur weiß, was das Richtige ist, sondern es auch umsetzen kann!«

Jason nickte wieder, schwieg. Er wusste, dass es in so einer Situation das Beste war, Hanson einfach weiterreden zu lassen.

»Deshalb wollten wir –« – Wir? dachte Jason. Natürlich, alles, was Hanson ihm mitteilte, hatte er vorher mit Greenberg, »Big Jack«, abgesprochen – »Ihnen sagen, dass wir auf Sie zählen, Jack und ich. Als Sie vor drei Jahren bei uns anfingen, wussten wir, dass Sie gut sind, aber nicht, wie gut.« Hanson lächelte: »Sie haben das, was wir brauchen, Spürsinn und –«, jetzt grinste er: »Überzeugungskraft.«

Jason erwiderte das Lächeln, registrierte das Lob und versuchte gleichzeitig, aus ihm konkrete Arbeitsanweisungen abzuleiten.

»Arbeiten Sie weiter wie bisher«, hörte er Hanson sagen, »nehmen Sie sich die Freiheit, die Sie brauchen, treffen Sie Leute und seien Sie wachsam. Und wenn Sie glauben, dass es Okada alleine nicht schafft, dann«, Hanson hielt kurz inne, »sagen Sie uns Bescheid.« Das war eindeutig.

Jason richtete sich auf, erwiderte Hansons erwartungsvollen Blick und sagte: »Sie können sich auf mich verlassen.«

»Großartig!«, konterte Hanson und klatschte in die Hände. »Darauf einen Drink?«

Dieses Mal sagte Jason ja. Bis jetzt hatte er nur Wasser getrunken, aus Vorsicht.

Genussvoll spürte Jason dem leichten Brennen in seiner Kehle nach. Auch Hanson schien sich zu entspannen, lehnte sich in seinen Sessel zurück.

»Als wir vor drei Jahren das Büro in Tokio eröffneten, sagten uns alle: Ihr braucht dort eine japanische Spitze. Anders ist mit den Japanern kein Geschäft zu machen. Reine Symbolik!« Hanson lachte auf und schüttelte den Kopf.

»Manches ist schwer verständlich«, gab Jason zu. »Eine meiner Mitarbeiterinnen zum Beispiel, Mai Sato. Sie ist nicht viel jünger als ich, hat exzellente Abschlüsse, gehört zum Team der Analysten und übernimmt trotzdem immer wieder Aufgaben, Botendienste oder andere Kleinigkeiten, die eigentlich Sache der Sekretärinnen sind. Warum sie das tut, ist mir schleierhaft.«

»Weil sie eine japanische Frau ist?«, mutmaßte Hanson, »und weiß, dass sie wie die meisten Japanerinnen spätestens nach der Geburt ihres ersten Kindes ohnehin zu Hause bleiben wird?«

Jason legte den Kopf schief, die Erklärung erschien ihm unzureichend. Mai Sato war demütig, das schon. Gleichgültigkeit schien dafür aber nicht der Grund zu sein.

»Sato, sagten Sie?« Hanson setzte sich auf, er schien nachzudenken: »Ich erinnere mich, dass eine der Mitarbeiterinnen – Sako, Sato? – später ins Team kam, der alte Justiziar, wie heißt er noch –«

»Yukawa«, warf Jason ein.

»Genau. Er hat sie in die Firma gebracht. Die beiden sind verwandt.« Yukawa und Mai Sato – verwandt? Das war Jason neu.

»Aber das ist in Japan doch nicht ungewöhnlich«, dachte Jason laut, »dass Mitglieder einer Familie bei der gleichen Firma arbeiten.«

»Ist das so?«, erwiderte Hanson und lächelte vertrauensvoll: »Sie werden das alles herausfinden.«

Die Kellnerin trat zu ihnen und wollte abräumen.

»Noch einen Drink?«, fragte Hanson, Jason lehnte ab.

»Ich sollte ins Hotel gehen«, sagte er, da er spürte, dass Hanson aufbrechen wollte.

Hanson schien diese Geste der Höflichkeit zu durchschauen und mit Wohlwollen zur Kenntnis zu nehmen. Sein Händedruck zum Abschied war kräftig, sein Blick jovial, fast väterlich: »Bis morgen, schlafen Sie gut!«, sagte er, lief beschwingt über den Spiegelboden und winkte noch einmal kurz zurück, bevor er durch die Flügeltür aus schwarzem Glas verschwand.

Erschöpft ließ sich Jason in seinen Sessel fallen. Es war, als hätte sich mit Hansons Verschwinden das Gewicht seines Körpers mit einem Schlag verdoppelt, auf einmal schmerzte sein Rücken, Jason drückte ihn noch tiefer in das weiche Leder. Die Kellnerin pirschte sich heran wie eine Katze, sie sah jetzt weniger unnahbar aus als vorhin im Eingang, ihr Lächeln war natürlicher, als sie Jasons Glas auf ihr Tablett stellte und ihn fragend anschaute. Jason nickte, ja, noch einmal das Gleiche, bitte.

Sein trüber werdender Blick glitt über die wenigen besetzten Sessel. Jason sah die Gäste und sah sie nicht, dafür sah er Leyla durch die Türe treten und mit der ihr eigenen Anmut durch den Raum gehen. Er sah, wie sie vor dem Fenster, dem einzigen der Bar, stehen blieb, hinaus ins Dunkle schaute und sich mit den Händen die Haare aus dem Gesicht strich, über den Kopf, den Hals hinunter, immer wieder und immer fester, als würden so nicht nur die Haare, sondern auch die Gedanken gebändigt.

Kannst du dir vorstellen, hätte Jason jetzt gerne zu Stewart gesagt, dass ich sogar in dem Krankenhaus, in dem Leyla arbeitet, angerufen habe, nur um zu wissen, wo sie ist? Er tat Dinge, die er nicht tun wollte, er kämpfte gegen Bilder, die kamen, wann sie wollten, und all das nur, weil Leyla schwieg, weil er nicht wusste, was in ihr vorging, obwohl er versuchte, zu begreifen, was sie meinte, wenn sie sagte, lass mir Zeit, acht Jahre sind viel, doch wie sollte er das verstehen können, wenn er es nie erlebt hatte, acht Jahre Ehe, wenn so viel offen blieb, so viel widersprüchlich, was, glaubst du, bedeutet es, hätte er Stewart gerne gefragt, wenn sie mir sagt, acht Jahre sind viel, und es hört sich an wie ein Mantra, wie ein auswendig gelernter Vers, den sie sich aufsagt, ohne dass ich spüren kann, was für einen Bezug es gibt zwischen diesem Satz und ihr?

Jason leerte sein Glas in einem Zug und erhob sich, zu schnell, er kämpfte gegen einen Schwindel an, schaffte es aber, sich aufzurichten. Mit schwerem Kopf und pochender Brust stand er auf dem glatten Boden, sein Herz kam ihm vor wie ein roher Klumpen, der, von einer Schale umgeben, tief in seinem Körper lag und angestrengt pumpte.

In disziplinierten, geraden Schritten näherte sich Jason dem Ausgang, die Kellnerin zog für ihn den Vorhang zur Seite, Jason spürte ihren Blick in seinem Rücken, eine Mischung aus Enttäuschung und Verachtung.

Etwas trieb ihn durch die Straßen. Er lief am Rathaus und der Oper vorbei, in die dunkle Market Street. Zu beiden Seiten hohe, verriegelte Warenhäuser, nirgendwo ein Mensch, nur einmal, aus einer Nebenstraße kommend, ein körperloser Schrei. Downtown, zu dieser Stunde eine unwirtliche Gegend. An einer roten Ampel blieb Jason stehen und lehnte sich an den Pfosten. Schaute auf. Dass Leyla jetzt nicht hier war, war nicht das Problem, die knapp neuntausend Kilometer zwischen ihnen empfand er nicht als quälend, im Gegenteil, er mochte sogar das Gefühl, sich geographisch weit entfernt und gleichzeitig so nah zu wissen, nur einen Anruf, eine Nachricht, eine elektrische Schwingung voneinander entfernt. Diese Stille dagegen war demütigend. Jason schaute sich um, wollte fest gegen etwas treten, eine Tonne, oder einen Reifen? Um das zu verhindern, lief er schnell in die Mitte der Kreuzung, hob seine Arme und winkte das nächste, langsam näher rollende Taxi heran.

VI

Das Boot glitt, Bug voran, in die Schneise zwischen zwei Holzstelen und kam vor der Kanalmauer zum Stehen. Der Bootsführer, ein kleiner, sehniger Mann mit üppiger Körperbehaarung, trat vor, fasste Makiko am Unterarm und hob sie mit einem Ruck aus dem schwankenden Boot ans Ufer. Dann lud er ihr Gepäck auf den Holzsteg, zuerst die Notenmappe, danach den Koffer und die Handtasche. Makiko bedankte sich, der Bootsführer lüftete seinen Hut und stieß sich mit der Hand von den Holzplanken ab.

Vom Steg aus beobachtete Makiko, wie sich sein Boot langsam entfernte. *Una barca*, ein Kahn. *Una barca che attraversa il fume.* Ein Kahn, der den Fluss überquert. Das leicht gewellte Wasser schimmerte türkis unter der Oberfläche und eine violette Libelle, deren durchsichtige Flügel das Sonnenlicht brachen, zog im Tiefflug vorbei, als kontrollierte sie den Tanz der Mücken, die in ausladenden Sätzen über das Wasser sprangen. Wasserhüpfer hatte Großvater die Mücken genannt und als einziger verstanden, warum Makiko von ihnen fasziniert war, von diesen Wesen, die leicht genug waren, um auf dem Wasser stehen zu können.

Erst als ein lautes Motorboot vorbeipeitschte und Wellen über die Holzplanken in gefährliche Nähe schwappten, drehte Makiko sich um und folgte dem Hotelangestellten, der ihr Gepäck bereits in den Händen hielt, über den Steg in die dunkle, kühle Empfangshalle.

An der Rezeption reichte man Makiko neben ihrem Schlüssel einen Strauß stark duftender Lilien und einen Umschlag. In dem Kuvert war der Probenplan, Makiko überflog die Tabelle, suchte ihren Namen und stellte erleichtert fest, dass die von Gerald ausgehandelten Konditionen, ein Flügel zur freien Verfügung sowie mindestens zwei Stunden Einspielzeit auf dem Originalinstrument, dieses Mal nicht vergessen worden waren. Ob er *il direttore* anrufen dürfe, fragte der Portier, der Makiko aus den Augenwinkeln beobachtete. Filanzoni habe darum gebeten, ihm persönlich Bescheid zu geben, sobald *la signora* einträfe. Makiko nickte, der Portier hob das Telefon ans Ohr, redete leise, aber vehement: »Si si, signore, subito. A presto.«

Mit ihren Fingern auf den marmornen Empfangstisch trommelnd, versuchte Makiko sich zu erinnern, wie Gianni Filanzoni, der Leiter der Musikbiennale, vor zwei Jahren ausgesehen hatte. Dunkle Haare? Wahrscheinlich. Brille? Sie erinnerte sich nicht gut an Gesichter, auch nicht an Namen, das eine führte nicht zum anderen, es fehlte jene Selbstverständlichkeit, mit der ihre Finger beim Spielen wie von selbst ihren Weg fanden und sie damit überraschten, woran sie sich alles erinnerten.

Als Filanzoni wenig später durch die Glastür stürmte, erkannte Makiko ihn sofort, nicht an seinen Locken, sondern an seinen hektischen Bewegungen: »Signora Yukawa!«, tönte er mit sonorer Stimme, schüttelte Makiko die Hand und bat sie zu sich, nach nebenan.

Der herrschaftliche Palazzo, in dem die Büros und Probenräume des Festivals untergebracht waren, glich einer prächtigen alten Hülle, deren modernes Innenleben versuchte, so dezent wie möglich aufzutreten, um die Aura von Grazie und Würde, die von den Gemäuern ausging, nicht zu schmälern oder gar zu zerstören. Die Vitrinen und der große Informationstisch im Eingang, die Garderobe und sogar die Kleiderbügel waren aus Plexiglas, wie um den Blick nicht zu versperren auf die feine Stuckatur an den Wänden und die verspielten Arabesken in dem blank polierten Boden. Der Direktor führte Makiko über eine Freitreppe hinauf in den ersten Stock, in sein Büro. Auch hier dominierte Plexiglas, sowie ein beachtliches Papierchaos: Bücher, Kataloge und Zettel lagen neben gestapelten CDs und zusammengerollten Postern auf dem Boden verstreut, beäugt wurde das Ganze von einem venezianischen Patrizier, der von seinem Portrait an der Wand aus ernst und mit einer wissenden Güte in das Zimmer schaute. Makiko lächelte ihm freundlich zu.

Als Filanzoni den Schlüssel, den er so angestrengt suchte, schließlich in seiner Hosentasche fand, wischte er sich den Schweiß von der Stirn, deutete an die Zimmerdecke und murmelte erschöpft: *Ancora un piano*, noch eine Etage, dann hätten sie es geschafft.

Der Saal, auf den der Schlüssel passte, war groß, lichtdurchflutet und bis auf einen schwarzen Konzertflügel in seiner Mitte leer. Die Südwand bestand aus einer breiten Fensterfront, die auf eine Loggia hinausführte, von der aus der Kanal und die Lagune zu sehen waren. Makiko stellte ihre Tasche ab und lief über den knarzenden Parkettboden ins Licht, durch die offenen Fenster wehte ein warmer Wind, draußen kreischten die Möwen. Filanzoni kam ihr nach, erzählte von Bällen, die in diesem Saal stattgefunden hatten, seine Schritte verschluckten seine Worte, Makiko sah seinen Schattenriss im Fenster, es war so hell, dass man vergaß, wo innen und wo außen war.

»Bis heute Abend!« Filanzoni drückte Makiko den Schlüssel in die Hand, küsste die Luft rechts und links neben ihrem Gesicht und empfahl sich. Krachend fiel die hohe Holztür hinter ihm ins

Schloss. Nur die Dunstwolke aus abgestandenem Tabak, die er hinterlassen hatte, hing noch in der Luft. Makiko schüttelte sich angewidert, näherte sich dem Instrument, klappte erst den Deckel, dann den Flügel auf und strich mit ihren Fingern vorsichtig über die Saiten. Als sie sich auf den Klavierhocker setzte, krampfte sich plötzlich ihr Magen zusammen, Makiko fiel nach vorn, ihre Hände suchten Halt und fanden ihn auf dem Klavierrand. Kopfüber gebeugt und mit zusammengepressten Lippen atmete sie, so ruhig sie konnte, atmete gegen die in Wellen auftretende Übelkeit an. Schweißperlen traten auf ihre Stirn und wurden hastig weggewischt, eine heißer Stoß durchfuhr sie, der Klavierlack spiegelte verschwommen ihr Gesicht, Makiko schaute weg, schloss die Augen und presste weiter, so lange, bis sich die Übelkeit endlich verlor. Vorsichtig richtete Makiko sich auf, strich sich über die Stirn, die Wangen. Sie ballte ihre Hände zu Fäusten und öffnete sie wieder. Überlegte: die Hitze? Das ranzige Sandwich heute Morgen im Flugzeug? Es kam aus dem Magen und auch wieder nicht, es war nicht auszumachen, und es war egal, denn es war vorbei. Prüfend legte sich Makiko eine Hand auf den Bauch, schüttelte den Kopf, ein leichter Hunger vielleicht, das war alles.

In Konzertreihenfolge spielte sie das Programm des heutigen Abends einmal durch, nur die bevorstehende Uraufführung, das neue Stück von Kouhei, spielte Makiko zweimal. *Flut*, Kouheis jüngstes Werk, war anders als alles, was Makiko sonst von ihm kannte, das Stück war hart und verzweifelt und doch nicht ohne Hoffnung. Es erzählte vom Verschwinden und vom Weiterleben, begann mit der Katastrophe, den schäumenden Wassermassen, und endete mit dem klopfenden Schnabel einer Taube auf neues Land. Weißt du, woher die Taube kommt?, hatte Kouhei sie gefragt, als er ihr vor gut einem Monat die Partitur übergeben hatte.

Aus der Bibel! Der Bibel? Das hatte Makiko überrascht, normalerweise konnte Kouhei mit den westlichen Mythen nicht viel anfangen, dieses Mal jedoch erzählte er mit kindlicher Freude von seinem Fund, der Geschichte des alten Noah, der nach der großen Flut eine Taube von seinem Schiff aussandte in der Hoffnung, sie möge hinter dem Horizont auf Land stoßen.

Makiko faltete die Noten zusammen, trat ans Fenster, schaute hinaus aufs Wasser und dachte an Kouhei, den Freund und Seelenbruder ihres Großvaters. Er war ihr bester Lehrer gewesen, Kouhei, der nie neben ihr am Klavier gesessen, sondern sie nach Kyoto zu den Tempeln geführt hatte, dort auf den wandernden Schatten im Kiesbett gezeigt und gesagt hatte: »Schau dir das ganz genau an. Und dann spiel.«

In Venedigs engen Gassen, im Schatten der hohen Steinwände, war die Luft trotz der Mittagshitze angenehm kühl, der moderige Geruch, der aus den Kanälen stieg, mischte sich mit dem Duft der Parfums vorbeilaufender Touristen. Makiko ließ sich treiben, reihte sich ein in den Strom der Passanten, durchquerte Tunnel, schritt über Brücken und betrachtete, wenn der Fluss zum Erliegen kam, die Auslagen der Geschäfte. Hinter dem Fenster einer Bar sah sie eine mehrstöckige Vitrine, gefüllt mit kleinen Vorspeisen, gegrillte Auberginen lagen neben gefüllten Oliven und zu Pyramiden geschichteten Käsestücken, eine Etage tiefer entdeckte Makiko Fleisch und Fisch. Sie betrachtete die in Öl eingelegten, mit Zwiebeln, Rosinen und Pinienkernen garnierten Sardinen. Eine kurze Erinnerung an den Zwischenfall vorhin blitzte auf, führte aber merkwürdigerweise nicht zur nächsten Übelkeit, im Gegenteil, je länger Makiko die Sardinen betrachtete, desto größer wurde ihr Hunger. Der Kellner begrüßte sie freundlich, Makiko lachte ihn an und ließ sich einen großen Teller zusammenstellen. Die salzigen Sardinen und öligen Tintenfische, der geräucherte Schinken und die Würfel aus Hartkäse, alles schmeckte vorzüglich. Am liebsten hätte Makiko zum Essen ein Glas von jenem Weißwein getrunken, mit dem ihr der Wirt hinter der Theke zuprostete, das jedoch verbot ihre eiserne Regel: kein Alkohol vor dem Konzert. Makiko zögerte, jedoch nur kurz, bestellte dann eine Karaffe Wasser und ein Tiramisu.

Den Strauß Lilien hatte man mit ihrem Koffer bereits auf ihr Zimmer gebracht. Auf dem Boden entdeckte Makiko eine feine Spur von Blütenstaub, die von der Zimmertür zu dem Schreibtisch führte, auf dem die Vase stand. Sie zog die schweren Vorhänge zu und legte sich auf das Bett, versuchte zu schlafen, was aber nicht gelang, zu viele Bilder, Stimmen, Gerüche schwirrten ihr durch den Kopf. Makiko sah das junge deutsche Pärchen von vorhin, das auf einer Brücke heftig stritt und so den Passanten den Weg versperrte, sie sah das vergitterte Eingangstor der griechisch-orthodoxen Kirche, und sie sah den wachsam um sich schauenden, afrikanischen Straßenhändler, der, als plötzlich ein Pfiff ertönte, seinen Koffer zusammenschlug und davonrannte. Er lief durch eine Nebengasse, überquerte einen kleinen Platz und stieß dabei fast eine alte Frau um, die vor ihrem Haus auf der Straße saß und ohne Unterlass den Kopf schüttelte. Obwohl zwischen ihr und dem Afrikaner nur wenige Zentimeter Platz blieben, schaute die Frau nicht einmal auf.

Der Schrecken, mit dem Makiko beim Piepen ihres Telefons auffuhr, zeigte ihr, dass sie doch noch eingeschlafen war. Die Nachricht war von Mai. Natürlich, Mai hatte noch nie eines ihrer Konzerte vergessen. Geralds Agentur mailte ihr die Tourneepläne samt Flugzeiten und Hotelunterkünften, die sie für jedes Quartal erstellten, Mai hängte sich die Excel-Tabellen in Tokio über den

Küchentisch und trug mit einem Rotstift über den Konzerten die Zeitverschiebung ein.

Mai wünschte ihrer Cousine Wabi-Sabi, das Aufscheinen jener wahren, rauen Schönheit, die Melancholie und Freude gleichermaßen in sich trägt, und dazu »gefasst ins Unendliche laufende Finger«. Makiko musste lachen: gefasst ins Unendliche laufende Finger? Das waren nicht ihre, sondern Mais Finger! Allzu gut erinnerte sich Makiko, wie Mai bei ihrem letzten Treffen in Tokio unaufhörlich Nachrichten in ihren Blackberry gejagt hatte. Mit verstörender Geschwindigkeit waren Mais Finger über das Hartglas gesaust, verstörend deshalb, weil dieses Tempo, bei dem Mai unmöglich sehen konnte, was sie schrieb, bei dem sie im Kopf schon beim nächsten Satz war, bevor die Buchstaben lesbar wurden, so gar nicht zu Mai passte, zu ihrem sonst so bedächtigen, in sich ruhenden Wesen. Ihrer geraden Haltung, ihrer an die Grenzen der Selbstverleugnung gehenden Haltung, ihrem Willen, alles auf sich zu nehmen, nur um der Welt zu zeigen, dass wenigstens einer büßt... Makiko schüttelte den Kopf, allein daran zu denken, machte sie traurig und wütend, genau das war schon der Fehler, es als die Schuld einer ganzen Familie zu sehen, es war die Schuld eines einzigen Mannes, Mai hatte damit nichts zu tun!

Makiko schrieb zurück, grüßte Mai aus der Stadt im Wasser, die im hellen Mittagsdunst döste, ihre Bewohner jedoch zu jeder vollen Stunde mit energischen Glockenschlägen aufschreckte. Als mahnte der christliche Gott das unaufhörliche Vergehen der Zeit an.

Das Kleid, das in Plastikfolie gehüllt im Schrank hing, war neu. Makiko hatte es zuletzt vor zwei Wochen bei Patrice im Atelier anprobiert, der Satinstoff changierte zwischen Türkis und Hellgrün, je nach Lichteinfall. Makiko entfernte die Folie, trat ans

Fenster und nickte zufrieden, im milden venezianischen Licht leuchtete das Kleid in der Farbe des Bambus und der Farne. Mit einem Schlag war sie da, jene Aufregung, die aufweckt, sammelt, alles auf einen Punkt hin konzentriert.

Von der Seitenbühne aus spähte Makiko am Vorhang vorbei in den Zuschauerraum und sah in der ersten Reihe Kouhei, er trug ein steif gebügeltes, weißes Hemd, das ihm am Bauch spannte und ihn einzuzwängen schien. Mit einem Stofftaschentuch wischte sich Kouhei den Schweiß von seiner Stirn. Neben ihm Gerald, in seinem kornblumenblauen Sommeranzug, mit über dem Knie gefalteten Händen und erwartungsfrohem Blick. Makiko holte Luft und betrat das Podium.

Zu Beginn ein gewaltiger, in die Tiefe rutschender Akkord. Dann, als wäre nichts gewesen, ein helles E im rechten kleinen Finger, gefolgt von einem Cis, ein Rinnsal entsteht, das teilt sich und findet wieder zusammen, gewinnt an Kraft, schlägt Wellen und fängt an zu wüten, auszubrechen, den Klavierdeckel zu schlagen und mit der Stimmgabel scharf über die Saiten zu fahren. Chaos, Lärm, immer mehr Lärm, reißende Kaskaden stürzen in die Tiefe, schäumen auf zu einem grellen Cluster – scharf schneidet er ins Ohr. Mit dem Pedal halten, kurz loslassen und das Pedal sofort wieder drücken, *wie ein japsender Atem*. Das Japsen wiederholen, bis der Cluster verklingt. Pause. Zwei Takte lang leeres Treten der Pedale, ein Skelett wandert durchs Nichts. Dann noch einmal langsam die Hand heben und, wie aus der Ferne kommend, in die Stille hinein ein leises Klopfen der Fingerknöchel an den Klavierrumpf. Einmal, zweimal, *die Taube*. Das Klopfen wird lauter, bricht dann plötzlich ab.

Der Applaus hob an wie eine Welle, kam näher, Makiko stand auf und blickte in die Menge, das Stück gefiel offenbar, sie verbeugte sich, vom Licht der Scheinwerfer geblendet, wo war Kouhei? Da trat er von links zu ihr auf die Bühne, umarmte sie, mit Tränen in den Augen. Makiko nahm seine Hand, gemeinsam gingen sie vor an die Rampe und verbeugten sich.

Auf dem Empfang klirrten die Gläser. *Il direttore* wich nicht von Makikos Seite, genoss augenscheinlich den Trubel, die vielen auf sie und damit auch auf ihn gerichteten Augenpaare. Als er an sein Glas schlug und um Ruhe bat, war ihm anzumerken, dass er seinen großen Augenblick gekommen sah. Filanzoni dankte Kouhei und Makiko, sprach von Verstörung und Berührung, von brennenden Wäldern und brennendem Schmerz. Je größer seine Worte, desto gewaltiger klang seine Stimme, von einer Natur, die litt und kämpfte, war die Rede, Filanzoni warnte vor der menschlichen Hybris, den Homo Faber über die Schöpfung zu stellen, und forderte stattdessen mehr Demut vor der erschöpften, geschändeten und doch so mächtigen Natur.

Kouhei suchte Makikos Blick, fand ihn und zwinkerte ihr zu. Dachte er das Gleiche? Filanzoni beschwor eine Natur, die größer als der Mensch, Voraussetzung allen Lebens war, und sprach doch von ihr wie von einem Menschen.

Gratulationen, Komplimente, Fragen. Makiko antwortete höflich, ergriff nicht mehr, wie früher, die Flucht und hielt sich doch im Laufe des Abends zunehmend an jene, deren Augen mehr sagten als Worte, Augen, die zeigten, dass diese Menschen heute Abend etwas erfahren hatten, das sie zumindest noch eine Weile lang begleiten würde.

Im Saal wurde es heiß und stickig, Makiko suchte Gerald und entdeckte ihn am Ende des Raumes vor einer großen Spiegelwand. Ihre Blicke trafen sich im Spiegel. Sie nickten einander zu, dann drehte sich Makiko nach links, in Richtung Tür.

Draußen auf der Terrasse war es dunkel. Das Wasser der Lagune schwappte ans Ufer und aus den Büschen der anliegenden Gärten drang laut das Zirpen der Grillen. Makiko lief bis in die hinterste Ecke der Terrasse, die von dem Empfangssaal aus nicht zu sehen war. Nach ein paar Minuten kam er. Makiko hörte ein Knacken auf dem Holzparkett, Schritte wurden lauter und verstummten dicht hinter ihrem Rücken. Makiko trat einen kleinen Schritt zurück und legte ihren Kopf auf Geralds Schulter. Sein Fuß trat zwischen ihre Beine, sein Knie schob den Saum ihres Kleides hoch, Geralds Hände tasteten nach ihren Brüsten, streichelten ihren äußeren Rand, suchten dann ihre Mitte, Makiko schloss die Augen, hinter ihren Augenlidern blitzte es hell auf.

VII

Luiz hatte gerade *Mauersegler* in das neu angelegte Dokument geschrieben, als er es im Flur knacken hörte. Er schaute auf, horchte, auf das Knacken folgte ein Quietschen, jemand öffnete die Glastür am unteren Ende der Treppe. Rachel, wahrscheinlich konnte sie nicht schlafen, hatte Durst und holte sich ein Glas Wasser aus der Küche.

Luiz griff nach dem Glas vor sich auf dem Couchtisch und hielt es sich an die Stirn, die Schläfen. Es war immer noch drückend heiß, draußen auf der Terrasse surrten die Moskitos, zwei von ihnen klebten bereits trotz der Schutzgitter an der weißen Wohnzimmerwand. Im Zimmer roch es nach verschwitzten Schuhen und irgendwie süßlich.

Luiz blickte zurück auf den Bildschirm: *Mauersegler* stand für *Mauersegler – Vogelzug – Instinktzieher – Witz*. Zum Auflockern der Stimmung begann er fast jeden seiner Vorträge mit einer Anekdote aus dem Tierreich, das war es, was die Leute von ihm, dem Zoologen, auf interdisziplinären Kongressen erwarteten, gerade in Amerika. Besonders beliebt waren Analogien zum aktuellen Weltgeschehen, *Joint Ventures im Reich der Schimpansen* zum Beispiel oder *Die Wahlkampfstrategien der Krabben*.

Die Schiebetüren zum Wohnzimmer fuhren langsam auseinander, Luiz beugte sich vor und sah Zeruya durch den Spalt ins Zimmer schauen. Ein paar Sekunden wartete sie ab, dann zwängte sie auch den Rest ihres Körpers durch die schmale Öffnung. Auf nackten Füßen tappte sie, ein paar Mal leicht schwankend, ins Zimmer und blieb ungefähr zwei Meter vor Luiz stehen. Zeruya rieb sich die Augen, drehte sich zur Seite und schaute Luiz vorsichtig, beinahe scheu an. Traute sie sich nicht weiter? Seine Tochter dort stehen zu sehen, noch halb benommen vor Müdigkeit und gleichzeitig unruhig, offenbar aufgescheucht von etwas, rührte ihn, er streckte seine Arme aus und sagte: »Komm her.«

Zeruya saß, ihren Kopf an seine Brust gelehnt, neben Luiz auf dem Sofa, er strich über ihre feinen, nach Shampoo duftenden Haare. Vor einigen Monaten, kurz nach Zeruyas drittem Geburtstag, hatten ihre Haare angefangen, dunkler zu werden, sie verloren ihr Weizenblond, glichen in Länge und Farbe immer mehr Rachels Haaren, nur weicher waren sie.

»Was machst du da?«, fragte Zeruya und deutete auf den Bildschirm.

»Ich schreibe«, antwortete Luiz.

»Was?«

»Einen Aufsatz über Vögel.«

»Vögel?« Zeruyas Stimme klang enttäuscht. Vögel waren nichts Neues, sie wusste, dass ihr Vater Vögel mochte, sie beobachtete.

»Warum?«

Das war eine gute Frage. Luiz klappte den Bildschirm zu und suchte nach einer Antwort. Vor seinen Augen tauchte die große Weltkarte mit den Vogelzügen auf, die er in Rio im Hörsaal angestarrt hatte, deren Pfeilen er gefolgt war, unendliche, reflexhafte Male, wenn die Vorlesungen einen gar zu zähen Gang einlegten ...

»Schreibst du auch über Eisbären?«

Überrascht betrachtete Luiz seine Tochter.

»Magst du Eisbären?« Zeruya blickte ihn so eindringlich an, dass Luiz das Gefühl hatte, seine Antwort auf die Frage sei wichtig.

»Natürlich, ja«, antwortete er, schnell und ohne sich sicher zu sein, ob er Eisbären eigentlich mochte oder nicht.

Zeruya stieg vom Sofa und lief in den Flur. Als sie zurückkehrte, hielt sie ihre Arme hinter dem Rücken versteckt, erst nachdem sie am Sofa angekommen war, zog sie ein Kinderbuch hervor und legte es Luiz in den Schoß. Leon, der kleine Eisbär. Natürlich, jetzt verstand er. Mit schwarzen Knopfaugen und breitem Grinsen winkte ihnen der kleine Eisbär aus einer Schneelandschaft zu, seine erhobene Pranke war ungewöhnlich grazil, sein Schritt zielorientiert und sein Blick auffordernd gut gelaunt.

Luiz nahm das Buch, legte es zur Seite und strich Zeruya über den Kopf. Das würden sie bestimmt nicht lesen. Diese Falsche-Welt-Propaganda, wer wissen wollte, wie Ideologisierung funktionierte, brauchte nur Geschichten wie diese hier aufschlagen, in der ein Eisbärenbaby seine Mutter verliert, jedoch in letzter Minute von einer anderen Eisbärin aufgenommen und liebevoll erzogen wird. Später revanchiert sich das Findelkind, indem es seine erkrankte Ziehmutter vor dem Hungertod bewahrt, gemeinsam mit seinen Geschwistern eine Robbe fängt und sie der Kranken als rettendes Festmahl vor die hungrige Schnauze legt. Deutlich erinnerte sich Luiz an das letzte Bild: Ein schmatzendes Gelage besiegelt in strahlendem Sonnenschein das wiedergefundene Glück. Kein Wort davon, dass Eisbären niemals ein fremdes Junges aufnehmen, es im Falle eines Nahrungsmangels sogar fressen, und keine anmutige Pastellzeichnung darüber, wie aus der lebenden Robbe das leckere Sonntagsessen wird, jene Jagdtechnik, für welche die Eisbären vor allem berühmt sind: Sie graben Löcher in die Eisdecke, sodass sie die im Wasser schwimmenden Robben riechen können, packen sie im richtigen Moment im Nacken und ziehen sie durch die schmale Öffnung ans Licht, wobei sie ihnen mit einem Mal sämtliche Knochen brechen.

»Liest du mir vor?«, bat Zeruya. Es lag, wenn keine Forderung, so doch eine Aufforderung in ihrer Stimme. Luiz wich ihrem Blick aus, sah jedoch aus den Augenwinkeln, wie Zeruya die Kissen, die sie auf dem Sofa fand, in ihrem Rücken drapierte.

»Aber du kennst die Geschichte doch schon«, gab er zu bedenken. Zeruya hielt verdutzt inne, das Argument war ihr offenbar neu. Luiz sah, wie es in ihr arbeitete, sich Verwirrung erst in Besorgnis und schließlich in freudige Erregung verwandelte: »Dann eine andere Geschichte!«, rief Zeruya lebhaft und grinste ihn an. Ihre Grimasse war so komisch, dass Luiz lachen musste. Schon gut, dachte er, gewonnen. Er überlegte kurz und begann.

»Als ich ungefähr so alt war wie du, rieb mich meine Mutter –«

»Oma Elvira?«, unterbrach ihn Zeruya, Luiz nickte.

»Oma Elvira rieb mich jeden Abend nach dem Baden mit einer dicken, weißen Creme ein. Ich mochte den fettigen Geruch der Creme nicht besonders, aber mir gefiel es, wie Mama mit ihren rauen Fingern über meine Haut strich. Es war ein Spiel, jeden Abend fragte ich: Warum tust du das? Und sie antwortete: Das ist das Fett des Jaguars, es macht dich stark und schützt vor bösen Geistern.«

Zeruya legte ihre Hand auf Luiz' Arm und fragte leise: »Was ist ein Jaguar?« Luiz fuhr zusammen. Seine Tochter war Brasilianerin! Zugegebenermaßen noch eine sehr kleine, die das Land noch nie mit eigenen Augen gesehen hatte, aber immerhin, eine Brasilianerin – und sie wusste nicht, was ein Jaguar war? Aber einen Eisbären kannte sie.

»Der Jaguar«, antwortete Luiz, »ist eine große Raubkatze. Er lebt im Regenwald, nah am Wasser, ist berühmt für seine Jagdkunst und wird in unserem Land sehr verehrt.«

»In Brasilien«, ergänzte Zeruya, Luiz nickte.

Sie schauten einander an. Zeruya wollte wissen, ob Luiz schon einmal einen Jaguar gesehen hatte.

»Aber ja«, erwiderte er, »auf meiner ersten Reise den Amazonas, den großen Fluss entlang. Ich war mit zwei Freunden, Carlo und Diego, unterwegs, wir schliefen nachts in einem Zelt, es war unglaublich heiß.«

»So heiß wie hier?«

»Noch heißer und viel feuchter. Kurz nach Sonnenaufgang hielt ich es nicht mehr aus, ich kroch aus dem Zelt und sah ihn, er stand auf einem Stein am Flussufer.«

»Der Jaguar.«

Luiz nickte, lächelte: »Er war wunderschön. Sein Fell glänzte in der Sonne, es war schwarz, ein schwarzer Jaguar, was nur sehr selten vorkommt. Vorsichtig ging ich auf ihn zu, so weit, dass ich seine feinen Schnurrbarthaare sehen konnte, die großen Eckzähne und –«, Luiz hielt inne, holte Luft, »das Fleisch in seinem Maul. Der Jaguar war dabei, einen Tapir zu verspeisen. Tapire sind so etwas wie die Schweine des Regenwaldes, obwohl sie eigentlich eher wie kleine Nashörner aussehen. Kennst du Nashörner?«

Zeruya nickte stumm, Luiz sah den erlegten Tapir vor sich: Sein Bauch war geöffnet, das Fleisch und die Organe schon weggefressen, nur die hellen Knochen lagen blank in der Sonne, daneben die Haut, zwei schlaffe Ohren, der aufgebrochene Schädel.

»Der Jaguar tötet seine Beute«, erklärte Luiz Zeruya, »indem er mit seinen Zähnen dem Tier den Schädel aufschlägt und es direkt ins Gehirn beißt. So ist es auf der Stelle tot und empfindet keinen Schmerz.«

Zeruya nahm seine Hand, ihre Finger waren kalt.

»Hattest du keine Angst?«, flüsterte sie, Luiz schüttelte den Kopf: »Jaguare greifen keine Menschen an, es sei denn, sie sind verwundet oder angeschossen.«

Zeruya lehnte sich an ihn, seufzte. Luiz nahm sie in den Arm, zog sie an sich und spürte doch, dass Zeruya unruhig blieb.

»Warum ist der Jaguar so böse?«, fragte sie schließlich und es klang traurig. Luiz setzte sich auf: Böse? Die Frage überraschte, ärgerte ihn, von wem hatte Zeruya das?

»Der Jaguar ist nicht böse«, antwortete er energisch, »er tut, was er tun muss, um zu überleben.«

Zeruya blickte ihn an, Luiz sah, dass sie nicht verstand.

»Böse ist«, er stockte, suchte nach den richtigen, verständlichen Worten, »böse ist etwas, das die Menschen erfunden haben. Böse ist, wenn man etwas tut, obwohl man es nicht tun muss, wenn es auch anders ginge.«

»Wie anders?«, fragte Zeruya.

»Na, wenn der Jaguar zum Beispiel statt Tieren auch Pflanzen essen könnte. Doch der Jaguar wäre kein Jaguar geworden, wenn er sich nur von Pflanzen ernährt hätte, er ist ein Fleischfresser, das sagt schon sein Name, *jaguareté*«, Luiz bemühte sich, das Wort im Tonfall der alten Tupi-Sprache auszusprechen, »bedeutet echter, fleischfressender Vierfüßler.«

Zeruya nickte aufmerksam. Sie schien weniger skeptisch, aber noch nicht völlig überzeugt.

»Das heißt«, begann sie zaghaft, »kein Tier ist böse?«

Luiz drehte Zeruya zu sich, er sah ihre Furcht, ihr banges Hoffen und hatte auf einmal das dringende Bedürfnis, seine Tochter fest an sich zu drücken, doch das ging nicht, Zeruya erwartete eine Antwort, zu Recht. Luiz nickte, schaute Zeruya fest an und bestätigte ihr, dass sie Recht habe: Nein, kein Tier ist böse, der Jaguar nicht, der den Tapir frisst, der Eisbär nicht und auch nicht die wilde Katze, die ihnen manchmal eine tote Maus vor die Terrassentür legte.

Zeruya war die Erleichterung anzusehen. Sie seufzte auf, lächelte, schlang ihre Arme um Luiz' Bauch und drückte ihn fest an sich.

»Papa«, murmelte sie zärtlich, dann noch einmal, schon schläfriger, »Papa.«

Luiz streichelte ihren zarten Rücken, spürte, wie Zeruyas Atem tiefer und ihr Körper schwerer wurde. Nach ein paar Minuten war sie eingeschlafen.

Im Flur war es dunkel. Luiz machte kein Licht, trug Zeruya die Treppe hinauf ins Kinderzimmer und legte sie in ihr Bett. Er deckte sie zu, pustete ihr über die Stirn, wie er es jeden Abend tat, und schaute dann nach Joel, der schlief fest, die Augen zusammengekniffen, den Schnuller noch im Mund. Durch die weißen Vorhänge fiel schwach das Licht der Straßenlaternen.

Wieder auf dem Flur, zog Luiz langsam die Kinderzimmertür zu, ließ sie einen Spalt weit offen. Er zögerte, ging dann über den Flur zum Schlafzimmer, horchte vor der verschlossenen Tür. Aus dem Zimmer drang kein Laut. Keine leise Klaviermusik, kein gedämpftes Schnarchen. Auf Zehenspitzen schlich Luiz zurück ins Wohnzimmer.

Er öffnete die Schiebetür und trat hinaus auf die Terrasse. Ein leichter Wind wehte die Hügel hinauf, zog durch den Eukalyptushain neben ihrem Grundstück. Luiz ging über die Fliesen bis zu dem Punkt, an dem der Garten leicht abschüssig ins Dunkle lief, er zog seinen Fuß aus der Sandale und setzte ihn auf das trockene Gras. Barfuß wanderte er über den Rasen, der an einigen Stellen verbrannt war, Rachels halbherzige Bewässerung, ihr schlechtes

Gewissen den Palästinensern gegenüber. Luiz lief an dem Olivenbaum vorbei, am Sandkasten und der Schaukel, bis zu den Zitronenbäumen, zwischen den Ästen tastete er sich weiter und erreichte schließlich den Zaun. Er stand jetzt am äußersten Ende des Gartens, die Hitze hing noch immer schwer in den Hügeln, seit Ende Mai war hier kein Regentropfen gefallen. Weiter unten am Hang knatterte ein Moped, Luiz sah im Geiste, wie die Räder den trockenen Staub aufwirbelten, Jugendliche brachen auf zu den Clubs am Strand. Sein Blick glitt nach rechts, folgte den Motoren. Die Restaurants am Pier, die lauten Bars im Zentrum, in denen sich schwitzende Körper aneinanderdrängten, tanzten, im Nacken den Krieg, um die Angst, die bleiernen Gedanken rhythmisch aufzusprengen... All das schien weit weg. Diese Stadt ist gut, wenn du hungrig bist, hatte Mark, sein Vorgänger im Institut, gesagt. Hungrig und allein.

Ameisen liefen über seine nackten Füße. Luiz schloss die Augen, sah die felsigen Höhlen im Norden, die Wüste Negev im Süden, das täglich weiter verdunstende, eingezäunte Tote Meer, das gar kein Meer, vielmehr ein See, ein salziger Teich in der Wüste war. Dann sah er das Amazonasbecken. Carlo, Diego und er, nachts im Freien, um sie herum ein ständiges Knacken, Zischen im Gehölz. In einiger Entfernung der Fluss, der sich immer näher anhörte, als er tatsächlich war. Stockfinstere Nächte auf wurzeligem Boden, über ihnen vom Blätterdach tropfte es unaufhörlich hinein in ihre Höhle, eine gewaltige, dampfende Höhle, erfüllt vom Geruch warmen Regens und feuchter, sumpfiger Erde.

Ein Flattern im Gebüsch schreckte ihn auf, Luiz öffnete die Augen, schaute sich um, der Himmel über ihm war weit, öde und leer.

VIII

Am Wassertank, auf dem Flachdach des Hauses, in dem Salims Familie wohnte, hatten sie es zum ersten Mal gemerkt. Ada erinnerte sich, als wäre es gestern gewesen: Zu dritt hatten Salim, Judith und sie an jenem Abend am Küchentisch gesessen, zwischen ihnen eine stickige Hitze, die ihr Gespräch im Laufe der Stunden ausgedünnt und schließlich in vollkommenes Schweigen geführt hatte. Irgendwann nach Mitternacht war Salim mit seiner Hand über Judiths verschwitztes, bleiches Gesicht gefahren und hatte gesagt, sie solle duschen gehen, das kalte Wasser werde ihr guttun. Doch Judith hatte sich geweigert zu duschen, die Gastfreundschaft seiner Familie in Ehren, dann hätten Salims Schwester und ihre Kinder morgen womöglich kein Wasser für den Tee oder die Toilette mehr! Das sei doch bekannt hier, das plötzliche Röcheln im Wasserhahn, vor allem in der Trockenzeit. Salim hatte protestiert, erst gestern sei der Wassertank auf dem Dach kontrolliert worden, es gebe noch genug.

»Beweis mir das!«, hatte Judith gesagt, war leicht taumelnd aufgestanden und hatte nach oben an die Decke des Hauses gezeigt.

So standen sie da, auf dem Flachdach, zwischen der Satellitenschüssel und dem schwarzen Wassertank. Über ihnen der volle Mond, um sie herum die dunklen, leeren Gassen des Dorfes und andere Dächer mit Wassertanks. Am Ende des Tals, das auch das Ende des Dorfes war, stiegen die judäischen Hügel in die Höhe, hinter den Gipfeln begann Jerusalem, diesseits der Hänge ragten dort, wo früher die Pfirsichhaine des Dorfes gelegen hatten, Baukräne und eine Kette von Rohbauten in die Dunkelheit. Halbfertige Häuser, gebaut auf einer streng quadratisch abgeteilten Fläche, eingerahmt von einer Sandsteinmauer, an deren vier Ecken gleich ein ganzer Strauß israelischer Flaggen wehte.

Unter ihnen rumpelte ein offener Lastwagen über die unebene Straße, wirbelte mit seinen lehmverkrusteten Rädern gehörig Staub auf und verschwand wieder. Auf einem der freiliegenden Stromkabel saß eine Eule und heulte, ansonsten war es still. Jenes Gebet, das ihnen am frühen Abend beim Einfahren in das Dorf durch die knatternden Lautsprecher entgegengeschallt war, war das letzte Gebet des Tages gewesen.

Salim zog eine Taschenlampe aus seiner Hosentasche, leuchtete auf die Wasserstandsanzeige des Tanks und sagte zufrieden zu Judith: »Siehst du, fast noch voll. Jetzt aber unter die Dusche!« Judith beugte sich hinunter zu dem Tank, und Ada sah, wie Judith sich plötzlich den Kopf hielt, taumelte und in die Knie sank. Salim reagierte sofort, fing Judith auf und legte sie auf den Boden des Daches. Er schlug ihr auf die Wangen und öffnete, als sie nicht reagierte, ihr Augenlid. Mit seiner Taschenlampe leuchtete er in Judiths Augen, deren Pupillen nicht zu sehen waren, reinweiß glänzten die Augäpfel unter den Lidern hervor.

Am nächsten Tag, beim Arzt in Ramallah, erzählte Judith, der plötzliche Stich im Kopf habe sich angefühlt wie ein Stein, nein, nicht wie eine Nadel, wie ein Stein, der von innen gegen ihre Augäpfel drückte. Der das Halbdunkel aus Schatten und Wassertank wegdrückte, »in ein glühendes, pulsierendes Dunkel hinein«. Ada schluckte. Wie ein Stein, hatte Judith zu dem Arzt gesagt, an jenem Morgen. Hatte sie damals doch schon eine Ahnung?

»Wollen Sie jetzt oder nicht?«

Ungeduldig hielt der Verkäufer Ada den aufgeschnittenen Granatapfel hin, dessen blutrote Kerne in der Sonne glänzten wie entzündetes Fleisch.

»Doch, ja, natürlich«, erwiderte Ada hastig, nickte dem Verkäufer entschuldigend zu und kaufte gleich ein Dutzend Granatäpfel, dazu Weintrauben, frische Datteln und Orangen. Der Verkäufer, ein junger Türke mit blauen Augen und einem sorgfältig ausrasierten Ziegenbart, zählte die Preise im Kopf zusammen, seine Stirn runzelte sich beim Rechnen. Als er Ada die Gesamtsumme nannte, grinste er und legte noch zwei Aprikosen zu den Orangen: »Fürs Wochenende.«

Ada lächelte und nahm dankend ihre Einkäufe entgegen.

Auf dem Markt in Kreuzberg war es laut, wie jeden Freitag. Immer mehr Menschen drängten sich in die schmale Gasse zwischen den überdachten Ständen, rangen vor den Obstbergen um die Aufmerksamkeit der Verkäufer, suchten ihre Einkaufszettel, verloren ihre Kinder... Ada mochte das Gewimmel, die energisch zackigen Rufe der Marktschreier, auf Türkisch und auf Deutsch, die sich wie von selbst nach vorne schiebenden Menschenschlangen, darin, wie ein Kontrapunkt, jene älteren türkischen Frauen, die mitten in der Gasse stehen blieben, um einander ihre Einkäufe zu zeigen. Sie kümmerten sich nicht um das entrüstete Kopfschütteln, die Kommentare rechts und links von ihnen, sie wurden zu Steinen im Fluss, um die herum sich das Wasser seinen Weg suchte, aufsprudelte und weiterfloss.

Adas Telefon läutete. Sie zog es aus der Tasche, schaute nach, es war Viktor. Ada ließ es klingeln und ging weiter, sie nahm die nächste Abzweigung, verließ das Gedränge und lief am Kanal entlang zurück. Kurz bevor sie ihr Fahrrad erreichte, das an dem eisernen Geländer der Kanalbrücke angekettet war, piepte die

Mailbox. Viktor war hartnäckig. Ada stellte ihre Tüten ab und griff nach dem Telefon. Viktors Stimme klang heiter und beschwingt, er sprach vom Sommer, von Filmfestivals und Sendeplätzen und von einem Festival in Jerusalem, auf dem ihr Film gezeigt werden sollte. »Das habt ihr beiden euch doch immer gewünscht, eine Premiere in Israel!« Im Anschluss an das Screening sei eine Podiumsdiskussion geplant, zu der Ada und Judith selbstverständlich eingeladen seien. Er habe, berichtete Viktor und Ada hörte, wie seine Stimme umschlug, dem Veranstalter bereits mitgeteilt, dass Judith nicht werde kommen können, doch Ada solle es sich überlegen, wirklich, mahnte Viktor, sie tue niemandem einen Gefallen, wenn sie sich dem Rest der Welt komplett entziehe, das würde Judith sicherlich nicht wollen und überhaupt wisse man ja nicht, wie lange es noch... Ada drückte Viktors Stimme weg. Sie wusste, dass er Recht und gleichzeitig keine Ahnung hatte. Wie sollte er auch, das, was zurzeit passierte, hatte keiner von ihnen je erlebt. Judiths Tumor hatte sie alle überrollt, die Ärzte, die versuchten, ihre sichtbare Erschütterung hinter umständlichen Erklärungen zum Glioblastom zu verbergen, Leo, den gar nicht interessierte, was seine Schwester genau hatte, der nur laut aufschrie: »Das kann nicht sein!«, und Judith selbst, auch wenn sie, als einzige von allen, in den ersten Wochen nach der Diagnose von ihrem nahenden Tod gesprochen hatte, als handelte es sich um einen Abgabetermin.

»Drei Monate«, hatte der Professor Judith gegeben, nachdem sein Stab über das MRT-Bild gekratzt war und den Tumor eingekreist hatte.

»Drei Monate«, hatte Judith mit fester Stimme wiederholt, sich zu Ada umgedreht, ihr zugenickt und gesagt: »Das reicht.« Der Professor hatte verblüfft ausgesehen, doch Ada wusste, was Judith meinte: Der Film musste fertig werden. In drei Monaten.

Zum Glück hatten sie sich in den letzten Jahren angewöhnt, schon während der Dreharbeiten das Filmmaterial zu sichten und zu ordnen, hatten auch dieses Mal unfreiwillige Drehpausen, das Warten auf Genehmigungen genutzt, um eine erste Auswahl zu treffen, sodass es gerade machbar schien, den Film komplett zu schneiden, in zwölf Wochen.

Sie hatten gearbeitet wie die Besessenen. Judith war hart und unbeugsam, hörte erst auf, wenn ihr Kopf auf die Tischplatte fiel, schluckte das Kortison, als wäre es Aspirin, und trank Kaffee, bis ihre Hände zitterten. Judith wusste, dass die Zeit gegen sie arbeitete, die Neurologin im Krankenhaus hatte ihr und Ada die Wirkung des Kortisons erklärt: Ein paar Wochen lang würde es helfen, die Schwellung in Judiths Gehirn, die sich als Reaktion auf den Tumor gebildet hatte, zu lindern, die Kopfschmerzen würden abnehmen und Judith sich besser fühlen. Nach einiger Zeit jedoch immunisierte sich der Körper gegen das Kortison und die Schwellung bildete sich von neuem. Es war ein Kampf gegen die Zeit, aber ein Kampf mit einem klaren Ziel, und vor achtzehn Tagen, an einem Mittwochabend kurz nach 23 Uhr, war es dann tatsächlich so weit: Der Schnitt, die Credits und sogar die Untertitel waren fertig, und Judith bestand darauf, mit Ada den kompletten Film noch einmal von Anfang bis Ende anzuschauen.

»Aber das können wir doch auch morgen«, warf Ada ein, die sah, wie Judith vor Erschöpfung schwankte. Doch am nächsten Morgen, als Ada gemeinsam mit dem Pfleger Judith stützen und ins Bad begleiten wollte, schüttelte Judith nur den Kopf, ließ ihn zurück ins Kissen fallen und verlangte leise eine Schüssel.

Es war erschreckend, Judiths plötzlichen Verfall mit anzusehen, jedes Kopfschütteln, jede Weigerung ein Zeichen dafür, wie viel Kraft es sie in den letzten Wochen gekostet haben musste, das Aufstehen und das Laufen, die stundenlange Konzentration. Auf einmal, von einem Tag auf den anderen, verließ Judith das Bett nicht mehr, nahm keine Anrufe mehr an, hörte keine Musik, kratzte sich nicht einmal mehr, schlief meistens, schnarchte dabei laut, wimmerte zuweilen, wachte auf und verlangte ein Schmerzmittel und redete sonst nicht viel.

Auf einmal begann sie zu riechen, ihre Krankheit, nach Schweiß und alten Laken und abgestandenem Blumenwasser, ein Geruch, in dem die Judith, die Ada jahrelang gekannt hatte, innerhalb weniger Tage bis zur Unkenntlichkeit verschwunden war. Ihr Witz und ihre Energie waren weg, ihre Klarheit und auch ihre Härte, das zuweilen Herrische, das in den vorangegangenen Wochen vermehrt aus Judith herausgefahren war und das sie alle ertragen hatten, denn solange die Kranke befahl, wollte sie noch, und das war für sie alle das Wichtigste gewesen in jenen Wochen, dass Judith nicht aufgab... Warum eigentlich? Selbst das schien jetzt nicht mehr selbstverständlich, angesichts dieser Judith, die einen so mild, so ergeben anlächelte, mit diesem glasig verschwommenen Blick, dieser morphingeschwängerten Sanftheit, von der sich Ada immer wieder sagte, dass sie ihr dankbar sein sollte und die ihr doch das Herz zerriss.

Als Ada in ihrer Wohnung ankam, standen die Fenster offen. Warme Luft zog durch die Räume, auf dem Küchentisch stapelte sich die Post der letzten Tage, daneben lag ein Zettel, beschwert mit einem Kieselstein. Er sei heute Nachmittag mit dem Auto vorbeigekommen, schrieb Philipp, wegen der Wasserkästen. Ada hob den Stein hoch, darunter stand in sauber abgetrennten Buchstaben: *Ruf an, wenn du willst. Bin zu Hause. P.* Ada presste den glatten Stein gegen ihren Handballen, während sie hinüber ins Wohnzimmer ging, auf das moosgrüne Sofa sank und nach dem Telefon griff.

Philipp nahm schon beim ersten Klingeln ab, als habe er ihren Anruf erwartet.

»Ada?«, fragte er vorsichtig.

Sie antwortete mit einem zustimmenden Brummen.

»Wie geht's?« Philipps Stimme klang gedämpft, merkwürdig fern und doch nicht unvertraut; schon seit Wochen, genau gesagt seit dem Tag, an dem sie mit Judith aus dem Krankenhaus gekommen war, sprach er so mit ihr.

»Gestern Nachmittag«, begann Ada, und stockte, oder war es vorgestern?, »ist Judith aufgewacht und hat mich Camarada genannt.«

»Ich weiß«, erwiderte Philipp ruhig. Ada staunte.

»Du hast es mir gestern Abend geschrieben«, fügte er hinzu.

Richtig. Das hatte sie ganz vergessen. Sie schwiegen, Ada wollte noch mehr sagen: Judith hört etwas, das ich nicht höre, ich weiß nicht, was sie hört, wo sie ist, in diesen Momenten … Ada sagte nichts, wartete auf das Rattern der U-Bahn, die in diesem Augenblick dicht an ihrem Fenster vorbeifuhr, auf einer Eisenbrücke quer durch die Stadt, vom Westen in den Osten und zurück, bis zu zwölf Mal pro Stunde. Sie waren daran gewöhnt, ließen den Zug vorbeiziehen und warteten, bis wieder Ruhe eingekehrt war.

»Stewart ist heute Mittag gelandet«, sagte Philipp. »Er schläft jetzt im Hotel, danach wollten wir essen gehen.«

Philipp hatte seine Worte so gewählt, dass es nicht danach aussah, als hätte Ada auch dieses lang geplante Treffen mit seinem Bruder Stewart vergessen.

»Ich dachte an eins der Lokale am Kanal. Es wäre schön, wenn du mitkommst.«

»Natürlich«, erwiderte Ada und erhob sich vom Sofa. »Um acht bei dir?«

Philipp war einverstanden.

Ada ging ins Bad, wusch sich das Gesicht mit kaltem Wasser und schaute in den Spiegel. Stewart aus Kalifornien. Philipps kleiner Bruder mit den dicken Brillengläsern, Stewart, der Sternengucker, der als Jugendlicher mit Philipp gegen die Errichtung von Atomkraftwerken demonstriert hatte, bevor er Physik studiert hatte, nach Amerika ausgewandert war und im Silicon Valley mit Geldern des US-Energieministeriums die Antimaterie erforschte. Was ihm, Ada seufzte, Philipp nie verziehen hatte, sosehr sich Stewart auch bemühte, seinem großen Bruder zu erklären, dass physikalische Grundlagenforschung nicht zwangsläufig zur nächsten Atomwaffe führte. »Wissen ist nie neutral.« »Sei doch nicht so naiv!« »Und was ist die Lösung? Forschung zu verbieten? Sei du doch nicht so naiv!« Ada griff nach dem Handtuch und rieb sich ihre Hände trocken. Sie konnte die Lage nicht einschätzen, dafür war ihr die Materie zu fremd und Stewart zu fern. Nicht, dass sie ihn nicht mochte, nein, sie mochte Stewart, so wie man ein Kind mag, das völlig in seiner eigenen Welt versinkt. Stewart war für sie der vollkommene Wissenschaftler, jemand, der einfach forschen, der sehen wollte. Der dir mit leuchtenden Augen von der eisig trockenen Kälte an den Grenzen des Universums erzählte, dich jedoch auf die Frage, wie man sich diese Trockenheit vorzustellen habe, wie sie sich anfühle, verwundert anschaute, als kämst du von einem anderen Stern.

Ada kämmte ihre Haare und band sie sich im Nacken zu einem strengen Zopf zusammen. Sie entschied sich für das schwarze, verwaschene Stoffkleid, das Judith so mochte, »dein Arbeiterinnenkleid«. Es war schlicht und, wie Judith meinte, gerade deshalb elegant. Mit ihren Händen strich Ada über den ungebügelten Stoff, unter dem ihr Busen spannte. Ihre Brustwarzen wurden hart, wölbten sich wie zwei Kirschkerne unter dem dünnen Gewebe hervor.

Ada knipste das Licht aus und zog sich im Flur die Schuhe an. Gerade als sie die Wohnung verlassen wollte, läutete das Telefon im Wohnzimmer.

IX

»Profitabel, international und unabhängig – in maximal zwei Jahren!«, rief Greenberg, klopfte entschieden auf den Konferenztisch, schaute in die Runde und lächelte. Ein bedeutsames, anziehendes Lächeln, Jason sah das Funkeln, den scharfen Schliff der Vision in Greenbergs Augen, folgte dessen Blick und sah, während Greenberg weitersprach, was er sah: jene unsichtbare Hand, die vom Jetzt in die Zukunft greift, die Gebäude verschiebt, Distanzen verkürzt und neue Brücken baut. Jason sah jene Landkarte vor sich, in der Seemeilen, Containertonnen und Flugtonnen zählten, eine Welt, die vor bewegten Linien nur so flirrte – in diesem Gewebe ein angestrengt pumpendes Organ, *ASC*, dessen eingedicktes Blut bald schon wieder schneller und weiter fließen wird … »Denn wir glauben an die Zukunft von *Advanced Systems and Controls*!« Greenberg setzte seine Unterschrift schwungvoll auf das vor ihm liegende Dokument, reichte den Vertrag an Hanson weiter und ließ sich dann in seinen Stuhl zurückfallen. Seine Brust hob und senkte sich wie nach einem Sprint; sie war vollbracht, auch diese Operation an jenem großen, schnaufenden Körper, dessen Herzschlag und Nerven Greenberg kannte und durchschaute wie nur wenige. Sein »Eulenblick« war in der Branche berühmt, doch Greenberg wehrte sich gegen jede Mystifizierung, er wusste, dass das, was man in seiner Welt gerne Intuition nannte, nichts anderes als die genaueste Analyse des Marktes, seiner Muskelkräfte und Pulsveränderungen war. Eine Analyse, die jede Veränderung der Ausgangslage scharf unter die Lupe nahm, die aus dem Tempo der Veränderung selbst ein Kriterium machte, für oder gegen das Investment, in diesem Fall dafür, und so kam es, dass Greenberg heute zuversichtlich in die Runde schaute, Hansons Blick auffing und ihm zunickte, als betrachtete er sich selbst wohlwollend im Spiegel.

Nachdem auch Hanson und Lloyd den Vertrag unterschrieben hatten, standen die drei geschlossen auf, begaben sich ans Tischende und streckten nahezu gleichzeitig ihre Hände aus, Tim Palm, dem alten und neuen Präsidenten von *ASC* entgegen.

»Danke«, sagte Tim, während er ihnen nacheinander die Hände schüttelte. Die Erleichterung war seinem über den Sommer noch schmaler gewordenen Gesicht anzusehen, doch Jason sah noch etwas anderes, Verstecktes in Tims Blick, einen tiefer sitzenden Schrecken, immer noch eine Spur Unglauben darüber, dass jetzt tatsächlich geschehen war, was er, Tim Palm, noch vor einem Jahr nicht für möglich gehalten hätte: den kompletten Verkauf von *ASC* als einzige Möglichkeit, die Firma zu retten. War das für den jungen, mutigen Tim, der mit gerade mal vierzig Jahren einen der größten amerikanischen Autozulieferkonzerne leitete, nicht ein herber Schlag? Eine echte Kraft- und Glaubensprobe?

Tim hatte *ASC* vor knapp drei Jahren übernommen und von seinem ersten Tag an getan, was er konnte. Ihm war es gelungen, aus den fatalen Ankäufen seiner Vorgänger das Beste herauszuholen, Tim hatte restrukturiert, den Kernbetrieb verschlankt und stattdessen massiv auf Forschung gesetzt. Es war sein Verdienst, dass *ASC* bereits seit gut einem Jahr an der Entwicklung von Akkusystemen für Elektroautos arbeitete, Tim hatte sogar jene Batteriefabrik bauen lassen, die das Unternehmen, wie Greenberg in seiner Rede betont hatte, in die Zukunft führen wird. Und dennoch, letztendlich hatten Tims Taten nicht verhindern können, dass jene dunkle Wolke, die zur Zeit über Amerikas Wirtschaft hing, die anhaltende Krise in der heimischen Automobilindustrie, ihre Schatten auch auf ASC warf. Die Umsätze im traditionellen Kerngeschäft des Unternehmens waren seit gut einem Jahr drastisch eingebrochen, Tim und seine Leute auf ihrer Ware sitzengeblieben, die Schulden hatten dagegen immer mehr zugenommen. Als dann auch noch alte Gläubiger anklopften, die keinen Aufschub mehr gewährten, die selbst ums Überleben kämpften, schien bei ASC das Ende gekommen zu sein, Zahlungsunfähigkeit drohte und keine Lösung war in Sicht, bis vor ein paar Wochen dann doch noch ein Angebot von *Greenberg, Hanson & Lloyd* kam.

Hanson, der zu spüren schien, was in Tim vorging, machte diesem ein Zeichen, ihm an das südliche Ende des Konferenzsaals zu folgen, dorthin, wo eine breite Fensterfront den Blick auf das weitläufige Tal freigab. Greenberg stand ebenfalls auf und schlenderte zum Fenster, verschränkte dort seine Arme vor der Brust und schaute in die Mittagssonne, ein Signal, dass der offizielle Teil der Sitzung beendet war. Jason folgte den dreien, hielt dabei respektvollen Abstand zu Greenberg und stellte sich doch nah genug zu Hanson, um hören zu können, was dieser zu Tim sagte, während er mit seinem Arm auf die Hügelketten, die sonnigen Felder und die Kiefernhaine hinter der Glasscheibe zeigte. Auf dieses Tal, das, wie Stewart gerne betonte, infolge eines »gigantischen Krachens« entstanden war, als sich vor zehn Millionen Jahren die harte, pazifische Erdkruste unter die weichere, nordamerikanische Erdplatte schob, dabei das Gestein an der Küste zu Gebirgszügen auftürmte, mit Vulkanen den Boden aufwühlte und Meeressedimente bis in das hinter dem Gebirgsrücken entstehende Tal trug – ein sanft auslaufendes, von der Sonne reich beschienenes Stück Erde, dessen weicher, mineralhaltiger

Boden das Tal schnell begehrt und berühmt machte, zuerst für seine Kirschbaumfelder und Apfelplantagen, dann für seine Weinreben und schließlich für jene in Garagen gegründeten Firmen, deren rasantes Wachstum selbst die kühnen Erwartungen ihrer Gründer übertraf. Immer größere Gebäudekomplexe, deren niedrige Flachdächer allein entfernt noch an Garagen erinnerten, entstanden entlang der Sand Hill Road, einer schlanken, wendigen Straße, die sich wie eine Flussader durch das Tal schlängelte, dabei immer wieder Wälder und Industrieparks passierte, die auch an der Einfahrt von *Greenberg, Hanson & Lloyd* vorbeikam und dann weiter gen Süden zog, am Supermarkt und dem Steakrestaurant vorüber, hin zu jener Kurve, an der, zehn Meter unter der Erde, der Teilchenbeschleuniger von Stewarts Institut begann, sich zwei Meilen lang unterirdisch gen Osten zu ziehen. Jene stählerne Vakuumröhre, in der Stewart mit seinen Kollegen Elektronen fast bis auf Lichtgeschwindigkeit beschleunigte, sie so mit Energie auflud und aufeinanderprallen ließ, um den sowohl zeitlich wie räumlich am weitesten von uns entfernten Punkt im Universum besser zu verstehen.

»Hier!«, rief Hanson enthusiastisch, »von diesem Flecken Erde sind die wahren Revolutionen des letzten Jahrhunderts ausgegangen.«

Jason sah, wie Tim nickte, seine Augen streiften durch die Landschaft, suchten wahrscheinlich in der Ferne, hinter einem der entlegenen Hügel, das Firmengelände von *ASC*.

»Was wir wissen und berechnen können, wie wir handeln, kommunizieren, mehr noch, wie nah wir uns sind!, wurde von den Bewohnern dieses Tals entscheidender beeinflusst als von irgendwem sonst.« Hansons Worte waren nicht neu, weiß Gott nicht, sie waren das Glaubensbekenntnis des Silicon Valley, ihnen allen wohl vertraut, und doch tat es manchmal gut, die alte Geschichte neu zu hören, das schien auch Tim so zu sehen, auf dessen Gesicht Jason jetzt sogar ein leichtes Lächeln entdeckte. Zumal die bekannte Geschichte hier nicht von irgendwem, sondern aus Hansons Munde kam, einem, der wusste, wovon er sprach, wenn er sagte, dass in diesem Tal »Erkenntnisse Wirklichkeiten schafften«. Hanson, der vor knapp vierzig Jahren, noch als Student unweit von hier sein erstes Investment getätigt hatte, hatte immer wieder erlebt, was das Zusammenführen von Menschen zum richtigen Zeitpunkt für Folgen haben konnte, und aus dieser Erfahrung heraus war sein Vertrauen in das Tal und mit diesem Vertrauen auch die Firma hier gewachsen: *GHL*, die »drei Buchstaben«, wie Jason seine Chefs zuweilen in Gedanken nannte, Greenberg, Hanson und Lloyd, der knorrige Engländer, der immer etwas abseits stand und sich auch jetzt mehr für Zigaretten als für höfliche Konversation zu interessieren schien. Jason schüttelte den Kopf, ein notorischer Einzelgänger, sein Chef aus Londoner Zeiten, und ein sturer Querkopf… Stets widersprach Lloyd bis zuletzt, was Jason anfangs mächtig verwirrt hatte, bis ihm irgendwann klar geworden war, dass Lloyds methodischer Zweifel nicht zwangsläufig der Ausdruck eines tatsächlichen Misstrauens dem jeweiligen Fall gegenüber war, es war vielmehr die ihm zugeschriebene Rolle, fast so eine Art sokratisches Prinzip seiner drei Chefs, dass Lloyd auch dann noch nachhakte, wenn eigentlich bereits alles geklärt war.

Wie damals beim zweiten, entscheidenden *ASC* Gespräch in New York, das einberufen worden war, nachdem die Regierung wenige Tage zuvor verkündet hatte, die alternative Energietechnik in ihrem Land mit dem größten Förderprogramm der US-Geschichte voranbringen zu wollen: 200 Milliarden Dollar, davon allein zwei Milliarden Dollar für die Erforschung von Batterietechnologien. Das waren Zahlen, die auch Hanson und Greenberg nicht kalt ließen, die sie – nun doch, wie Jason nicht umhinkam zu denken – von Akkusystemen für Elektroautos und der goldenen Zukunft grüner Mobilität schwärmen ließ. Auf einmal erschien die sich im Bau befindende Batteriefabrik von *ASC* und mit ihr der ganze Konzern in neuem Licht, die Fabrik wurde, wie Greenberg es formulierte, das »Herz« eines neuen, den gesamten Globus umspannenden Netzes, in dem Detroit, und damit *ASCs* traditionelle Abhängigkeit von *General Motors* und Co., längst Geschichte sein würde. Eine Vision, die Hanson und Greenberg mit einer solchen Emphase vertraten, dass der Kauf von *ASC* bereits beschlossene Sache zu sein schien, hätte es da nicht Lloyd gegeben, der hartnäckig am Ankertau zog und das Schiff einfach nicht fahren lassen wollte.

»Innovation schön und gut«, sagte er, »was ist, wenn ihr zu langsam seid? Sind die Japaner in Sachen grüne Mobilität nicht schon viel weiter?«

Hanson winkte ab: »Nur beim Hybridauto liegen die Japaner derzeit vorne. Langfristig ist der Hybridantrieb jedoch nichts als eine Zwischenstation.«

Greenberg nickte, wiederholte: »Eine Zwischenstation, keine Revolution.« Ein Wort, von dem er wusste, dass Lloyd darauf reagieren würde, und so war es auch, Lloyd beugte sich vor und verzog leicht spöttisch die Mundwinkel zu der stummen Frage: Und was bitte ist die Revolution?

»Revolutionieren wird die Autoindustrie ein Akku, der leistungsstark, sicher und kostengünstig ist«, sprang daraufhin Jason ein.

»Dieser Akku wird für das Auto sein, was der Halbleiter für den Computer war«, erklärte Hanson Lloyd, »er ist Voraussetzung für einen langfristigen, großflächigen Sieg der Elektromobilität, und er fehlt noch – «

»Auf einem Weltmarkt, der gerade erst entsteht!«, sagte Greenberg und zählte auf, was alle bereits wussten, stand es doch in Jasons bereits vor Wochen geschriebenem Bericht: Die Ölreserven schrumpften, neue Winde wehten. Rohstoffarme Industrieländer wie Israel investierten bereits großflächig in eine neue Infrastruktur für grüne Mobilität, die Chinesen wussten ebenfalls, dass sie ohne schadstofffreie Fahrzeuge in ihren wachsenden Megastädten bald ersticken würden, und auch in den meisten anderen Ländern erzwangen die Emissionsgesetze Elektromobilität geradezu. »Dieses Produkt ist notwendig!«, jubilierte Greenberg.

»Und es ist ein Produkt, das nicht von Billiglöhnen profitiert«, fügte Hanson hinzu. »Hier geht es schlicht um die beste Lösung. Was dieser Akku braucht, sind ideale Bedingungen für die besten Leute in einem Umfeld, das innovatives, wildes Denken inspiriert.«

Greenberg lachte und setzte vergnügt hinzu: »Und das hat jetzt auch Washington kapiert.«

Lloyd runzelte die Stirn und schwieg. Greenbergs Fröhlichkeit reizte ihn, das sah Jason ihm an, Lloyd schien aber auch zu spüren, dass die Zeit der Argumente vorbei war, wollte er jetzt noch einmal ausholen, konnte das nur durch einen Rückschritt, etwas Unlogisches, durch emotionale Verwirrung geschehen.

»Und wenn«, begann Lloyd mit einer federleichten, beinahe süßlichen Stimme, die so gar nicht zu ihm passte, »es doch anders kommt? Wenn euch die Japaner überraschen, unbemerkt von links überholen, während sich eure Forscher noch die Köpfe zerbrechen?«

Greenberg starrte Lloyd an, rührte sich nicht, da lachte Hanson schon und schüttelte den Kopf über so viel Sturheit.

»Anthony«, rief Hanson, »du redest, als ginge es hier um hart umkämpfte Anteile in einem etablierten Markt. Wir dagegen«, er deutete auf sich und Greenberg, »sehen einen Markt, der gerade erst entsteht, der wachsen wird und in dem die besten, nicht die schnellsten Produkte ihre Chance auch haben werden.«

Hansons Augen suchten Greenberg, der nickte kurz, doch sein Blick war unruhig, fing an zu flackern, glitt in die Ferne, verharrte dort und verwandelte sich schließlich in ein breites Grinsen: »Und selbst wenn«, begann Greenberg, »die Japaner alle überraschen – was ist der beste Weg, um sich vor der Konkurrenz zu schützen? Sich Zugang zu ihrem Haus zu verschaffen!«, rief er laut, lachte noch lauter als Hanson, und Jason sah, dass in diesem Moment eine weitere, noch kühnere Idee geboren worden war.

Tim war der Erste, der seinen Platz am Fenster verließ, die paar Schritte auf Jason zuging und ihm gleich beide Hände entgegenstreckte: »Auch dir, Jason, meinen Dank.« Tim blinzelte: »Ich habe nicht vergessen, wer mich damals als Erster aufgesucht hat.«

Jason erwiderte Tims Händedruck, lächelte ihm kurz zu und wandte dann den Blick ab. Tims Dankbarkeit freute ihn, und doch war sie ihm, ohne dass er genau sagen könnte, warum, irgendwie auch unangenehm. Es lag gewiss nicht daran, dass er Tim nicht mochte, im Gegenteil, der große, breitschultrige Tim, dem man wie ihm selbst anhörte, dass er aus dem Mittleren Westen und dort auch eher vom Land als aus einem der Zentren stammte, war ihm von Anfang an sympathisch gewesen, seine Klarheit, Natürlichkeit. Bei ihren zwei Treffen hatte er sich stets besonders wohl gefühlt, sie hatten über Baseball gesprochen... Umso erstaunlicher war es, dass er auf einmal so anders empfand. Vielleicht lag es daran, dass er erst jetzt, aus nächster Nähe, die Veränderungen in Tims Gesicht noch deutlicher sehen konnte, die dünnen, langen Furchen an seinen Schläfen, diese Nase, die mittlerweile fast so spitz wie Leylas Nase war, aber nicht so sein sollte, Tims Physiognomie war nicht markant, eher weich und rund angelegt.

»Jason!« Das war Greenberg, der von hinten zu ihnen trat und Jason auf die Schulter klopfte: »Der Geburtshelfer der Stunde.«

Tim wich überrascht zur Seite und schien sich doch zu freuen, bestätigte, die Arbeit mit Jason sei außerordentlich angenehm gewesen, effizient, vertrauensvoll. Greenberg zuckte mit den Achseln, als erstaune ihn das nicht.

»Einer unserer besten Männer«, erwiderte er trocken.

Jason schwieg. Tim ebenfalls, beide schielten sie zu Greenberg, der schließlich hinzufügte: »Jason arbeitet bereits in Japan an unserem nächsten großen Investment.«

»Du bist jetzt in Asien?«, fragte Tim überrascht. »Nicht mehr in London?«

Jason nickte.

»Wo genau, in Tokio?«

»Richtig.«

»Und, wie läuft es dort?« Tims Neugier war ehrlich, fast fröhlich, er schien froh, über etwas anderes reden zu können.

Jason schielte kurz zu Greenberg, vergewisserte sich der eisernen Regel: Über Geschäfte in Verhandlung, gerade wenn es langsamer vorwärts geht als erwartet, wird in keinem Fall gesprochen.

»Wir sind auf einem guten Weg«, erwiderte er kurz. »Die Ausgangslage ist eigentlich sehr gut, der Absatz stimmt, viele Konzerne sind zukunftsträchtig aufgestellt, und doch –«, Jason stockte, schaute zu Greenberg, »hat man zuweilen den Eindruck, die Japaner stehen sich auf den eigenen Füßen.«

»Schnelle Entscheidungen sind keine japanische Nationaltugend«, warf Greenberg ein, lachte kurz und beugte sich noch näher zu Jason: »Und trotzdem wird es Ihnen gelingen, unsere japanischen Freunde zu überzeugen. Ich habe großes Vertrauen in Sie, in Sie beide!«, rief Greenberg und schaute von Jason zu Tim und wieder zurück.

Jason lächelte höflich und spürte doch auf einmal ein drückendes Gewicht auf seinen Schultern, der Gedanke an Tokio, an seinen Auftrag dort, an das, was Hanson und Greenberg von ihm erwarteten, entzündete hier und heute nicht das gleiche Hochgefühl wie gestern in der Bar, als er, noch während Hanson sprach, das impulsive Verlangen verspürt hatte, sofort loszulegen, Mai Sato anzurufen, Termine für Montag zu vereinbaren.

»Viel Erfolg!« Erst Tims zuversichtliches, freundschaftliches Kopfnicken brachte das bedrückende Gefühl zum Verschwinden.

Der Abschied fand draußen auf dem Parkplatz statt. Fast gleichzeitig traten die drei Buchstaben durch die Glastür des Haupteingangs hinaus in den hellen Tag, allen voran Lloyd, der sich hastig entfernte, im Laufen seine Hand vor den Mund hielt und dann tief an seiner Zigarette sog, wie ein Süchtiger, dachte Jason.

»Ein Süchtiger!«, bemerkte Hanson.

Vor der größten Firmenlimousine, die in der Mitte des Parkplatzes stand, blieben sie stehen. Hanson verabschiedete sich von Tim mit einem Witz über die umstehenden Autos, Jason hörte das Wort »Auslaufmodelle« und sah, wie Hanson sich hinunter, in Richtung Motor beugte, wahrscheinlich, um sich von Tim erklären zu lassen, wo in Zukunft der Akku sitzen würde.

»Wir hören von Ihnen«, sagte Greenberg und drückte Jasons Hand, bevor er sich von seinem Chauffeur die Beifahrertür öffnen ließ. Panzerglas, dachte Jason beim Anblick der leicht getönten Scheiben. Hier an der Westküste glaubte zwar niemand ernsthaft an einen Anschlag, aber an einen Überfall.

Greenberg machte Lloyd ein Zeichen, ihn und Hanson nicht warten zu lassen, worauf sich Lloyd selbstverständlich besonders viel Zeit ließ. Genussvoll rauchte er seine Zigarette zu Ende, drückte sie gründlich mit der Fußspitze aus und schritt dann betont lässig zum Auto. Als er einstieg, brachte das blitzende Sonnenlicht den runden Hautteller auf seinem Hinterkopf einen Augenblick lang zum Glänzen, was Lloyd eine Art Heiligenschein und dem im Wagen versammelten Triumvirat etwas befreiend Komisches gab, als offenbare sich eine Sekunde lang das große Spiel der Gesten, jener Rituale, die sie alle schon so lange kannten – aus Filmen? aus einem früheren, erahnten Leben? – und die trotzdem nicht gespielt waren. Oder waren sie gespielt, zumindest nachgespielt, und nur weil sie vertraut sind, wirken sie authentisch, normal?

»Du bleibst noch?« Jetzt war es Tim, der neben ihm stand.

»Nur bis heute Abend.«

»Direkt zurück nach Tokio?«

Jason nickte, Tim schwieg.

»Du hast einen Fahrer?«, fragte Tim nach einer Weile. Jason überlegte kurz, entschied sich dann für die Wahrheit: »Ja.« Er deutete auf die Limousine neben der frei gewordenen Parklücke.

Kurz darauf bestieg auch Tim seinen Wagen. Einen Jeep, ohne Chauffeur, dafür mit mehreren Baseballschlägern und einem Buggy im Rückfenster. Schwungvoll parkte Tim aus, gab Gas und fuhr zügig auf das Tor des *GHL*-Geländes zu. Er fährt wie jemand, der zu Hause erwartet wird, dachte Jason, schnell, aber nicht verantwortungslos.

Jason sah im Geiste, wie der Jeep die Sand Hill Road hinabrollte, die große Kreuzung beim Steakhaus passierte und sich jener Kurve näherte, die Stewart von seinem Arbeitsfenster aus sah. Jason zog seinen Blackberry aus der Tasche und wählte Stewarts Nummer.

Mit jedem Klingeln, das unbeantwortet verhallte, wurde Jason bewusster, wie unlogisch es war, anzunehmen, dass Stewart während der Arbeit das Klingeln eines Telefons hörte, schließlich hatte er im Computerraum ihres Studentenwohnheims nicht einmal die platzende Kaffeemaschine gehört! Jason war zusammengefahren, hatte sich umgedreht, gesehen, wie die Wand sich braun färbte und dabei den hinter der Türe sitzenden Jungen entdeckt, der mit gekrümmten Rücken dasaß und sich nicht rührte. Jason stand auf, ging vorsichtig auf den Jungen zu, wer weiß, vielleicht eine Schockstarre, doch schon bald wurde ihm klar, dass es sich hier weder um Erstarrung noch um bewusstes Ignorieren handelte, der Junge mit der dicken Brille war vertieft in ein Blatt, das vor ihm auf dem Tisch lag und das er in unregelmäßigen Abständen mit einem Bleistift beschrieb. Jason blieb stehen, der Moment kam ihm plötzlich außerordentlich intim vor, dazu wertvoll, er war dem Zufall dankbar, der ihn dazu gebracht hatte, diesen äußerlich unscheinbaren Jungen überhaupt wahrzunehmen. Er hatte etwas Körperloses an sich, trug diese furchtbar unförmigen europäischen Jesussandalen und ein Hemd so groß wie ein Zelt, doch gerade das rührte Jason, sein schmächtiger, krummer Rücken, dieser Rücken eines Greises, der nichts als das Haus, die Hülle einer im Verborgenen glühenden Leidenschaft war.

»Ja, bitte?«

Einen Augenblick lang wusste Jason nicht, wer mit ihm sprach. Die Sekretärin des Instituts, natürlich. Jason fragte nach Stewart und erfuhr, dass er nicht da war, in Europa, erklärte die Dame, gestern Nachmittag abgeflogen. Erst nach Berlin, dann Wien und über Zürich zurück. Ab nächsten Mittwoch sei der Professor wieder erreichbar. Jason staunte, bedankte sich und wollte noch etwas fragen, als die Sekretärin auflegte.

Stewart in Europa. Jason schaute auf, in die Sonne, und spürte seine Enttäuschung im Brustbein, ein kleiner harter Punkt, der langsam tiefer sackte. Der Parkplatz lag verlassen da. Auf einmal war es unangenehm still. Kein Nachhall und keine Erwartung lagen in dieser Stille, die leer war, ein Vakuum. Eine schaurige Ahnung jener Räume, in denen nie etwas anderes als Stille gewesen war.

Jason starrte auf den Blackberry in seiner Hand, der auf etwas zu warten schien, er schluckte, wählte dann und hörte nach ein paar Sekunden das kurze, doppelte Tuten englischer Mobiltelefone.

Später würde er sagen, dass er schon bei Leylas erstem Wort gewusst hatte, wie das Gespräch verlaufen würde, dass er es ihrer Stimme angehört hatte, die zittrig war, weich und stockend, als Leyla sagte: »Ja? Bitte?«

Jason, der wusste, dass Leyla wusste, wer dran war, wusste im ersten Augenblick nicht, was er sagen sollte. Ich bin es?, oder: Guten Abend? Seine Stimme klang tonlos, als er sich bei Leyla erkundigte, wie es ihr gehe. Erschöpft, war die Antwort. Die Woche im Krankenhaus sei anstrengend gewesen, ungewöhnlich viele Notaufnahmen, die üblichen Hitzekollapse, dazu die Proteste – Proteste?, warf Jason ein, denn er hatte Mühe, Leylas schnellen Worten, ihrer betonten Sachlichkeit zu folgen. Ja, hatte er denn nichts von den Demonstrationen gehört?, fragte Leyla verwundert. Jason überlegte, konnte sich im Moment beim besten Willen nicht erinnern, ob er von Protesten in London gehört oder gelesen hatte. Gestern Morgen habe es angefangen, erzählte

Leyla, eine riesige Spontandemonstration quer durch Kensington gegen die israelischen Luftangriffe, heute dann eine Gegendemonstration, Sympathiebekundungen für das israelische Volk, die am frühen Abend vor der israelischen Botschaft in Schlägereien ausgeartet waren, nachdem ein Transparent mit der Aufschrift: *Jedes Volk hat das Recht, sich vor Terror zu schützen!* mutwillig in Brand gesteckt worden war. Leyla seufzte, danach sei die Lage zeitweilig außer Kontrolle geraten, zahlreiche Gehirnerschütterungen, Messerstiche, sogar ins Gesicht, lebensbedrohliche Tritte und alle Verletzten bei ihnen im Krankenhaus – die Pro-Palästinenser, linke Autonome, israelische Nationalisten, betrunkene Rowdys, ein paar Sicherheitsleute und ein Junge, ein junger Pakistani, sagte Leyla und ihre Stimme verfärbte sich, keine dreizehn Jahre alt. In einem Arafat-T-Shirt und dreckigen Jeans war er eingeliefert worden, man hatte ihm in den Bauch getreten, so fest, dass es nur ein Stock oder der Fuß eines Irren gewesen sein konnte. Der Stoß war genau platziert!, flüsterte Leyla, als könne sie es nicht glauben. Die Milz des Jungen war gerissen, die Leber verletzt und die inneren Blutungen gefährlich stark, sie hatten ihn sofort operiert, doch man müsse abwarten, stabil sei er noch nicht ... Jason hörte die Bewegtheit, die Zartheit in Leylas Stimme, als sie erzählte, an den Fingerspitzen des Jungen hätten sie sogar Filzstiftspuren entdeckt. Keine dreizehn, Jason! Und die Eltern hatten sich noch immer nicht gemeldet.

Dann schwieg Leyla. Jason hörte ihren Atem, spürte, wie sie nach Worten suchte, Worte, die ihr fehlten, wie Hände, die ins Leere griffen, und auf einmal konnte er nicht länger an sich halten, er wollte sie sehen, berühren, küssen, er wollte sie so sehr, dass er nicht warten konnte, dass er es wissen musste, jetzt – wie es stand.

»Leyla«, sagte er und seine Stimme klang kratzig, »und sonst?«

Stille. Jason hörte nichts mehr und plötzlich bekam er Angst, er wollte zurück in das Reden vor seiner Frage, obwohl ihm doch klar war, dass sie nicht darum herumkamen, über das, was zwischen ihnen stand, über sich zu sprechen. Als Leyla weiter schwieg, entschied er, obwohl es ihn ärgerte, dass es wohl seine Aufgabe war, den nächsten Schritt zu machen, noch deutlicher zu werden.

»Hast du«, fragte er, »dich entschieden?«

Es raschelte in der Leitung. Leyla änderte ihre Haltung, sie bereitete sich vor – auf was?

»Noch nicht«, erwiderte sie dumpf, »gib mir noch Zeit.«

»Zeit wofür?« Seine Stimme klang erstaunlich barsch.

»Zeit, um klarer zu sehen«, erwiderte Leyla. Sie sei so durcheinander, hin und her gerissen, »letzte Woche«, erzählte sie, »war ich einen Klick entfernt vom nächsten Flug nach Tokio. Wirklich, ich wollte dich überraschen, aber –«, sie stockte, »ich kann hier nicht so einfach weg. Meine Arbeit, das Krankenhaus, mein ganzes Leben –«

»Ich habe dir gesagt«, unterbrach Jason sie kühl, »dass die Stadt kein Grund ist. Ich verlange nicht von dir, mir zu folgen, wir können uns besuchen, ich lass mich nach London zurückversetzen, hörst du? Darum geht es nicht, wir müssen uns –«, er holte Luft, »langfristig orientieren!«

Leyla atmete tief ein.

»Du willst es wirklich«, flüsterte sie zärtlich, als werde ihr das jetzt erst klar.

»Überrascht dich das?«, fragte Jason schroff.

»Nein, natürlich nicht«, antwortete Leyla. Wieder schwig sie und sagte dann, so leise, dass Jason es fast nicht verstand: »Gib mir einfach noch etwas Zeit.«

»Zeit wofür!« Jason hörte die Aggression in seiner Stimme, er hasste es, wenn die Sachen sich im Kreis drehten. Was hoffte Leyla, mit der Zeit zu finden, sie hatte Zeit genug gehabt.

»Die Situation ist klar«, erklärte er, »die Tore offen, du musst nur durchgehen.«

»So einfach ist das nicht.«

»Doch«, sagte Jason, »genauso einfach ist das. Leyla, die Klarheit, nach der du dich sehnst, kommt nicht durchs Warten, durchs Dasitzen und Hin-und-her-gerissen-Sein, sie kommt nur durch eine Entscheidung!«

»Ich wünschte, es wäre so.«

»Es ist so, vertrau mir!« Jason schrie jetzt fast. Er meinte zu sehen, wie Leyla zurückwich, und wollte sie zu sich ziehen, doch im gleichen Moment spürte er, wie sich etwas in ihm zusammenzog, hart und heiß wurde und ihm den Schweiß auf die Stirn trieb. Er sollte sie zurückholen? Mit der gleichen, geduldigen Rücksicht wie immer? Nein, so konnte es nicht weitergehen, er hatte genug gelitten, er musste ihr klarmachen, was ihr Zaudern für ihn bedeutete, sie sollte ihn endlich verstehen!

»Leyla«, sagte er mit gepresster Stimme, »dein Zaudern zehrt an mir. Weißt du, wie Kräfte raubend, entwürdigend das ist? Ich bitte dich«, sagte er mit all der Weichheit, die in ihm noch übrig war, »entscheide dich, für uns. Jetzt.«

Statt einer Antwort hörte er ein Weinen.

»Jason, ich will es ja, aber –«

»Was aber?«

»Ich kann nicht, noch nicht,«

»Du kannst es nicht«, schrie er sie an, »weil du es nicht willst!«

»Wie bitte?«, fragte Leyla erschrocken. Dann schien sie zu verstehen: »Nein, das ist es nicht.«

»Doch!«, schrie Jason auf. »Das ist es und nichts anderes! Hör endlich auf, dir was vorzumachen«, er äffte sie nach, »ich kann nicht, noch nicht, gib mir Zeit... Du willst dich nicht entscheiden! Das ist die Wahrheit. Wir leben nicht im 19. Jahrhundert, du bist frei, du kannst gehen, wenn du willst, ihr habt keine Kinder, dein Mann ist kein Baby, er ist erwachsen und unabhängig, du musst es ihm nur sagen.«

»Jason, du verstehst nicht«, sagte Leyla.

»Doch«, schrie er, »ich verstehe dich! Ich sehe, was hier läuft, was du mit dir und mit mir machst, und ich sehe auch, dass es so nicht weitergeht, nicht besser wird, es gibt nur eine Lösung«, seine Stimme nahm Anlauf, brüllte: »Entscheide dich!« mit einer solchen Aggression, dass er das Mikrophon von sich weg hielt.

»Jason«, hörte er Leyla sagen, als er das Gerät wieder am Ohr hatte, »du machst mir Angst. So kenne ich dich nicht.«

»Ich dich auch nicht«, erwiderte er schroff.

»Du bist so hart!« Leyla fing wieder an zu weinen, ihre Stimme wurde flatterig, hilflos: »So funktioniert doch keine Liebe.«

»Da sind wir uns einig.«

Stille. Sie schwiegen beide und Jason fühlte in sich eine Kälte, die ihn überraschte, die im Moment jedoch ganz wohl tat. Zumindest war sie angenehmer als die Wut, eine verkrampfte, schmerzende Brust.

»Jason?«, fragte Leyla, ihre Stimme klang weit entfernt.

»Leyla?«

»Warum?«

»Warum was?«

»Warum kannst du nicht warten?«

»Warum kannst du dich nicht entscheiden?«

»Du warst mir noch nie so fremd«, sagte Leyla und es klang traurig.

»Du mir auch nicht, Leyla«, erwiderte Jason kühl.

Sie schwiegen. Jason fühlte, dass Leyla auf etwas wartete, dass jetzt der Moment war, alles rückgängig zu machen, dass dies die letzte Chance war, doch er spürte auch, dass er nicht die Kraft dazu hatte. Oder den Willen, was auch immer. Mit einer merkwürdigen Ruhe sagte er zu Leyla, zu der Frau, für die er mehr empfunden hatte als für irgendjemanden sonst: »Viel Erfolg.«

»Jason!« Ihre Stimme flog auf wie ein Vogel. »Wenn du mich liebtest, sprächest du nicht so.« Diese Argumentation fand er so lächerlich wie den Konjunktiv, in dem Leyla sie aussprach.

»Wenn du mich liebtest«, antwortete er ebenso gestelzt, »würdest du dich entscheiden.«

Leyla weinte. »Du willst mich einfach nicht verstehen.«

»Doch, Leyla, ich will es«, sagte Jason, lachte auf, seine Stimme klang hohl, und fügte, dieses Mal bewusst zynisch, hinzu: »Ich kann es einfach nicht.« Ein Motorrad knatterte über die Sand Hill Road. Jason wischte sich den Schweiß von der Stirn.

»Du machst alles kaputt«, hörte er Leyla wimmern.

»Ich? Mach alles kaputt?« Darüber konnte er nur lachen. »Deine Selbsttäuschung ist billig, meine Liebe. Ich bin der Böse, der dich unter Druck setzt, und du der brave Engel, der geduldig auf Erlösung wartet.« Jason schüttelte den Kopf. »Belüg dich doch weiter, wenn du es kannst. Mich kannst du nicht täuschen.«

»Jason?« Jetzt war auch Leylas Stimme kalt. »Ich kenne dich nicht mehr.«

»Ich dich auch nicht. Alles Gute, Leyla«, sagte Jason und legte auf.

Er stand da, reglos. Fühlte sich vollkommen leer. Leer und so leicht, dass ihm schwindelig wurde, seine Füße anfingen zu kribbeln. Jason drückte die Fersen fest in den Boden und legte seinen Kopf in den Nacken. Der Himmel über ihm war hoch und gasigblau. Jason entdeckte ein Flugzeug, das schnurgerade gen Norden zog, als teile es den Himmel in genau zwei Hälften.

X

Aaron stand in seinem Garten, mit Luftschlangen behängt, und winkte ihnen zu: »Rachel!«

Rachel ließ Luiz' Hand los, öffnete das Gartentor und näherte sich ihrem Vater, doch Zeruya war schneller, sie preschte an Rachel vorbei zu Aaron, klammerte sich an sein Bein und gab keine Ruhe, bis sie auf dem Arm ihres Großvaters saß. Dort angekommen, packte Zeruya mit beiden Händen Aarons Hals, rief: »Happy Birthday!«, und drückte ihren Mund so fest auf Aarons Wange, dass die umstehenden Gäste anfingen zu lachen.

Rachel lachte mit, beugte sich zu Luiz und küsste ihn ebenfalls auf die Wange, als gäbe es so eine Verbindung zwischen Zeruyas Kuss und ihrem. Luiz spürte Rachels Lippen auf seinen Bartstoppeln, er roch die Creme auf ihrer Haut und strich ihr mehrmals fest über den Rücken, seine Art, Rachel zu streicheln und gleichzeitig von sich wegzuschieben.

Die Party hatte längst begonnen, auf der Wiese und im Haus standen überall Gäste mit Gläsern in den Händen, halb Israel schien gekommen zu sein, um mit Aaron jene 70 aus feuerrotem Plastik zu feiern, die aufgeblasen im Schwimmbecken thronte. Es roch nach frisch gemähtem Gras und Gegrilltem, Luiz blickte um sich und entdeckte am Ende des Rasens, neben dem rauchigen Grill, ein riesiges, noch nicht eröffnetes Buffet, flankiert an beiden Enden der Tafel von massiven Menora-Leuchtern mit dem Davidstern in der Mitte.

Rachel zog ihn mit sich in die Menge, begrüßte ihre Onkel und Tanten und immer wieder Freunde ihrer Eltern, die Luiz nie oder nur ein einziges Mal auf seiner Hochzeit gesehen und schnell wieder vergessen hatte. Menschen, die sich ihrerseits genau an ihn erinnerten, die ihn freundlich begrüßten, ihn ausfragten, nach der Universität, jetzt, ohne Aaron, nach seiner eigenen Arbeit, nach Brasilien... Israelis, die sein Hebräisch bewunderten und am Ende des Gesprächs Rachel zunickten, als wollten sie sagen: Gut gemacht. Luiz fuhr sich durch die Locken, als könne er sich so vom inneren Kopfschütteln abhalten.

Als sie die Terrasse erreichten, erspähte Rachel im Gewimmel endlich ihre Mutter: Esther stand, von Gästen umringt, im Wohnzimmer an den Flügel gelehnt. Sie trug eine dunkelblauschwarze Seidenbluse, deren Muster Luiz an größer werdende Pfauenaugen erinnerte, ihr langes, graues Haar hatte sie hochgesteckt. Rachel winkte ausladend, Esther sah das und machte ihrer Tochter ein Zeichen, sie draußen im Garten zu treffen. Sie geht nicht, sie schreitet, dachte Luiz, als Esther, bevor sie den Rasen betrat, ihren langen Rock anhob wie früher die Damen bei Hofe. Es waren diese kleinen, verinnerlichten Gesten, die ihre vornehme Herkunft verrieten. Esther, die Tochter wohlhabender, französischer Juden, die im Sommer 1940 überstürzt nach Israel aufgebrochen waren, vertrat mit jeder Faser ihres Wesens noch immer das alte Europa. Jener aus Amerika kommende, sportlichlässige Stil, der mehr als ein Kleidungsstil, ein Habitus war, dieses Baseballkappenzücken und hurtige Schulterklopfen, das für viele Israelis, Aaron eingeschlossen, selbstverständlich war, hatte an seiner Frau keine Spuren hinterlassen, es war geradezu unmöglich, sich Esther, die selbst nicht viel mehr wog als ein Baseballschläger, in Turnschuhen und Shorts vorzustellen. Luiz musste schmunzeln, ein einziges Mal hatte sich diese zarte Frau mit rigoroser Härte durchgesetzt, vor vier Jahren, kurz vor Zeruyas Geburt, als es darum ging, nach Aarons Pensionierung als Dekan der Universität von Tel Aviv nach Jerusalem zurückzuziehen. Warum zurück nach Jerusalem?, hatte Aaron gefragt, wo sie doch in Tel Aviv das Haus in Meernähe besaßen und zwei ihrer drei Kinder in der Nachbarschaft wohnten. Doch Esther war eisern geblieben: Hier, auf diesem Grundstück, auf dem ihre Eltern nach ihrer Flucht vor der Wehrmacht ein buchstäbliches Zelt aufgeschlagen hatten, hier, wo ihre Mutter drei Kinder, unter ihnen Esther, geboren hatte, wollte Esther mit Aaron ihren Lebensabend verbringen. »Hier will ich sterben«, hatte Esther nicht gesagt, doch allen war klar gewesen, dass es ihr auch darum ging.

Rachel drückte ihre Mutter an sich, rief: »Imami!« Rachels Wortschöpfung aus *ima*, Mutter, und *mami*, mein Schatz. Luiz sah die beiden einander umschlingenden Körper, seine Frau hatte die schlanke Statur, die feinen Gesichtszüge Esthers geerbt, und doch wirkte Rachel so viel robuster, irdischer als Esther. Als sei Rachel die *ima* und nicht umgekehrt.

»Luiz.« Esther legte ihm ihre knochigen, rubinrot beringten Finger auf die Schulter. »Du siehst schmal aus. Arbeitest du zu viel?«

Luiz zuckte mit den Schultern, wich Esthers Blick aus: »Ich weiß nicht … Ich glaube nicht.«

»Pass auf ihn auf«, bat Esther ihre Tochter und lächelte vielsagend.

Luiz wurde heiß.

»Schalom, da seid ihr ja!« Da war Ben, wie aus dem Nichts aufgetaucht, Benjamin, der glückliche, chronisch gut gelaunte große Bruder.

»Rach-el-ke!« Ben sang den Namen seiner kleinen, geliebten Schwester fast, während er sie an sich zog, »du musst noch unterschreiben, auf der Karte für Aaron, ihr Beide.« Ben griff in seine Hemdtasche und zog eine bunte, im Sonnenlicht glitzernde Glückwunschkarte und einen Stift hervor.

»Das Geschenk!«, fiel Rachel ein. Sie griff nach der Karte und lächelte ihren Bruder dankbar an: »Ben, du denkst wirklich an alles.«

Während Rachel die Karte signierte, wippte Ben lässig auf den Fersen, nahm seine Sonnenbrille ab und zwinkerte Luiz zu.

»Du fährst nach New York?«, fragte er.

Luiz staunte, und staunte wieder nicht. Natürlich wusste Ben bereits Bescheid. Über irgendetwas mussten er und Rachel in ihren vielen Telefonaten, während ihrer Mittagessen in der Stadt ja reden.

»Wann fährst du? Für wie lange?« Neugier war für Ben nicht zudringlich, sondern eine Tugend.

Luiz antwortete einsilbig: Ende September, ja, ein Kongress, eine Einladung an die Columbia University, nein, nicht die NYU. Etwas Interdisziplinäres, ja, ob es auch ein Rahmenprogramm gebe, nein, das wisse er nicht.

»Du musst unbedingt in Joe's Pub!«, rief Ben und fragte dann, fast entschuldigend: »Kennst du das schon?«

Luiz schüttelte den Kopf, erwiderte, er sei noch nie in New York gewesen.

Rachel gab Ben die Karte zurück und blickte durch den Garten: »Wo ist Inbal?«, fragte sie suchend, »Inbal muss doch auch noch unterschreiben.«

Ben streckte sich, hielt Ausschau, doch selbst er, der alle überragte, schien sie in der Menge nicht zu sehen, Inbal, die Dritte im Geschwisterbunde. Weder von ihr noch von Chaim, Inbals Mann, eine Spur.

»Ich gehe sie suchen«, verkündete Rachel, doch Esther hielt sie fest: »Dein Vater«, sagte Esther und deutete auf den Rasen, »schau.«

Aaron hatte sein Glas gehoben und schlug jetzt mit einem Löffel gegen das Kristall wie gegen eine Triangel. Dass er diesen Tag mit so vielen bekannten Gesichtern, so vielen Generationen erlebe dürfe, erfülle ihn mit großer Freude, sagte Aaron und seine Stimme klang bewegt. Er, der in seinem Leben so viele Reden gehalten hatte, der auch unbequeme Worte nicht scheute, wenn er sie für richtig hielt, war offensichtlich von seiner eigenen Rührung überrascht. Aaron räusperte sich, dankte seinen Freunden für ihre Treue, seinen Kollegen für ihr Mitwirken an der »historischen Chance«, eine Universität dieses Landes mit aufgebaut zu haben, und er dankte dem Leben, das ihn reich beschenkt habe... Rachel senkte den Kopf und Luiz sah das aufsteigende Rot auf ihren Wangen, er spürte förmlich die Woge von Liebe und Bewunderung, die in Rachel für ihren Vater aufstieg, der, wie sie alle wussten, als Kleinkind die Deportation nach Auschwitz überlebt hatte, mit seiner kranken Mutter aus dem Lager geflohen war und der vom Leben als einem Geschenk, einer täglich neu aufgehenden Blüte sprach. Aaron redete von Großzügigkeit, erwähnte jene ihm bis heute unbekannten Amerikaner, die in den frühen sechziger Jahren von Kalifornien aus sein Studium finanziert hatten, er hielt die nächste Generation an, weiterhin frei nach Wissen und Erkenntnis zu streben und schloss mit einem Blick in die Zukunft: Mit einer Geste, die an Moses in der Wüste erinnerte, hob Aaron seine Hände zum Himmel, schaute ebenso prophetisch wie hilflos hinauf, in Richtung Süden, dorthin, wo gestern Abend die letzten Kampfflugzeuge in Richtung Gaza gestartet waren, und forderte ein Ende der Gewalt: »Es kann nur friedlich gehen!«, rief er und seine Stimme wurde heftiger. Jetzt, in diesen Tagen, »in denen die Welt zu Recht wieder auf uns schaut!«, forderte Aaron ein Denken »aus mindestens zwei Richtungen« und wünschte, alle Bewohner dieses Landstrichs mögen in Frieden miteinander leben.

Ein Raunen ging durch den Garten, nachdem der Jubilar zu Ende gesprochen hatte, die Gäste schienen sich unsicher zu sein, ob man klatschen sollte, Aaron spürte das, hob lachend sein Glas und eröffnete, jetzt wieder ganz der souveräne Gastgeber, das Buffet und – die Eistorte! Jenes Wunderwerk, das Ben in diesem Moment über den Rasen zu einem extra reservierten Tisch neben dem Buffet trug. Sofort ging ein zweites Raunen durch die Menge, Aarons enge Freunde zwinkerten sich wissend zu: Eiscreme war eine der zwei großen irdischen Leidenschaften Aarons. Eiscreme und Segeln, weshalb Ben überzeugt war, eine Eistorte und ein neuer Spinnaker »in Vanillegelb!« sei genau die richtige Geschenkkombination.

Vor dem Buffet bildete sich schnell eine Schlange und die Band, bestehend aus Musikern, die fast so alt wie Aaron waren, begann erneut zu spielen. Jazz im Stil der sechziger und frühen siebziger Jahre. Der feine, silberne Klang eines Saxophons drang in Luiz' Ohr. Wenn doch das Leben so klar und rein sein könnte wie dieser Klang, dachte Luiz und folgte dem Ton, der mit seinem Verklingen auch seinen Gedanken mitnahm, in die Stille, ins Nichts. Sein Kopf wurde schwer. Vom Wein? Von der Sonne? Luiz suchte den Schatten und sah auf einmal im Sandkasten unter den Bäumen Zeruya zwischen ihren Cousins Efraim und Uri. Vorsichtig trat Luiz näher, wartete darauf, dass Zeruya ihn entdeckte. Als es so weit war, winkte Zeruya ihm fröhlich zu, lachte und widmete sich dann weiter den entstehenden Sandburgen und Wasserlaufen. Luiz blieb stehen, betrachtete seine Tochter. Er wollte ihr über die Haare streicheln, trat aber nicht näher, er ließ Zeruya in ihrem Spiel.

Dafür kam Inbal angelaufen, stolperte fast, ihre Stöckelschuhe verhakten sich im Rasen, als sie ihren Söhnen zurief: »Effi? Uri? Jetzt gibt's Eis!«

Mit einem Ruck zog Inbal die Jungen aus dem Sandkasten, schleifte sie mit sich fort und ließ eine erstaunte Zeruya zurück. Die sah den dreien nach, ließ ihre Schaufel fallen, blickte um sich und fragte Luiz hoffnungsvoll: »Gehen wir auch Eis essen?«

Neben der Eistorte stand Onkel Ben, ein blitzendes Messer in der Hand, mit dem er großzügige Tortenstücke für seine Neffen Efraim und Uri abschnitt.

»Nicht zu viel!«, mahnte Inbal.

Ben zwinkerte seiner Schwester zu: »Inbal, ist doch koscher.«

Chaim trat noch dichter hinter seine Frau, legte seine Hände auf Inbals Hüften und betrachtete an ihrer Schulter vorbei die schmelzende Eistorte. Ein kurioses Paar, dachte Luiz nicht zum ersten Mal, der etwas untersetzte, stämmige Chaim mit dem schwarzen Krausbart, dem man seine irakischen Vorfahren ansah, und die hagere, hochgewachsene, weizenblonde Inbal. Dabei hielt ihre »Pfadfinderliebe« nun schon über zehn Jahre. Inbal war, wie Luiz aus Rachels Erzählungen wusste, keine sechzehn gewesen, als Chaim, dem damaligen Leiter des Pfadfindersommerlagers, die verschlossene Tochter des für seine Wortgewalt berühmten Professor Levi auffiel: Chaim nahm sich Inbals an, lockte sie aus ihrer Reserve, ermutigte sie, neben Tennis auch in der Hockeymannschaft zu spielen, er machte sie zur Leiterin der jüngsten Pfadfindermädchen, er »erkannte« Inbal. Im Gegenzug reduzierte Inbal ihr Studium Chaim zuliebe auf ein Minimum, heiratete ihn kurz nach ihrem zwanzigsten Geburtstag und zog mit Chaim ein paar Jahre später sogar in eine Siedlung. Luiz sah die Szene noch vor sich: »Ist das dein Ernst?«, hatte Rachel erschrocken gefragt, als Inbal der Familie verkündet hatte, sie werde mit Chaim und den Kindern in eine neu ausgebaute Siedlung unweit von Ramallah ziehen. »Ihr wollt auf den Überresten eines platt gewalzten, palästinensischen Dorfes leben?« Auch für Aaron und Esther war Inbals Ankündigung ein Schock gewesen, es hatte Überredungsversuche, Geschrei und Tränen gegeben, Tränen auf Esthers Seite, Inbal war hart geblieben.

»Zeruya, für dich auch?«, fragte Ben und zeigte auf die Torte.

Zeruya nickte hungrig und Ben bedachte sie mit einem besonders großen Stück. Uri spähte bewundernd auf den Teller seiner Cousine, die außer Eis auch reichlich Biskuitgarnitur abbekommen hatte, während sein eigenes Tortenstück bereits fast vollständig zu einer bunten Soße zerschmolzen war.

»Es ist einfach zu heiß für Eis«, bemerkte Rachel und lächelte Uri freundlich zu.

Ben trat hinter der Torte hervor, legte seinen Arm um Rachel und deutete hinauf, in die Sonne: »Zürne ihr nicht«, raunte Ben mit einer Stimme, als rede er von der Venus und nicht von der Sonne, »denn sie ist mächtig. Unser wichtigster Rohstoff!«

Rachel winkte lachend ab: »Ist gut, Ben, wir haben es nicht vergessen.« Bens Verehrung für die Sonne war nicht neu. Seitdem er vor gut einem Jahr vom Finanzsektor in die Solarenergiebranche gewechselt war, ließ Ben keine Gelegenheit aus, um die Vorteile der Sonnenenergie, der »Mutter aller Energiequellen«, anzupreisen.

»Sogar in der Autobranche denken sie mittlerweile über Solardächer auf Elektroautos nach!«, erzählte Ben unverdrossen.

»Das sollten sie«, warf Chaim ein, »unsere Solardächer haben im letzten Jahr so viel Strom produziert, dass wir knapp die Hälfte verkaufen konnten.«

Rachels Blick glitt zu Boden, es war klar, wen Chaim mit »wir« meinte.

»Apropos Elektroautos –«, Ben wandte sich an Inbal: »Weißt du, was Amos jetzt macht, der Basketballstar aus deinem Jahrgang?«

Inbal schüttelte den Kopf.

»Seine Firma baut in Israel ein Netz an Batterieladestationen für Elektroautos auf. In weniger als zwei Jahren wollen sie das ganze Land versorgen.«

»Mit Stromtankstellen für Autos?«, fragte Luiz ungläubig.

»Warum denn nicht!«, rief Chaim und grinste in Bens Richtung: »Mir gefällt die Idee: von Galiläa bis hinunter ans Rote Meer zu fahren, ohne auf einen Tropfen Öl angewiesen zu sein.«

»Von den Ladestationen habe ich gelesen«, sagte jetzt auch Rachel, »sollen die nicht völlig ohne Personal auskommen?«

Ben nickte, erklärte: »Alles wird automatisch, kabellos ablaufen, das Synchronisieren der Bordcomputer, das Laden der Batterie, sogar zum Bezahlen braucht es nach der Synchronisation keine Kreditkarte mehr.« Luiz glaubte, seinen Ohren nicht zu trauen: automatische Synchronisation sämtlicher Bordcomputer? Energieabgabe nur nach vorheriger Identifizierung? Was erzählte er seit Jahren seinen Freunden!

»Prima!«, rief Luiz. »Dann bekommen in diesem Land in Zukunft nur noch die Strom für ihr Auto, die ihn auch bekommen sollen.«

Erstaunte Gesichter um ihn herum. Chaim war der Erste, der seine Ärmel hochkrempelte und die Arme vor der Brust verschränkte. »Was willst du damit sagen?«, fragte er schneidend.

Luiz spürte, wie ihm warm wurde.

»Ich will sagen«, erwiderte er ruhig, »dass der israelische Staat mit solchen Tankstellen ein weiteres Mittel haben wird, um zu kontrollieren, wer sich in diesem Land wie und wo bewegt.«

»Das ist doch absurd«, murmelte Inbal und schüttelte den Kopf.

»Ist es das?«, fragte Luiz und zuckte mit den Achseln: »Ich denke nur weiter, was bereits existiert.«

Inbals Blick suchte Chaim, der strich sich durch den Bart, holte tief Luft und sagte: »Niemand wird gezwungen, sich in unserem Land zu bewegen.« Auf seinem Gesicht blitzte ein kaltes Lächeln auf: »Wer sich unfrei fühlt, kann ja gehen.«

Luiz war verblüfft.

»Du empfiehlst mir, das Land zu verlassen?«, fragte er Chaim.

Chaim antwortete nicht sofort, sein Blick fiel auf Rachel, wie um deutlich zu machen, wer letztendlich verantwortlich war, wer Luiz in die Familie eingeführt hatte.

»Sag schon!«, stachelte Luiz.

Chaim grub seine Schuhe noch tiefer in den Rasen und erklärte in einem Ton, der keinen Widerspruch zuließ: »Wer bei uns lebt, wer *freiwillig* hierhergekommen ist«, betonte Chaim auf eine Art, die klarstellte, dass Luiz keiner von denen war, die ihr Heimatland verlassen mussten, »der ist verpflichtet, das Sicherheitsbedürfnis des israelischen Volkes zu respektieren.«

»Das Sicherheitsbedürfnis!« Luiz lachte auf. »Natürlich.« Sein Blick glitt hinauf in den Himmel, dorthin, wo heute Nacht die nächsten Kampfflugzeuge gen Süden starten würden...

»Wie konnte ich vergessen«, sagte Luiz leise und doch laut genug, »jeder Angriff in diesem Land – reine Selbstverteidigung.«

Chaim seufzte, raunte Inbal zu: »Jetzt geht das wieder los.«

»Du hast doch keine Ahnung!«, fuhr er Luiz an, »du bist nie

dort gewesen, du – «, Chaim zeigte mit dem Finger auf Luiz, »hast nie erlebt, wie sie unsereins dort unten beäugen!«

Fallende Bomben werden überall gleich beäugt, wollte Luiz erwidern, doch Chaim war schneller, rief: »Gott hat dieses Land nicht der Scharia überlassen!« Er schnaufte, hob seinen Blick, blinzelte in die Sonne und zitierte dann ruhig, mit einem geradezu zärtlichen Ernst: »Dir und deinen Nachkommen will ich all diese Länder geben und will meinen Eid wahr machen, den ich deinem Vater Abraham geschworen habe.«

Stille. Chaim lächelte, als gäbe es nichts weiter zu sagen, und sagte dann doch noch, in einem Ton, der seine Botschaft sanft umhüllte: »Wer das nicht respektiert, kann seine Vögel vom Nil aus untersuchen.«

»Chaim, das reicht jetzt«, fuhr Ben dazwischen, »Luiz ist dein Schwager! Er ist Rachels Mann und Vater ihrer Kinder.«

»Eben!«, erwiderte Chaim und lachte triumphierend: »Und das werden sie auch immer bleiben: jüdische Kinder!« rief er, beugte sich vor zu Luiz und wiederholte direkt in sein Gesicht: »Jüdische Kinder.«

Luiz starrte Chaim an, spürte, wie ihm im Nacken der Schweiß ausbrach, drehte sich um und ging.

Rachel lief ihm nach, hielt ihn fest, rief: »Luiz!«

Er blieb nur widerwillig stehen.

»Wohin willst du?«, fragte sie.

»Ich verlasse das Fest.«

»Nein!«, rief Rachel, »das darfst du nicht, bitte – «, sie suchte nach Worten, »du kannst doch nicht, vor so einem, du musst – «

»Sag du mir nicht auch noch – «, unterbrach Luiz sie scharf, »was ich zu tun habe und was nicht.« Er schüttelte Rachels Hand ab und wiederholte: »Ich gehe.«

»Wohin?«, fragte Rachel tonlos.

»Ins Institut.«

»Du willst arbeiten? Heute?«

Luiz nickte: »Das Paper für New York. Du weißt doch...«

Rachel winkte ab, Luiz sah, dass seine eisige Stimme ihr wehtat. Ihr Blick suchte die Ferne, als sie ihre Handflächen so fest wie möglich gegeneinanderpresste.

»Also gut«, sagte Rachel leise, »die Autoschlüssel sind in meiner Tasche, im Flur.«

»Ich nehme ein Taxi«, antworte Luiz.

»Nein, nimm den Wagen.« Rachel klang bestimmt. Luiz schaute sie an, sie nickte ihm zu und sagte: »Ben wird uns nach Hause fahren.«

»Uns?«

»Die Kinder und mich.«

Luiz schaute sich ein letztes Mal um, Zeruya war nirgendwo zu sehen und Joel schlief noch immer in seinem Buggy unter dem Feigenbaum.

»Zum Abendessen bin ich wieder da«, hörte er sich sagen, streckte seine Hand aus, zog sie auf halber Strecke wieder zurück, drehte sich um und lief über den Rasen davon.

Er fuhr schnell, bei offenem Wagenfenster, die Hügel Jerusalems hinab, in Richtung Tel Aviv, zum Meer, zu ihr. Joana. Luiz öffnete seinen Hemdkragen, er wollte, brauchte sie, jetzt, er wollte sie fühlen, riechen, schmecken, wollte sich in ihr vergraben, wollte, dass Joanas Geruch, ihre gemeinsame Hitze alles andere, die stechende Sonne, den hellen Tag auslöschte.

Erstaunlich, die Sabbatstille auf den Straßen. Die Autobahn nach Tel Aviv war leer, keine Busse auf der rechten Fahrbahn, wenig Autos, unter ihnen viele Taxis, von denen die meisten an der Ausfahrt zum Ben Gurion Airport abbogen, um ihre Gäste zu einer der ausländischen Fluggesellschaften zu bringen, die auch heute nach Übersee starteten. Luiz schaute den Taxis hinterher, wie sie nacheinander hinter der Kurve verschwanden. An einem Sabbat vor über zehn Jahren hatte er zum ersten Mal dieses Land betreten. Wie die Vögel war auch er aus der Luft gekommen, war in Spanien, wo er einen Vortrag gehalten hatte, in die Maschine gestiegen und über das Mittelmeer geflogen. Vom Fenster aus hatte er gesehen, wie sie Zypern, den kargbraunen Brocken im dunkelblau glitzernden Meer, hinter sich ließen, und hatte kurz darauf jene Stadt entdeckt, die sich an der Ostküste des Mittelmeers vom alten Hafen Jaffas aus gen Norden zog. Gläserne Hochhäuser blitzten selbstbewusst, aber nicht klotzig in der Sonne, die Strände schienen weit und leer, das Meer vor der Küste war gepunktet mit Segelschiffen und Luiz hatte sich gedacht: Hier in dieser Stadt, die so viel offener, weitläufiger aussah als das überquellende São Paulo, hier, an einer Fakultät, die für ihre Feldforschung bekannt war und von deren Laborfenstern aus, so hieß es, das Meer zu sehen war, hier, wo Tausende Hobbysportler ihre Segel in den Wind legten, musste es, Politik hin oder her, auszuhalten sein. An einem Ort, der seit jeher Passage, Europas Tor zum Nahen Osten, arabischer Hafen für Schiffe nach Europa, der seit Jahrtausenden Durchgangsstation für Menschen und Vögel gewesen ist, musste es möglich sein, als ein Fahrender, Weitgereister glücklich zu werden, hatte er gedacht, damals. Luiz seufzte auf, verließ die Autobahn und fuhr durch die etwas belebteren Straßen Tel Avivs ins Neve Tsedek.

Als er in die Straße einbog, in der Joana lebte, sah er sie draußen auf dem Bürgersteig stehen. Joana redete mit einem großen, arabisch aussehenden Mann, gestikulierte energisch, die beiden schienen vertraut miteinander. Luiz parkte den Wagen und überquerte langsam die Straße. Der Araber war jung, ungefähr so alt wie Joana, trug Jeans und ein weißes Hemd und hielt etwas in der Hand, das er nervös von der einen in die andere Handfläche legte. Er entdeckte Luiz zuerst, folgte ihm mit seinem Blick, so dass Joana sich umdrehte und Luiz zu sich winkte.

»Das ist Salim«, sagte sie, als Luiz neben ihnen stand. Dann deutete sie auf Luiz, nannte seinen Namen und erklärte: »Ein Freund, auch aus Brasilien.«

Sie schüttelten einander die Hände. Salim machte einen sympathischen Eindruck, hatte offene, kluge Augen, war freundlich und doch vorsichtig, immer wieder fiel sein Blick auf die zwei Schlüssel in seiner Hand. Als er merkte, dass es Luiz auffiel, entschuldigte er sich, er müsse los, Joana nickte. In einer schnellen Bewegung drückte Salim ihr die Schlüssel in die Hand, küsste sie flüchtig auf die Wange und sagte nur: »Danke.«

Joana winkte ab: »Kein Problem. Sei vorsichtig!«, rief sie Salim hinterher, der bereits in zügigen Schritten den Bürgersteig hinablief. Vor einem Jeep, der viel zu groß für die enge Straße war, blieb Salim stehen.

»Wer ist das?«, fragte Luiz, als Salim den Wagen bestieg.

»Mein Nachbar«, antwortete Joana, »aus dem zweiten Stock. Salim arbeitet hier in Tel Aviv für eine internationale Hilfsorganisation, die sich um die Versorgung in den Palästinensergebieten, vor allem im Gazastreifen kümmert. Er reist viel, manchmal ist er wochenlang nicht da, dann kommt er für zwei, drei Tage her, manchmal auch Freunde von ihm. Am Wochenende besucht er meistens seine Familie in der Nähe von Ramallah.«

Der Motor heulte auf und der Jeep steuerte geschickt aus der Parklücke auf die schmale Straße.

»Bevor er wegfährt, gibt mir Salim jedes Mal seine Schlüssel«, erzählte Joana. »Damit ich ab und an nach dem Rechten sehen kann, behauptet er.« Doch Luiz sah, dass Joana das nicht glaubte.

»Er will, dass jemand die Schlüssel hat, falls ihm etwas passiert?«, fragte Luiz. Joana schaute ihn an und nickte mit den Augen.

Der Jeep entfernte sich, erreichte die nächste Kreuzung und setzte den Blinker.

»Salim fährt nach Gaza«, sagte Joana.

»Jetzt?«, fragte Luiz erstaunt.

Joana nickte. »Er ist überzeugt, dass die israelischen Bomben beim Einschlag Urangase freisetzen, die Krebs und Missbildungen erzeugen.«

Der Wagen war verschwunden, zurück blieb eine unheimliche Stille.

Luiz hörte Joana atmen, griff ihr in den Nacken, schob ihre Haarmähne hoch und küsste sie zart auf ihren Hals, die Mulde neben ihrem Schulterblatt, dann fasste er sie um die Hüften und drängte Joana schnell in den Hauseingang, den dämmerigen Flur hinauf, hinein in ihre Höhle, die warm war, vertraut und dunkel. Ein Raum, in dem allein der Rhythmus ihrer tiefen, harten Bewegungen daran erinnerte, dass Zeit noch existierte. Dort draußen. Während hier drinnen alles ineinanderfiel, Hunger und Sättigung, Wut und Zärtlichkeit, Verschwinden und Entstehen.

Erschöpft lagen sie nebeneinander, die warme, stickige Luft stand dicht wie Watte zwischen ihnen. Nicht bewegen, dachte Luiz, nicht einmal die Gedanken. Einfach nur daliegen, atmen, da sein.

Als Joana aufstehen wollte, ließ er sie nicht gehen, griff nach ihrem Rücken, erwischte die Taille, fuhr mit seinen Händen den Beckenknochen entlang, hin zu jenem Punkt, bei dessen sachter

Berührung Joana zusammenzuckte, so wie jetzt, sie jauchzte auf, entwand sich dabei geschickt der Umklammerung, stand auf und lief zum Fenster. Öffnete die Lamellen der Jalousie genau so weit, dass von draußen Licht einfiel und doch jeglicher Einblick in das Zimmer verwehrt blieb. Wie schön sie ist, dachte Luiz, als er sie dort stehen sah. Joanas Profil ein Schattenriss in dem hellen Lichtstrahl, der ihren langen Hals, das leichte Hohlkreuz betonte. Als spürte Joana seinen Blick auf sich, trat sie aus dem Licht, drückte den Schalter der Klimaanlage und verließ das Zimmer.

Luiz setzte sich im Bett auf, verschränkte seine Arme im Nacken und schaute sich im Zimmer um. Es war aufgeräumter als sonst, der Kleiderberg auf dem Korbstuhl verschwunden, auch die Nachttische nicht wie üblich mit Armreifen und Ketten vollgepackt, und die kleinen Aschenbecher aus glasiertem Ton, die in der ganzen Wohnung, sogar im Badezimmer zu finden waren, blitzten sauber, wie poliert. Außerdem roch es anders. Luiz schnupperte, der Geruch kam nicht von draußen, sondern aus dem Flur, aus Joanas Küche drang dieser untrügliche Duft nach warmem, selbst gekochtem Essen, nach Kümmel, schmorendem Fleisch und Bohnen.

»Du kochst?«, fragte Luiz, als Joana zurück ins Zimmer trat.

Sie nickte.

»Eine Feijoada?«

Seine Stimme musste merkwürdig, hungrig geklungen haben. Joana lachte: »Ja. Aber die abgespeckte Version, ohne Innereien, ohne Schweineohren und Zunge.«

Luiz nickte: »Meine Mutter«, sagte er, »macht sie auch immer so.« Er sah seine kleine, rundliche Mutter in ihrer winzigen Küche stehen, vor ihr, auf einer der vier Gasplatten, der große Topf mit dem Bohneneintopf, um sie herum, auf den Holzregalen, die sein Vater ihr in Greifnähe montiert hatte, Teller und Schüsseln mit Dörrfleisch, frisch geschnittenen Kräutern, Marinaden. Ein Hexenkessel aus Hitze und scharfen Gerüchen war diese keine drei Quadratmeter große Küche, in der seine Mutter hackte, hobelte und rührte und es dabei sogar schaffte, in dem aufsteigenden Dampf zu singen.

Joana trat zu Luiz ans Bett, bückte sich und hob sein weißes Leinenjackett vom Boden auf, das er vorhin in der Eile hastig abgestreift hatte. Joana fasste es an den Schulterpolstern, begutachtete den fein gewebten Stoff, hielt es ihm an und kniff ein Auge zusammen: »Steht dir.«

Luiz winkte ab, griff nach dem Jackett, doch Joana war schneller, wich zurück und begann, das Jackett ordentlich zusammenzulegen. Sie faltete wie jemand, der mit Kleidung arbeitete, routiniert, nur halb hinsehend, aber mit Schwung schlug sie die Ärmel aus, glättete die Falten. Luiz wurde unruhig, er wollte nicht, dass sich Joana um seine Kleidung kümmerte, er wollte, dass sie zurück ins Bett kam, nackt und schön wie sie war. Er streckte seine Hand aus – sie lächelte.

Vier Füße, zwanzig Zehen ineinander verschlungen wie die verschiedenen Stränge eines Zopfes. Im Zimmer kein Geräusch außer ihren beiden, einander ziehenden Atem. Draußen im Innenhof kreischten zwei Bülbüls um die Wette, Stadtvögel, dachte Luiz und schüttelte den Kopf. Schon so neurotisch, dass sie sogar jetzt, zur heißesten Stunde des Tages, aus voller Kehle brüllen, als gäbe es kein Morgen.

»Was ist?«, fragte Joana.

Luiz blickte sie an: »Was meinst du?«

»Du knirschst mit den Zähnen«, sagte Joana.

Luiz rieb sich mit den Händen über das Gesicht, flüsterte: »Manchmal habe ich das alles so satt.«

»Was?«, hörte er Joana fragen.

»Den Wahnsinn in diesem Land!«, rief Luiz und deutete nach draußen. »Revierkämpfe, Ressourcenwettstreit, Sicherung der Nachkommen, darum geht es doch, nichts anderes! Nur dass es niemand zugeben will, alle haben immer ›ein Recht‹ –« Weiter kam er nicht, denn Joana legte ihm den Finger auf den Mund und drückte seinen Kopf zurück ins Kissen. Luiz wusste nicht, wie ihm geschah, er war aufgewühlt, öffnete den Mund, schnappte nach Joanas Finger, fing an zu saugen, der Finger schmeckte süßlich, spielte geschickt mit seiner Zunge, was ihn erregte. Luiz packte Joana, erwischte ihre Pobacken, drehte sie auf den Rücken und rollte sich auf sie, schob mit seinem Knie ihre Oberschenkel auseinander, küsste sie am Ohr, am Hals und wanderte dann ihren Körper hinab, suchte ihre Brüste, die Brustwarzen, die sich sofort verhärteten, wanderte weiter zum Bauchnabel, tiefer. Drückte sein Gesicht fest in jene Haare, die so wunderbar weich waren, Haare unter Wasser. Joana seufzte auf, Luiz schob seine Zunge zwischen ihre Schamlippen, drang ein und fuhr zurück, ließ die Abstände kürzer werden und sah plötzlich vor seinen Augen ein Bild aufblitzen: Hochhausfassaden an einem Ufer, davor ein Meer, nein, eher ein Fluss, dahinter eine Stadt, groß wie eine Insel, New York, dachte Luiz, New York.

XI

Ihr Fuß trat auf den nächsten dunklen Pflasterstein, ohne die helle Fuge zu berühren, die, nicht breiter als eine Klaviertaste, den einen Stein vom nächsten trennte, rechteckige Pflastersteine, jeder groß genug für ihren Fuß, es gab keine Notwendigkeit, auf die weißen Linien zu treten, die Fugen konnten, mussten vermieden werden, so wie die Passanten gemieden werden mussten, die Makiko entgegenkamen, die sie sah und nicht sah, einander überlagernde Schatten, wie sie darauf bedacht, mögliche Hindernisse zu umschiffen, Ellenbogen hoben und senkten sich wie Ruder, Köpfe duckten sich in die Strömung, die sie durchschritt, nicht zu schnell und nicht zu langsam, es galt, im Fluss zu bleiben, anhalten war verboten, auch das war eine Regel, im Laufen und ohne ein einziges Mal auf die weiße Linie zu treten, musste sie die Praxis erreichen, dann wird alles gut, alles wird sein wie immer, und wenn nicht – nicht denken, schauen, auf das Pflaster, den nächsten und übernächsten Stein, schon sah sie den Hauseingang, das golden glänzende Messingschild: Dr. Alain Ballon, Gynécologue.

»Natürlich ist das möglich!«, rief Dr. Ballon entrüstet und fuhr sich über sein grau meliertes Haar. »Bei einer Magen-Darm-Grippe kommt es schon mal vor, dass die Hormone einer Pille, oder sogar mehrerer, nicht vom Körper aufgenommen werden und somit der Empfängnisschutz außer Kraft gesetzt ist.« Er nahm seine Hornbrille ab, steckte sie in die Brusttasche seines

Kittels und beugte sich über den Schreibtisch: »Aber das wissen Sie doch, Frau Yukawa.«

Makiko wusste nicht, was sie noch wusste. Ihr war heiß und kalt zugleich, heiß in der Brust, kalt auf der Haut, kalter Schweiß stand ihr im Nacken.

»Wann genau, sagten Sie, waren Sie krank?«

»Ende Juli«, flüsterte Makiko. Vor ihr blitzten Bilder auf: die Tee-und-Zwieback-Tage in Paris, die Nacht auf den Kacheln neben der Toilette, eine Woche später das Konzert in München, Gerald und sie in dem Hotel mit dem Hirschgeweih im Flur, das war genau zwei Wochen vor Venedig ...

»Und der Vater?«

Makiko fühlte, wie sie rot wurde. Es ärgerte sie, vor diesem Fremden zu erröten. Musste sie auf solch eine Frage überhaupt antworten?

»Lebt im Ausland«, erwiderte sie knapp.

Dr. Ballon nickte und senkte den Blick, als wüsste er, was das bedeutete. Sein Füller kratzte über die Patientenakte, ein unangenehm spitzes, gegen das Papier kämpfendes Geräusch. Als er endlich fertig war, legte Dr. Ballon das Schreibgerät aus der Hand, faltete seine Hände auf die Art, wie es Europäer zum Beten taten, die Finger ineinander verschränkt, und schaute auf zu Makiko. Er betrachtete sie mit diesem Blick, der gelernt hatte, in den Gesichtern der anderen zu lesen, er musterte sie mit der Sorgfalt desjenigen, der meinte, mit Ausdauer und Willen käme man überall hin, er prüfte und beäugte sie und nickte ihr dabei immer wieder zu, dieser Westler, der glaubte, der kürzeste Weg zwischen zwei Menschen sei der persönliche.

Makiko ließ es geschehen und spürte doch, wie sie auf solche Impertinenz unwillkürlich mit Starrheit reagierte, nicht, weil sie sich verschließen wollte, nein, weil sie nicht ausgeliefert sein wollte. Ein Gesicht war wie eine Tür, die man jemandem öffnen konnte oder nicht.

»Frau Yukawa«, sagte Dr. Ballon schließlich und seine Stimme klang so warm, so vertrauensvoll, dass Makiko hätte lachen mögen. »Sie sind verwirrt. Schockiert. Das ist ganz normal!«, sagte er und lehnte sich in seinen Sessel zurück. »Eine Schwangerschaft ist letztlich immer eine kleine Revolution. Besonders –«, er lächelte vielsagend, »wenn sie einen überrascht. Zudem bedeutet ein Kind für eine vielbeschäftigte Frau wie Sie sicherlich eine Umstellung, Kinder verlangen eine neue Organisation –« Makiko ballte ihre Hände zu Fäusten: Dieser Fremde erklärte ihr, was die Schwangerschaft von ihr forderte? Er sprach von ihrem Kind, als wäre es bereits da? Makiko erkannte, dass der Moment gekommen war, um das Gespräch in eine andere Richtung zu lenken, sie richtete sich auf, brach die Starrheit ihrer Glieder, was mehr Kraft kostete, als erwartet.

»Und wenn ich –«, sie stockte, sah, wie Dr. Ballon die Augenbrauen hob. »Wenn ich mich –«, wieder hielt sie inne. Etwas in ihr zögerte vor dem Wort ›Entscheidung‹ und doch musste sie wissen, wie viel Zeit ihr blieb, sie brauchte so viel Zeit wie möglich.

»Bis wann müsste es passieren, wenn ich es –« Dr. Ballon verstand anscheinend noch immer nicht. Da legte Makiko zur Erklärung die Hand auf ihren Bauch: »Wenn ich es nicht behalten will.«

Jetzt verstand Dr. Ballon und sein Gesicht verdunkelte sich.

»Sie sind in der fünften Schwangerschaftswoche«, erwiderte er tonlos.

»Das heißt, ich habe ungefähr einen Monat?«

»Wenn Sie so wollen.«

»Danke«, sagte Makiko, stand auf und verbeugte sich: »Danke. Für die Information.«

Unten auf der Straße war es stickig und unerwartet hell, von den Autofenstern, dem Pflaster und den Fassaden blendete das Sonnenlicht. Makiko lief los, wahllos, überquerte einen breiten, dicht befahrenen Boulevard, wurde wütend angehupt, sprang zur Seite, lief weiter, suchte schattige Nebenstraßen, eilte durch Gassen, die sich wie Tunnel ihren Weg durch die steinernen Häuserblöcke bahnten. Ab und an, auf einer Kreuzung, ein einfallender Sonnenstrahl, jäh wie ein unerwarteter Kopfschmerz. Makiko hastete weiter, eine innere Stimme hielt sie an, stehen zu bleiben, Luft zu holen, doch dafür schlug ihr Herz zu hart, es trieb sie voran wie ein Hammer, zwang sie zur Flucht vor sich selbst.

Erst auf einem Platz, auf den mehrere Straßen sternförmig zuliefen, blieb Makiko stehen. Vor ihr lag ein prächtiges, goldverziertes, schmiedeeisernes Tor in der Sonne, seine Flügel waren geöffnet, führten auf eine Allee und diese in einen Park. Natürlich, dachte Makiko und lächelte sogar. Auf einmal war ihr klar, was die ganze Zeit ihr Ziel gewesen war.

Der Park war so leer, wie er es in Paris nur im August sein konnte. Ein Obdachloser saß, seine Tüten unter die Arme geklemmt, auf einer Bank am Rande der Allee, weiter vorne entfernte sich eine Joggerin mit wippendem Pferdeschwanz und Kopfhörern, ansonsten, auf den Wiesen, den verschlungenen Seitenpfaden, kein Mensch. Makiko nahm nicht die Abzweigung links, die zum Chopin-Denkmal führte, blieb stattdessen auf der Allee, bog erst kurz vor der Brücke ab und näherte sich dem Weiher. Der, wenn auch selbst sehr klein, so doch Träger einer Insel war, der vielleicht kleinsten Insel der Welt, gerade groß genug für eine Trauerweide. Die Luft veränderte sich, wurde feuchter, das Wasser roch frisch und faulig zugleich.

Makiko setzte sich auf die Bank in Sichtweite der Insel. Sie wusste nicht, wo genau Rebecka damals gesessen hatte. Das hatte auch Gerald nicht gewusst, als er ihr auf dieser Bank zum ersten Mal von Rebecka, seiner Großmutter, erzählt hatte. Im Winter 1938 war Rebecka oft am späten Nachmittag in den Park gegangen. In Mütze und Schal gehüllt, aber ohne Handschuhe hatte sie sich auf eine Bank in die Nähe des gefrorenen Weihers gesetzt und die nackten Finger verschränkt, zwischen ihren Händen ein kleines Stück Holz. Reglos hatte sie dort gesessen, stundenlang, »als wollte sie zu Stein werden«, hatte der Parkwächter, ein stämmiger Normanne, gesagt, der Rebecka eines Abends in der Dunkelheit auflas und sie gegen ihren Willen zu ihren Eltern nach Hause brachte. Als man sie dort fragte, was sie in der Kälte getan habe, antwortete Rebecka: »Nichts. Gewartet, dass es aufhört.«

Nur wenige Wochen zuvor hatten SA-Männer Rebeckas Flügel während der Novemberpogrome aus der Familienwohnung im dritten Stock hinunter auf die Straße geworfen. Als das Instrument auf dem Berliner Pflaster aufgeschlagen war, hatte es so laut gekracht, Saiten waren zersprungen und der Rumpf zerborsten, dass Rebecka seitdem einen Tinnitus hatte, ein hohes Fiepen, das weniger ein Ton, vielmehr ein ständiger Nadelstich war.

Ein Stechen, das nicht aufhörte. Als sich Rebecka im Januar 1939 die Rasierklinge ihres Vaters auslieh und immer häufiger mit Verbänden durch die zwei kleinen Zimmer lief, in denen sie zu viert lebten, beschlossen ihre Eltern zu handeln. Paris schien für sie alle kein langfristig sicherer Ort zu sein und so zogen sie weiter, nach London, wo Rebeckas Vater eine Anstellung am St. Mary's Hospital bekam und Rebecka einen gütigen, wesentlich älteren Mann heiratete, drei Kinder zur Welt brachte und noch fast sechzig Jahre lebte, ohne je wieder ein Klavier zu berühren. Das Einzige, was von ihrem Klavierspiel, von ihren Konzerten, ihrer, wie ein Berliner Journalist es genannt hatte, »erstaunlich reifen, tief empfundenen Klarheit« übrig geblieben war, war eine gebrochene Taste, die Rebecka am Morgen nach dem Wüten auf der Straße im Matsch gefunden und in ihre Tasche gesteckt hatte. Jenes kleine Stück Holz, das sie kurz vor ihrem Tod an Gerald übergeben hatte und das heute in Makikos Notenmappe lag.

Eine Untote. Makiko erinnerte sich genau an Geralds Worte damals, als Untote habe seine Großmutter drei Viertel ihres Lebens verbracht, ohne dabei bitter oder hart zu sein, im Gegenteil, betonte Gerald, seine Großmutter sei eine äußerst liebevolle Frau gewesen, sanft und aufmerksam, und doch in ihrem Innersten abwesend, »als wäre ihr das, was uns unmittelbar an die Welt bindet, verloren gegangen«, hatte Gerald gesagt und den Kopf geschüttelt. Es habe Jahre gedauert, bis er endlich begriff, was der Grund war für jene merkwürdige, unüberwindliche Distanz zwischen ihm und seiner Großmutter, die ihn schon als kleiner Junge verwirrte und traurig machte. Zumal seine Großmutter, wie Gerald betonte, niemand war, der sein Schicksal vor sich her trug, Rebecka hatte nur ungern von ihrer Jugend gesprochen, wahrte den Abstand, den sie brauchte, schenkte Gerald eine Geige, ging aber nicht mit ihm ins Konzert. Blieb stattdessen bei seiner Mutter, kümmerte sich um Geralds jüngere Geschwister, man sagte, die Kinder seien bei ihr gut aufgehoben, egal wie laut sie schrien, Rebecka verlor nie die Geduld, zuckte nicht einmal zusammen.

»Eine Untote«, hatte Gerald an jenem Nachmittag gesagt und sich zu Makiko gedreht, in seinen Augen ein klarer Glanz, in seiner Hand Rebeckas Klaviertaste. Makiko hatte ihre Hand auf Geralds glatt rasierte, kühle Wange gelegt und mit der anderen Hand das Stück Holz genommen, sie hatten einander angesehen und verstanden.

Wind kam auf, rauschte durch die trockenen Blätter, ließ sie im Sonnenlicht aufblitzen. Makiko sah die sich wiegenden Äste und erinnerte sich an den großen, feuerroten Ahorn ihrer Kindheit, dessen Blätter sich im Herbstwind aufstellten, ihm standhielten und nur bei anhaltendem Luftzug einzeln abfielen. Sie spürte den festen Ruck an ihrer Hand, hörte die Stimme ihrer Mutter: »Wer träumt, kommt zu spät!«, und schüttelte den Kopf. Sie wollte nicht an ihre Mutter denken, obwohl es kein Zufall war, dass Fumiko gerade jetzt auftauchte, auch sie eine Untote, wenn auch auf andere Art... Fumiko Yukawa war kein Mensch, dessen Seele früh gebrochen worden war, sie war eher jemand, der – wahrscheinlich deshalb, weil sie sich nie gefragt hatte, wer oder was sie sein könnte – wirkte wie die reine Form. Eine Frau ohne Eigengeschmack, ohne persönliche Marotten, die sogar ihren Kindern gegenüber nie als Verbündete gehandelt hatte, sondern stets als Vertreterin einer Instanz. Dessen, was sie und Hiroshi, Makikos Vater, sich wünschten, dessen, was erwartet wurde, ob von ihnen, den Eltern, oder von außen, machte keinen Unterschied. Ihre Mutter war das Außen und sie war es so vollkommen, dass Makiko als kleines Kind geglaubt hatte, sie spiele nur. Sie fing an, ihre Mutter heimlich zu beobachten, um zu sehen, wie sie sich bewegte, wenn sie alleine war. Kein Unterschied. Fumiko Yukawa verneigte sich sogar vor dem Bett, nachdem sie es gemacht hatte.

Diese Frau, die immer wusste, was zu tun war, einem aber nicht vermitteln konnte, warum. Die auch zur jetzigen Situation eine klare Meinung hätte, aber selbstverständlich, sie würde alles in ihrer Macht Stehende tun, um das Ergebnis zu erzwingen, das in ihren Augen das einzig Denkbare war. Ob das Makiko oder Gerald passte, wäre dabei Nebensache. Auf die Form kam es an, auf das Leben an sich, nicht auf das Lebenswerte. Das war subjektiv und somit willkürlich, Verantwortung und Tradition dagegen waren dauerhafte Werte. »Nicht sein Wille, sondern seine Demut unterscheidet den Menschen vom Tier«, hatte Fumiko ihrer Nichte Mai erklärt, nachdem Mais Vater verschwunden war, und im gleichen Moment für Mai entschieden, was zu tun war. Fumiko hatte ihren Mann gebeten, Mai in seiner Firma unterzubringen, und das nicht, um ihrer Nichte einen Gefallen zu tun, sondern weil es für sie das einzig Denkbare war, dass ein Kind öffentlich für das Vergehen seines Vaters einsteht. Im Namen der Familie und damit auch für sie selbst, schließlich war Toru, Mais Vater, ihr Bruder gewesen, bevor er sich aus seiner Verantwortung, aus ihrer aller Leben geschlichen hatte.

Makiko spürte die alte Wut in sich aufsteigen, sie legte ihre Hand auf den Bauch, da waren sie wieder, die Krämpfe in der Magengrube. Auf einmal ging alles sehr schnell, Makiko würgte und sah braune Brocken, Reiskörner vor sich auf die Wiese tropfen. Haare fielen ihr ins Gesicht, wurden hastig weggeschoben, Makiko schaute sich um, zum Glück kein Mensch in Sichtweite. Es kam in Wellen und dauerte lange. Aus ihrem Rachen stieg ein saurer Geruch auf, als sie sich endlich aufrichtete, den Tränen nahe. Wie lange noch würde das so weitergehen? Wie, bitte schön, sollte sie so spielen, im September in Madrid, davor in Israel, das war wichtig!

Im Handspiegel entdeckte sie ein Wesen, das eher einer Vogelscheuche als einem Menschen glich. Die bleiche Haut war rot befleckt, in den Haaren und auf der Bluse klebten Speisereste, der Mund war mit Lippenstift verschmiert, als hätte jemand draufgeschlagen. Ihre Augen glasig und starr. Makiko fand ihren eigenen Blick nicht mehr, glitt ab, alles war verzerrt, hässlich, brach auseinander, sie krümmte sich, das Kribbeln im Magen kam wieder, nein, kein Würgen, eher ein Lachen… Makiko wollte lachen, laut und schrill wie ihr Vater, dessen Lachen früher das ganze

Haus erschüttert hatte. Dieses Lachen, das für ihre Mutter ein Schlag ins Gesicht gewesen war, wollte sie hören, spüren, ein röhrendes, irres Lachen, das mit einer solchen Kraft durch den Körper fegte, ihn schüttelte und zum Zucken brachte, dass es von außen aussah, als sei man der Welt abhandengekommen, dabei stimmt das nicht, im Gegenteil, inmitten dieses Strudels, auf dem schrillsten Punkt des Lachens siehst du auf einmal alles ganz klar: die Fratzen und die Fremde, den Graben zwischen dir und den anderen, zwischen Innen und Außen, zwischen deinem Willen und der vollkommenen Leere.

XII

Ab wann ist ein Mensch tot? Nach dem letzten Atemzug? Nach der letzten bewussten Regung? Wenn er sich nicht mehr wehren kann? Wenn niemand mehr weiß, wie es ihm geht, er selbst eingeschlossen?

Es war ein scheußliches Geräusch. Mit jedem Atemzug stöhnte Judith auf, als zwänge sie die angesaugte Luft durch einen viel zu engen Tunnel und bekäme doch zu wenig, als erstickte sie langsam, trotz ihres angestrengten Atmens. Ada presste ihre Handballen so fest wie möglich gegeneinander, das bloße Zuhören tat ihr in der Lunge weh, legte ein bleiernes Gefühl auf ihre Brust, obwohl die Ärztin sie gewarnt hatte, diese Phase des Sterbens sei für die Außenstehenden schwerer als für den Patienten, »denn Sie wissen ja: Ihre Freundin spürt nichts mehr«. Es tat gut, das zu hören, wenn es auch kaum zu glauben war. Schweißtropfen standen Judith auf der Stirn, ihre zugekniffenen Augen waren schmerzverzerrt, die Fingerkuppen blau angelaufen, und das Fieber wollte nicht sinken, es war sogar, nachdem es sich im Laufe der Nacht beinahe gelegt hatte, in den frühen Morgenstunden wieder angestiegen, auf kritische 39,1 Grad. Ada nahm den Lappen vom Nachttisch und tupfte Judith die Schweißtropfen vom Haaransatz, hoffte bei jedem Tupfer auf eine Reaktion, ein leises Zucken am Mundwinkel, das aber nicht kam. Judith reagierte nicht mehr. Sie lag da und stöhnte.

Ada legte ihre Hand zwischen Judiths Brüste. Judiths Herz schlug schnell und hart gegen das Brustbein, als wollte es davonlaufen, dachte Ada und schloss die Augen. Dieser Ausdruck stammte nicht von ihr. Der israelische Grenzsoldat hatte so über das Herz des alten Palästinensers gesprochen, der am Checkpoint von Erez getötet worden war.

Salim hatte sie in Hebron angerufen, Judith war aufgesprungen und hatte Ada zugerufen, sie müssten los, sofort. In Salims Jeep waren sie über die Autobahn gerast, an kargem Wüstengestein und Beduinenzelten vorbei in Richtung Gaza. Salim am Steuer erzählte ihnen, was er von Kollegen gehört hatte: Am frühen Morgen war ein Palästinenser am Grenzübergang von Erez von israelischen Soldaten erschossen worden. Warum der Mann getötet worden war, wusste Salim nicht, nur, dass er krank, ein Diabetiker und unbewaffnet gewesen sein soll.

Je näher sie der Grenze kamen, desto stiller wurde es im Auto. In Erez war der Grenzübergang abgeriegelt, wer ankam, parkte am Straßenrand, dort standen vornehmlich Militärautos. Salim hielt an und sie stiegen aus. Die Grenzmauer war zu hoch und der Grenzstreifen zu breit, um sehen oder hören zu können, was dahinter vor sich ging. Die Kamera unter dem Arm, lief Ada Judith hinterher, rechts und links von der Fahrbahn wehte die weiße Fahne mit dem blauen Stern im Wind, dahinter lag der Checkpoint und wirkte geradezu gespenstisch still. In der Betonbaracke, an die ein Wachsoldat sie verwiesen hatte, wollte man sie zunächst abwimmeln, Kameras seien nicht erlaubt und der Leichnam ohnehin bereits abtransportiert. Salim begann energisch zu reden, zeigte ihre Drehgenehmigung, wurde laut, doch es half nichts. Erst als sich Judith mit wenigen, scharfen Sätzen einmischte, als sie erklärte, dann filmten sie eben die leere Straße, ohne Kommentar, ohne Worte, erklärte sich der Dienst habende Offizier doch bereit, ihnen ein kurzes Interview mit Ilan zu gewähren.

Ilan, der Grenzsoldat, war etwas kleiner als Judith, hatte kurz geschorene Haare, ein auffallend spitzes Gesicht und wirkte insgesamt eher schmächtig, hielt sich dafür aber extrem gerade, als habe man ihm seine schmale Statur schon oft, zu oft vorgeworfen. Mit übertriebener Höflichkeit mühte er sich nicht ab, wartete aber geduldig, während Ada die Kamera und Judith die Tonangel in dem winzigen Zimmer arrangierten, von dessen vergittertem Fenster aus man direkt auf jenes Stück Fußgängertunnel schauen konnte, in dem es passiert war.

An das, was folgte, erinnerte sich Ada durch das Auge der Kamera: Zunächst erzählte Ilan widerwillig, ja, es sei richtig, der alte Palästinenser habe in den letzten Tagen schon zwei Mal versucht, den Checkpoint zu passieren, warum man ihn nicht durchgelassen hatte, wusste Ilan nicht. »Seine Papiere müssen nicht in Ordnung gewesen sein.«

Heute Morgen dann, nachdem man den Mann zum dritten Mal abgewiesen hatte, nahm dieser seine Papiere in Empfang, bedankte sich höflich bei dem Soldaten und ging auf das stählerne Drehkreuz für Fußgänger zu, als habe man ihm gerade die Erlaubnis dazu gegeben. Die Selbstverständlichkeit, mit der er durch das Drehkreuz schritt, war so groß, erzählte Ilan, dass man den alten Mann nicht sofort anhielt, sondern zunächst passieren ließ. Erst nach ein paar Sekunden fingen die Sirenen an zu heulen, mit einem Megaphon rief ein Kollege dem Mann hinterher, er solle stehen bleiben, Soldaten, darunter Ilan, stellten sich in Position: »Wir hoben unsere Gewehre, er hat uns ganz genau gesehen, doch er blieb nicht stehen.« Der alte Mann ging einfach weiter, durch den überdachten, von Stacheldraht umwickelten Gang. Er schaute nicht links und nicht rechts, wurde nicht schneller, nicht langsamer, lief immer weiter, bis – Ilan räusperte sich: »Bis er zusammenbrach.«

Judith schaute Ilan an, als erwartete sie, dass er weitersprach, doch da kam nichts mehr, von Ilan. Judith wollte wissen, ob der Mann sofort tot gewesen sei. Der Schuss habe ihn in den Bauch getroffen, erwiderte Ilan, und der Mann viel Blut verloren. Man habe ihn auf eine Bahre gelegt und seinen Mantel aufgeknöpft. »Sein Herz schlug wie verrückt«, sagte Ilan leise und schaute aus dem Fenster: »Wie verrückt, als wollte es davon laufen.«

Ada nahm ihre Hand von Judiths Brust und stand auf. Sie hatte der Ärztin versprochen, am späten Vormittag noch einmal anzurufen.

»Judith, ich komme gleich wieder«, sagte Ada laut, als sie sich der Türe näherte. Die Sonne begann von links in das Zimmer hineinzuscheinen, noch ein heißer, strahlender Sommertag. Am Telefon gab Ada den Fieberstand durch, und die Ärztin schlug vor, Judith ein Zäpfchen zu geben.

»Wenn Sie es nicht schaffen, ist das auch nicht schlimm, dann macht es der Pfleger um 14 Uhr.«

Ada antwortete, probieren könne sie es.

»Das Herz Ihrer Freundin ist stark«, sagte Frau Dr. Aydin noch, »ich glaube, sie hält noch ein paar Tage durch.«

Ada schwieg, dachte im Stillen, dass sie um diese Information nicht gebeten hatte.

Das Zäpfchen lag auf dem Nachttisch. Ada hob die Bettdecke und tastete vorsichtig nach Judiths Bein. Ein eigenartiges Gefühl. Obwohl sie beide gemeinsam geduscht, einander oft nackt gesehen, in Russland sogar eine Woche lang im selben Bett geschlafen hatten, war es etwas anderes, unangenehm Eindringliches, unter der Bettdecke nach Judiths Pobacken zu tasten. Auch wenn es hier, wie Ada sich sagte, in gewisser Weise gar nicht mehr um Judith, sondern um einen todkranken, einen fiebernden Körper ging, der auf fremde Hilfe angewiesen war. Ein Körper, der beweist, dachte Ada, während ihre Finger Judiths warme Oberschenkel hochwanderten, dass wir gesunden Menschen dann, wenn wir glauben, ganz und ausschließlich Körper zu sein, niemals nur Körper sind. Wir sind erregt und zugleich Betrachter unserer Erregung, wir haben Schmerzen und wissen um unseren Schmerz. Ada hob Judiths Po auf die Seite und zog die Unterhose mit der Einlage ein Stück nach unten. Dirk, der junge Pfleger, hatte gestern Abend Judiths Blase geleert und erklärt, dass man das bei Sterbenden so mache. Die Zellen eines sterbenden Menschen könnten, so Dirk, Flüssigkeit und Nahrung nicht mehr richtig aufnehmen, deshalb werde die Flüssigkeitszufuhr auf ein Minimum reduziert und »der Patient« ab jetzt nur noch durch das Befeuchten der Lippen von dem Gefühl der Trockenheit befreit.

Ada griff nach dem Zäpfchen, zog mit der anderen Hand die verschwitzten Pobacken vorsichtig auseinander und schob das Zäpfchen hinein. Es blieb problemlos stecken. Ada atmete auf, holte ihren Arm unter der Bettdecke hervor und hätte sich am liebsten mit einem spitzen Knall die milchweißen Plastikhandschuhe von den Fingern gezogen, so wie es die Pfleger nach getaner Arbeit machten. Doch sie hatte keine Handschuhe.

Erschöpft blickte Ada aus dem Fenster, spürte, wie so oft in den letzten Tagen, in dem Moment, der auf die Konzentration folgte, eine tiefe Müdigkeit in sich aufsteigen. Seit Leos Anruf gestern Abend hatte sie hier an Judiths Bett gesessen, hatte Judiths stöhnendem Atmen zugehört, während es draußen Abend, Nacht und wieder Morgen geworden war.

Ada hätte nicht sagen können, wann und wie genau es angefangen hatte. Ein Geräusch weckte sie, sie blinzelte und sah, wie sich

Judiths Oberkörper aufbäumte, eine getriebene Bewegung, sie kam aus der Brust, ihrem schweren Atem, der, wie Ada jetzt hörte, laut rasselte. Sofort war sie hellwach, griff nach dem Schlauch am Infusionsgerät, steckte ihn Judith in den Mund und saugte ihr am Gaumen den Schleim ab, doch das Rasseln ließ sich nicht wegsaugen, es kam aus der Tiefe ihrer Bronchien, wurde mit dem nächsten Atemzug noch lauter, brodelte, als sauge Judith mit einem Strohhalm Wassertropfen aus einem Glas. Adas eigenes Herz fing an zu rasen, irgendwo weit hinten in ihrem Bewusstsein wusste sie genau, was hier geschah, Todesrasseln war ein Wort, das sie von Dr. Aydin kannte, doch war dieses Wissen so weit weg, dass es den Schrecken, die Angst nicht berührte. Judiths rasselnder Atem wurde mit alarmierender Beständigkeit lauter und schneller, vereinte Röcheln, Brodeln und Stöhnen, türmte sich auf zu einer Bewegung, die kämpfte, auffuhr und doch immer wieder an eine unsichtbare Grenze stieß – Judiths Wangen und Schläfen verzerrten sich, Furchen zogen sich wie Risse in ihre Stirn, alles sah gequält, äußerst angespannt und doch hilflos aus.

Ada streckte ihre Hand aus, wusste nicht, wohin damit, es war unmöglich, nichts zu tun, und doch alles sinnlos, lächerlich angesichts eines solchen Kampfes mit einer Kraft, die sie nur als Echo, in Judiths Reaktionen spürte. Mehrmals schnappte Judith rasch hintereinander nach Luft, dann atmete sie weiter wie zuvor, so weit man das noch Atmen nennen konnte, ihr Keuchen wurde tierischer, ihr Brustkorb hob und senkte sich, panisch, öffnete sich weit und blieb plötzlich, auf der Spitze eines besonders jähen Atemzuges, stehen – einen Augenblick lang war es vollkommen still, dann folgte ein langes, langsames Ausatmen, in einem Ton, der anders klang als alles Vorangegangene, das war der Atemzug, nach dem sich Ada die ganze Zeit gesehnt hatte, ruhig, mühelos, entspannt.

Es folgte ein weiterer Atemzug, noch einmal wesentlich sachter, leiser. Judiths Brust hob sich nur leicht, dafür fiel ihr Kopf zur Seite, die verkrampften Wangen begannen sich zu lösen, ihre Stirn verlor ihre Falten, Ada atmete auf. Griff nach Judiths Hand, schloss die Augen und lauschte Judiths Atem, der immer friedlicher wurde, sanft, wie ein Kind, das einschläft, leise und immer noch ein wenig leiser. Leiser. Kaum hörbar. Leiser. Der letzte Atem war sehr fein.

Als Ada nichts mehr hörte, holte sie tief Luft, öffnete die Augen, legte ihre Hand auf Judiths Brust und fühlte, was sie bereits wusste: Judiths Herz schlug nicht mehr.

Seltsam still, dieser Körper, dabei warm und weich, wie im Schlaf. So beweglich unter dem Druck ihrer Finger. Die geballte Faust der letzten Tage war aufgegangen, lag im Licht wie eine offene Blüte.

»Judith«, flüsterte Ada, als ihre Lippen Judiths Stirn berührten, »ich rieche dich noch.« An den Schläfen, hinter dem Ohr, durch den Schweiß hindurch roch Ada das Parfum, das sie Judith heute Morgen unter die Ohrläppchen gesprüht hatte, Zedern, Kalmus und Zimtrinde. Die alte ägyptische Mischung hatte Judith sich gewünscht, gefordert: »Jeden Morgen, versprochen? Bis zum letzten Tag.«

Die Bedeutung ihrer Worte raste auf Ada zu und wurde doch nicht real, löste nichts aus, solange ihre Hand auf Judiths warmem Brustkorb lag, Judiths Nähe, das spürte Ada, schützte sie, schnitt eine Grätsche in die Zeit, trennte Fühlen und Verstehen.

Später, sowie sie aufstehen, das Zimmer verlassen würde, wäre das Rad nicht mehr aufzuhalten, die Dinge würden ihren Lauf nehmen, der Pfleger, Viktor, Leo werden kommen, aufgelöst weinen, schweigen, schreien. Himmel und Erde werden sich teilen, in sie, die Hinterbliebenen, und Judith, die Entschwundene, deren Körper nicht mehr als ein kalter Rest, ein Leichnam sein wird, den fremde Männer abtransportieren und Ada in Form eines Beutels voll Asche zurückgeben werden. Ada wird die Asche nach Israel bringen, Salim wird am Flughafen warten, mit seinen federnden Schritten auf sie zu kommen, Camarada! rufen. Gemeinsam werden sie die Wüste durchqueren und Judiths Asche im Meer vor Gaza verstreuen.

Ada schaute auf in den Himmel, in sein klares, mineralisches Blau. Ihr war, als flatterten Vögel auf.

XIII

Manchmal, wenn alles zu langsam geht, die Zeit selbst zäh wird, zu klumpen droht, fängt Jasons Herz an heftig zu schlagen, zu rasen, als müsse es die vergeudete Zeit einholen, den Stau überspringen, bis es wieder eingetaktet ist in jenen Fluss, dessen Ruhe die permanente, gleichmäßige Bewegung ist.

Beschwingt lief Jason durch den Flur zurück in sein Büro, warf die Tür zu und klatschte in die Hände: Mai Sato war einverstanden! Heute Abend, um acht Uhr vor der Brücke zum kaiserlichen Anwesen. Das war eine gute Nachricht. Bis dahin musste er mit Okada sprechen, hören, ob sich seit seiner Rückkehr vielleicht mündlich etwas im Fall *Kazedo* getan hatte, bei Yukawa vorbeischauen und Brian Cooper anrufen. Nicht seinen Assistenten, sondern Brian Cooper persönlich, Hansons alten Freund »aus Surfertagen«, der mittlerweile die japanische Abteilung einer großen amerikanischen Investmentbank leitete. »Rufen Sie Brian an, wenn Sie wollen«, hatte Hanson gesagt, »er lebt schon seit Jahren in Japan, kennt das Land. Ich gebe Ihnen seine Privatnummer, wahrscheinlich erwartet er sogar, dass sich einer von uns meldet.« Schließlich war es Cooper gewesen, der Hanson auf dessen Anfrage hin, wer in Japan führend in der Batterietechnik sei, empfohlen hatte, den Elektronikkonzern *Kazedo* »einmal scharf unter die Lupe zu nehmen«.

Jason fuhr den Computer hoch, öffnete das Mailprogramm, Okada hatte noch immer nicht geantwortet. Dabei rannte die Uhr in der rechten Bildschirmecke mittlerweile auf halb eins zu! Jason spürte, wie in ihm Ärger, mehr noch, Unverständnis aufstieg: Um was ging es hier? Hierarchiespielchen? Oder hatte Okada seine Mail von heute früh, 8.02 Uhr lokaler Zeit, wirklich noch nicht gelesen? Letzteres konnte sich Jason beim besten Willen nicht vorstellen, an einem Tag, an dem jeder wusste, dass Okada im Hause war, seit neun Uhr in seinem Büro saß und auch keine externen Besucher angekündigt waren.

Zwei Stunden gab er ihm noch, entschied Jason, danach würde er die Sache selbst in Angriff nehmen. Mit oder ohne Hansons Hilfe, mit oder ohne Einverständnis von Okadas Vorzimmerdame, im Notfall, Jason schmunzelte, im Sitzstreik! Hieß es nicht, was Protest angeht, hätten die Japaner noch einiges zu lernen?

Der alte Yukawa, Mai Satos Onkel, wie Jason mittlerweile von seiner Sekretärin wusste, saß über seinen Schreibtisch gebeugt, die Schultern bis an die Ohren gezogen, als fürchtete er, die hohen, alle vier Wände des Zimmers einnehmenden Bücherregale könnten mitsamt ihrem Inhalt, mächtigen, schwarzen Lederbänden mit japanischem Wirtschafts- und internationalem Handelsrecht, im nächsten Moment auf ihn einstürzen. In dieser angespannten Haltung arbeitete Yukawa derart vertieft, dass er erst mit Verzögerung Jasons Eintreten bemerkte, hastig aufsprang und seinen Assistenten, der sich aus einer dunklen Ecke des Raumes herausschälte, mit einem hektischen Winken aufforderte, Jason einen Stuhl zu bringen. Jason staunte, dass sich Yukawa sein Büro mit jemandem teilen musste, noch dazu mit seinem Assistenten, dies war ihm bei seinem Einstiegsrundgang offenbar entgangen.

Er setzte sich Yukawa gegenüber, der vor Scham errötete und dabei entschuldigend auf die Tischplatte deutete. Es war Yukawa sichtlich unangenehm, das vor ihm ausgebreitete Chaos nicht beseitigen zu können, doch dafür war es zu kleinteilig, und, wie Jason bei näherem Hinsehen feststellte, viel zu komplex: Der Justiziar hatte seinen gesamten Blackberry auseinander genommen. Mehrere Schraubenzieher lagen neben der Tastatur, dem Display und zahlreichen, in Gruppen und nach Größe sortierten Einzelteilen, darunter verschiedene Chips, ein Mikrophon und winzige schwarze Schrauben auf einem Taschentuch.

Das Gehäuse müsse ausgetauscht werden, erklärte Yukawa, Jason nickte wissend. Die ausgelegte Ordnung faszinierte ihn, strahlte sie doch Leidenschaft aus für den Akt der Reparatur und ihr Objekt, diese Brombeere, deren schwarze Plastikhülle mit einer Frucht so gar nichts zu tun zu haben schien. Da zeugten die japanischen Firmennamen schon von mehr poetischer, visionärer Kraft: *Kazedo* – der Weg des Windes. Für ein Mobiltelefon doch geradezu ideal. Der Haken war nur, dass die Erfolgsprodukte einer Generation den gleichen Konzern zehn Jahre später in die roten Zahlen trieben, weil der rote Nachbar die Preise drückte, die Fabriken jedoch weiterproduzierten, als gäbe es kein Rechts und Links.

Jason schaute auf zu Yukawa und fragte ihn, was er persönlich mit *Kazedo* verbinde. Gab es *Kazedo*-Produkte, mit denen er aufgewachsen war, die ihm in besonderer Erinnerung geblieben sind? Yukawa legte die Stirn in Falten, sein Blick glitt ab, in die Ferne, suchte in der Vergangenheit. Die Waschmaschine seiner Mutter? Wenn die lief, bebte das ganze Bad, erzählte Yukawa und lachte gedankenverloren auf.

Er überlegte weiter, Jason wollte schon sagen, so wichtig sei es auch wieder nicht, als er es plötzlich blitzen sah in Yukawas Augen: »Die Videokamera!« Seine Frau habe sie ihm geschenkt, »doch eigentlich hat immer sie damit gefilmt, das Neujahrsfest, die Kirschblüte und vor allem unsere Tochter«. Yukawa schüttelte belustigt den Kopf, »Makiko, unsere Tochter, mochte das gar nicht, sie ist immer weggelaufen, wenn meine Frau mit der Kamera ankam«, erzählte er, schlängelte seine Hände durch die Luft und schaute seiner Geste hinterher wie einem entschwindenden Schiff.

»Sie haben eine Tochter?«, fragte Jason.

Yukawa nickte. »In Europa. Sie ist Pianistin, klassische Musik. Da gibt es mehr Möglichkeiten, in Europa«, sagte Yukawa, als müsse er den Wohnort seiner Tochter rechtfertigen. Der Justiziar senkte den Kopf, schon wollte Jason das Thema wechseln, als Yukawa noch einmal unerwartet aufschaute und Jason mit leuchtenden Augen erklärte: »Meine Tochter ist, wie wir in Japan sagen, eine fliegende Frau, eine *tonderu onna*!« Dann lachte er, so kindlich-heiter, losgelöst, dass Jason auf einmal nicht mehr wusste, ob Yukawas Kommentar ein Kompliment oder Witz gewesen war, ob sein Lachen überhaupt etwas mit seiner Bemerkung zu tun hatte.

Die Situation von *Kazedo* war jedenfalls nicht heiter, dachte Jason, als er später in seinem Büro die Dokumente zusammensuchte, die er mit zu Okada nehmen wollte. Ein Jahresverlust von über 10 Billionen Yen, da wurde sogar ihm flau, lieber sah er sich die Zahlen in Dollar an, das waren zwar nicht exakt, aber ungefähr zwei Stellen vor dem Komma weniger. Ohne dass es die Realität auch nur einen Hauch besser machte, das war Jason klar, im Gegenteil, beim Yen kam noch die Deflationsgefahr hinzu, Japans geringes Binnenwachstum ... Jason pfiff durch die Zähne, eine Internationalisierung war hier, nebst tiefgreifender Restrukturierungsmaßnahmen, wahrlich vonnöten. Was hatte Cooper zu Hanson gesagt? »Das Investment lohnt sich, ganz sicher, aber es wird eine Herztransplantation.«

Er müsse mit Okada sprechen, erklärte Jason dessen Sekretärin mit einer Entschiedenheit, die von Greenberg hätte kommen können. Die Sekretärin nickte stumm, schien nicht einmal überrascht, oder zumindest zeigte sie es nicht, stand auf und verschwand in Okadas Büro.

Als sie wiederkam, sagte sie zu Jason: »Noch zwei Minuten«, und bat ihn, solange in einem der Sessel vor dem Chefzimmer zu warten.

Zwei Minuten, dachte Jason, als er sich in das weiche Polster fallen ließ. Das wollen wir doch mal sehen. Er blätterte durch die Magazine vor ihm auf dem Glastisch und entschied sich gegen die Salzbrezeln im Schälchen, die ihn an die Wasabinüsse im gleichen Schälchen in London erinnerten. Verkehrte Welt, das vermeintlich Exotische wird als etwas Besonderes verkauft, obwohl das im Zeitalter der Industriesnacks wirklich keine Leistung mehr ist.

Plötzlich stand er da, Okada, und schaute auf Jason im Sessel herab. Jason sprang auf, das Blut schoss ihm in den Kopf, als er seine Hand ausstreckte und die Hand Okadas schüttelte.

In Okadas Büro lagen auf diversen Ablagen mehr oder weniger hohe Papierstapel. Er brauche das Papier zwischen seinen Händen, erklärte Okada, als er wahrnahm, dass sich Jason interessiert umsah, wichtige Dokumente am Computer lesen, nein, das könne er nicht.

Jason wartete auf Okadas Aufschlag, doch von der anderen Seite des Tisches kam nichts, nach dem Motto: Wer was will, soll auch anfangen.

Wie schon in seiner Mail von heute Morgen erwähnt, begann Jason schließlich, sei das Treffen mit *ASC* letzten Freitag äußerst erfreulich verlaufen. Normalerweise hielten sie ja bei Firmenkäufen die Pressemitteilungen so lange zurück, bis auch das Geld überwiesen und angekommen war, in diesem Fall jedoch sei zu überlegen, ob man die Meldung nicht vorziehen solle, um so dem Fall *Kazedo* endlich Wind in die Segel zu blasen.

Okada schaute Jason fragend an, als verstehe er nicht, was das eine mit dem anderen zu tun hatte.

Es sei doch zu hoffen, erklärte Jason, dass die Aussicht einer internationalen Kooperation mit *ASC* »die Leute von *Kazedo* daran erinnert, wo die Zukunft liegt«. Zudem könne man, so Jason weiter, die Meldung dazu nutzen, um öffentlich bekannt zu machen, dass *GHL* beabsichtige, künftig auch in Asien Unternehmen bei der Entwicklung zukunftsträchtiger Technologien zu unterstützen und sie durch internationale Partnerschaften wettbewerbsfähiger zu machen. »Als Köder sozusagen«, sagte Jason lächelnd.

Okada schüttelte den Kopf, erwiderte, er glaube nicht, dass das etwas bringe: »Im Gegenteil.«

Im Gegenteil? Jason verstand nicht, gab zu bedenken, dass der Präsident von *Kazedo* aber doch sehr angetan gewesen war, als Jason ihm eröffnet hatte, dass sie die Batteriesparte durch internationale Partnerschaften weltweit positionieren wollten.

»Das ist richtig«, entgegnete Okada, »bei *Kazedo* geht es aber nicht nur um die Batteriesparte. Die könnte auch alleine überleben, die braucht doch gar keine Hilfe.«

»Hilfe?«, wiederholte Jason, so sollte man es natürlich nicht formulieren. »Ein Investment ist immer und zuerst ein Zeichen des Vertrauens in einen Konzern.«

»Natürlich«, murmelte Okada und beugte sich über seinen Schreibtisch. »Lassen Sie es mich anders sagen: Schon letztes Jahr, als Ihr Landsmann Cooper mit seiner Bank bei *Kazedo* eingestiegen ist, sorgte das in der japanischen Öffentlichkeit für Aufruhr, das Streichen der ersten Stellen kurze Zeit später wurde automatisch den neuen Investoren zugeschrieben.« Okada räusperte sich und änderte leicht den Winkel, aus dem er Jason ansah. »Ich muss Ihnen nicht erklären, dass die Amerikaner in diesem Land einen bestimmten Ruf haben. Ihre Kraft und ihr Innovationsgeist werden bewundert, ihre Radikalität gefürchtet.«

Okada holte Luft, aus diesem Grund, so meinte er, müsse man sich genau überlegen, wie man *GHL* in der japanischen Öffentlichkeit positioniere. »So eine Meldung über internationale Kooperationsabsichten wäre da der ganz falsche Weg. Wenn dann zwei Wochen später die Meldung über eine Beteiligung von *GHL* bei *Kazedo* erscheint, wird das Geschrei groß sein«, sagte Okada, »ich sehe es schon vor mir: Wüste Ängste werden beschworen werden, es wird heißen, *ASC* wolle *Kazedo Electric* übernehmen...«

»Eine Übernahme von *Kazedo Electric* durch *ASC*?«, rief Jason. »Aber das ist doch absurd!« Man müsse doch nur die Größe und Stärke beider Akkufabriken vergleichen, dann sehe jedes Kind, dass es sich niemals um eine Übernahme, sondern allein um eine Kooperation handeln könne.

»Ich weiß«, erwiderte Okada, »wir reden hier aber nicht von meinem Wissen, sondern von der öffentlichen Meinung.«

Und was die angehe, so komme es, fuhr Okada fort, momentan vor allem drauf an, die richtigen Schwerpunkte zu setzen: »Schauen Sie, wir haben es im Fall *Kazedo* mit einem japanischen Traditionskonzern zu tun. Da hängt mehr dran als nur Zahlen, hier geht es um eine Familie, in der das Kind krank ist und der Vater gesund. Da hilft es nichts zu sagen, dass man den Vater unterstützen möchte, ihm womöglich neue Geschäftsmöglichkeiten in Übersee besorgt, die Öffentlichkeit will wissen, was mit dem Kind passiert!« Hier gehe es um Zeichen, um Symbolik, die Form, erklärte Okada, deshalb wäre es momentan das falsche Signal, den Akzent zu sehr auf das Internationale zu setzen. »Die Leute wollen wissen, was in ihrem Land passiert. Nicht nur auf die Zukunft kommt es an, auch auf die Gegenwart.«

Aber nur die Zukunft kann die Gegenwart retten, dachte Jason und schüttelte innerlich den Kopf. Okada verwechselte Kind und Vater und damit auch den Ernst der Lage. Dabei kannte er die Zahlen doch genauso gut! Zudem konnte man, wenn er so redete, den Eindruck gewinnen, das Überleben des Konzerns hänge allein von der öffentlichen Meinung ab.

»Letztendlich entscheidet aber nicht die Öffentlichkeit, sondern der Aufsichtsrat«, stellte Jason klar.

»Über das Investment, ja. *Kazedo* ist nichtsdestotrotz ein vom Verbraucher abhängiger Konsumgüterkonzern«, sagte Okada und Jason dachte: Noch. In zehn Jahren wird auch das anders aussehen, die zukunftsträchtigen Sparten Solartechnik, Akkus und Batterien tendierten alle eher in eine andere Richtung. Das musste er jetzt aber nicht auch noch erwähnen, das wird sie schon alleine zeigen, die Zukunft, dachte Jason trotzig und schaute an Okada vorbei, zum Fenster hinaus.

Sein Herz schlug ihm im Hals, er musste in seinem Programm weiterkommen. Nur wie? Vielleicht war es wirklich nicht das Geschickteste gewesen, die Öffentlichkeit überhaupt ins Spiel zu bringen, schließlich mussten sie, wie er selbst gesagt hatte, den Aufsichtsrat für sich gewinnen, das war entscheidend.

»Zudem glaube ich«, fuhr Jason fort, »dass es an der Zeit ist, als potentieller Investor direkt auf die Mitglieder des Aufsichtsrats zuzugehen. Gerade wenn die öffentliche Meinung so aussieht, wie Sie es beschreiben, ist Transparenz besonders wichtig.«

Okada legte die Stirn in Falten und schüttelte den Kopf: »Der Kontakt zum Aufsichtsrat ist eindeutig Aufgabe des Präsidenten von *Kazedo*. Wir haben ihm unser Angebot unterbreitet, jetzt muss er es dem Aufsichtsrat vorstellen.«

Jason seufzte auf: »Natürlich. Das schließt aber nicht aus, dass wir –«, er suchte nach der richtigen Formulierung, »den Präsidenten dabei unterstützen. Direkter Kontakt schafft Vertrauen, räumt Zweifel aus, gibt den Mitgliedern die Möglichkeit, sich unmittelbar zu äußern.«

Jason meinte, so etwas wie ein Lächeln, ein schales, merkwürdiges Lächeln über Okadas Lippen huschen zu sehen: »Vertrauen? Glauben Sie denn wirklich, auf so eine Art die Aufsichtsratsmitglieder für sich gewinnen zu können? Durch ein solches Treffen stellen Sie doch eher deren Unabhängigkeit infrage, setzen sie im schlimmsten Fall dem Verdacht der Manipulierbarkeit aus.«

Jason rollte innerlich mit den Augen. Was für ein Unsinn! Brian Cooper und Hanson redeten ständig miteinander und auch die japanischen Aufsichtsräte, Vorstände und Verbandsbosse trafen sich andauernd in ihren zahllosen Gremien. Die Vernetzung zwischen Banken, Konzernen und Verbänden war hier in Japan doch noch viel enger als in den Staaten!

»Vergessen Sie nicht, dass es Brian Cooper aus dem Aufsichtsrat gewesen ist, der *GHL* vorgeschlagen hat, sich an *Kazedo* zu beteiligen«, erklärte Jason und rieb sich die Augen, seine Netzhaut brannte, wahrscheinlich wegen der trockenen Klimaanlagenluft.

»Da ging es um Cooper als langjährigen Vertrauten, nicht um einen möglichen zukünftigen Geschäftspartner«, erwiderte Okada. Sein Brustkorb dehnte sich unter seinem gestreiften Hemd, auch er schien das Gespräch mittlerweile mühsam zu finden.

Schließlich stand Okada auf und erklärte kühl: »Tun Sie, was Sie nicht lassen können. Sprechen Sie, mit wem Sie wollen, ich sage Ihnen aus Erfahrung, dass ein Kontakt zum Aufsichtsrat, vor allem zu den japanischen Mitgliedern, uns nicht helfen wird. Im Gegenteil, es würde nur danach aussehen, als vertrauten wir dem Präsidenten nicht. Das jedoch wäre fatal!«, rief Okada, schon gar nicht mehr kühl. Viel wichtiger sei es, Vertrauen und Respekt in die Leitung von *Kazedo* zu zeigen, eine Linie zu fahren, schon jetzt als eine Gemeinschaft zu agieren: »Das ist es doch, was der Aufsichtsrat spüren will! Schließlich geht es hier nicht um den Kauf irgendeines maroden kleinen Familienunternehmens, sondern um die Beteiligung an einem japanischen Traditionskonzern. Da muss man höflich sein und die Regeln einhalten: eine starke Stimme statt vieler kleiner, die durcheinanderschreien, Loyalität und Vertrauen statt unkoordiniertem Überzeugungseifer.«

Vertrauen, dachte Jason, das sagt der Richtige. Dieses formale Regelwerk, diese Flucht in die vermeintliche Höflichkeit war doch nichts als eine Hülle, um sich dahinter zu verstecken, um die wahren Absichten und Ängste zu verschleiern und mögliche, vielleicht sogar nötige Konfrontationen und Aussprachen zu meiden. Wer dagegen mit offenen Karten spielte, hatte nichts zu verlieren und nur zu gewinnen – lieber zwei Mal überzeugt als kein Mal! Sie von *GHL* hatten ihre Pläne offen auf den Tisch gelegt, jetzt sollten die anderen reagieren. Das war Höflichkeit.

Jason schaute auf, sah Okadas ausgestreckte Hand und beiden Männern war klar, dass ihr Gespräch damit vorerst beendet war.

Jason schnaufte, als er kurz darauf allein im Fahrstuhl stand. Nun gut, dachte er, dann würde er eben jetzt zu anderen Taktiken greifen, sich jene Vollmachten zunutze machen, die Hanson ihm gegeben hatte. Auch wenn es ihm eigentlich zuwider war, in der eigenen Firma jemanden zu hintergehen. Doch bei Okada schien es keinen anderen Weg als den Weg an ihm vorbei zu geben. Auf wessen Seite stand er eigentlich?

Irgendwo auf halber Strecke, zwischen dem 22. und 16. Stock, sauste es plötzlich in Jasons Ohren, Schwindel erfasste ihn, ihm war übel, doch er kippte nicht um, sagte sich, wahrscheinlich habe das mit der auf einmal so fühlbaren Erdanziehungskraft zu tun, mit dieser absurden Situation, zu fallen und doch getragen zu werden, im Körper ein Zug ins Bodenlose, unter den Sohlen festen Grund.

Die frische Luft werde ihm guttun, dachte Jason, als er das Gebäude verließ, selbst wenn sie so warm und feucht war, dass sie ihn im ersten Augenblick an eine riesige Sauna erinnerte. Er lief über den breiten Vorplatz, schlängelte sich an Menschen mit geduckten Köpfen und an die Hüfte gepressten Aktentaschen vorbei, überquerte die noch immer dicht befahrene Marunouchi Hauptstraße und nahm den Weg in Richtung Palast. Mai Sato war nirgendwo zu sehen. Jason verlangsamte seinen Schritt, versuchte umzuschalten, seinen Kopf zu leeren und sich auf das Treffen mit Mai einzustellen, einen Abend, auf den er sich freute. Auch wenn die Fragen, die er sich heute Vormittag für das Essen mit Mai notiert hatte, nach der Unterredung mit Okada erst einmal in den Hintergrund getreten waren, er die Planung der nächsten Tage neu durchdenken musste. Sei's drum.

Sie stand vor der Nijubashi-Brücke und blickte auf das verschlossene Tor zum kaiserlichen Palast. Artig wie ein Kind und doch auf ihre Weise elegant. Mai Sato lachte, als Jason sie begrüßte, akzeptierte ohne zu zögern seinen Vorschlag, sich beim Vornamen zu nennen, und fragte ihn, ob er das kaiserliche Anwesen schon von innen gesehen habe. Jason schüttelte den Kopf. Nur von oben, wollte er sagen, als Mai ihm ungewohnt eifrig erklärte, an Neujahr und zum Geburtstag des Kaisers öffneten sich die Tore für das Volk, außerdem gebe es Führungen, nach Anmeldung. Er werde es nicht bereuen!

Jason versprach, es sich zu merken, und starrte auf das weiße Holzgitter, das die Brücke bereits auf ihrer Seite absperrte. Warum man sie nicht wenigstens betreten konnte, um von ihrer Mitte aus in den Graben, auf das Wasser zu sehen, das verstand Jason nicht, so breit und massiv, wie die Brücke war. Er äußerte seinen Gedanken, Mai lächelte nur: »Die Brücke bleibt geschlossen, um Distanz zu schaffen.«

Natürlich, dachte Jason, so konnte man es auch sehen.

Er schlug ein Restaurant in Shibuya vor und sie machten sich auf den Weg, reihten sich ein in den abendlichen Strom aus letzten Touristen und Bürotätern mit so blitzblanken Schuhen wie den ihren. Jason hatte das Restaurant gewählt, weil es einerseits für seine japanische Küche berühmt war, allem voran für seinen Kugelfisch, den nur wenige Köche mit besonderer Lizenz zubereiten durften, zudem strahlte der Ort eine seriös-edle Geschäftsatmosphäre aus. Das Mobiliar und die Beleuchtung waren dezent, die Sitzecken wurden durch Zwischenwände abgeschirmt, man blieb für sich und doch war alles sichtbar. Der Oberkellner führte sie an einen Tisch weit hinten im Saal, Jason nahm Mai ihren Sommermantel ab und stellte erfreut fest, wie natürlich sie sich in diesem Umfeld bewegte. Selbstverständlich kannte Mai derartige Restaurants, doch dann wohl eher als Teil einer Gruppe, in der sich Mai, so viel hatte Jason bereits bei ihren gemeinsamen Sitzungen gesehen, umgehend in die Position der Schriftführerin begab: hoch konzentriert, mit einer derart umfassenden Aufmerksamkeit, die gar keinen Raum ließ für den Gedanken, sie selbst könne doch auch ihre Meinung äußern.

Die Kellnerin brachte dampfende, weiße Tücher, Jason reinigte sich die Hände und sah, wie Mai ihr gebrauchtes Tuch ordentlich faltete, bevor sie es in den bereitstehenden, mit einer weißen Stoffserviette ausgelegten Bambuskorb legte. Jason ermutigte Mai, den Kugelfisch, das teuerste Gericht auf der Karte, zu bestellen, Mai jedoch lehnte dankend ab und erklärte, es sei nicht die richtige Zeit für Kugelfisch, den esse man eigentlich nur im Winter.

»Warum?«, wollte Jason wissen und bekam zur Antwort, die Fische seien dann am größten und schmackhaftesten. »Sie verdoppeln im Winter ihr Gewicht, um sich so gegen die Kälte zu schützen«, sagte Mai und blähte zwischen ihren Händen einen imaginären Fisch auf.

Jason überlegte, ob diese Überlebenstaktik jemals auch in menschlichen Kulturen praktiziert worden war.

Außerdem sei sein Fleisch, sagte Mai, ihrer Meinung nach geschmacklich gar nicht so besonders, wie immer behauptet werde. »Sein Gift macht den Kugelfisch gefährlich und begehrt«, erklärte Mai, beugte sich vor und flüsterte, wie um Jason ein Geheimnis anzuvertrauen: »Das alte chinesische Zeichen für Kugelfisch, *fugu*, bedeutet aber nichts anderes als Fluss-Schwein!« Ihr Lachen war hell und ansteckend, Jason sah im Geiste ein Schwein mit Ringelschwanz in einem reißenden Bach stehen, als die Kellnerin kam und die Bestellung aufnahm.

»Du kannst Chinesisch?«, fragte Jason Mai, nachdem die Kellnerin wieder verschwunden war. Mai zuckte mit den Schultern, erwiderte, zumindest lesen könne sie es ganz gut. »Mein Großvater hat mir und meiner Cousine Makiko das Schreiben der alten chinesischen Zeichen beigebracht, mit Pinsel.« Mai hob ihre Hand und malte ein aus dicken Strichen und zarten Bögen bestehendes Zeichen in die Luft.

Was es bedeute, wollte Jason wissen und Mai antwortete: »Tanz. Es ist das Mai-Zeichen, und Mai bedeutet Tanz.«

Ihre Sake-Gläser klirrten gegeneinander.

»Auf den Tanz!«, sagte Jason und erinnerte sich daran, dass er eigentlich auf *Kazedo* hatte anstoßen wollen.

Wie denn eine Kalligraphin in eine amerikanische Investmentfirma käme, fragte Jason und sah, dass Mai augenblicklich die Augen niederschlug und ihren Blick erst einmal nicht wieder hob. Schon glaubte er, sie habe seine Frage nicht oder falsch verstanden, als er Mai leise sagen hörte, sie habe sehr viel Glück gehabt. Bei ihren Qualifikationen habe sie nicht nur Glück gehabt, erwiderte Jason entschieden, doch Mai schüttelte den Kopf, schaute endlich auf und wiederholte, sie habe sehr viel Glück gehabt.

Ihr Gesicht hatte sich verändert, war blasser geworden, so dass das Rouge auf ihren Wangenknochen umso stärker hervorstach. Offensichtlich mit sich ringend, aber ohne zu stocken, als wollte sie auf keinen Fall abbrechen, erzählte Mai, ihr Vater habe vor einigen Jahren die Firma, die er hier in Tokio geleitet hatte, um viel Geld betrogen. Der Betrug flog auf, die Summe, die er veruntreut hatte, geriet an die Öffentlichkeit, gegen ihren Vater wurde Haftbefehl erlassen, zur Festnahme jedoch sei es nie gekommen. Mai schluckte, sagte, ihr Vater sei an jenem Tag, an dem die Polizisten abends vor ihrer Haustür gestanden hatten, um ihn abzuführen, gar nicht erst nach Hause gekommen. »Er war schon fort«, erzählte sie, wie man später herausbekam, hatte er das Land bereits am Morgen verlassen.

Jason sah Mai an, verstand nicht ganz: Aber man hat ihn doch sicher kurze Zeit später gefunden? Mai schüttelte den Kopf, erwiderte tonlos, man wisse mittlerweile, dass ihr Vater an jenem Tag nach Malaysia geflogen war. Die dortigen Behörden hatten versucht, ihn ausfindig zu machen, jedoch ohne Erfolg. Eine Spur führe nach Australien, sicher sei aber nichts.

Jason konnte nicht glauben, dass Mai ihren Vater seit jenem Tag nicht mehr gesehen, ihn nicht einmal gesprochen hatte. Nicht dass er mit seinen Eltern täglich redete – aber das war doch etwas anderes, nicht einmal zu wissen, ob der eigene Vater überhaupt noch lebte.

Mais Hand griff nach dem Glas vor ihr auf dem Tisch, zitterte leicht, Jason sah, wie Mai sich zwang, das Glas trotzdem nicht gleich wieder abzustellen, sondern es langsam an die Lippen zu führen. Als hinge davon alles ab, ob es ihr gelang, trotzdem ihren Sake zu trinken.

Jason wollte ihre kleine Hand nehmen, sie in seine viel größeren, gröberen Hände einschließen und so zur Ruhe bringen. Er tat es nicht, murmelte stattdessen hilflos, wie leid ihm das täte, wie schlimm es gewesen sein müsse, der Skandal und dann noch diese Unsicherheit, nicht zu wissen, wo ihr Vater sich befand, ob ihm vielleicht etwas zugestoßen war. Da hob Mai den Kopf, schaute Jason an und sagte mit einer Stimme, die seltsam hohl klang: »Weißt du, was meine Mutter gesagt hat, als man ihr die Schlüssel zu unserem alten Haus abnahm? Hätte er sich wenigstens umgebracht!«

Jason starrte Mai ins Gesicht, als helfe ihm das zu verstehen. Sein Gehirn begann zu arbeiten, weit entfernte Blöcke aufeinander zuzubewegen: Sicher, er kannte die alte japanische Tradition der Selbsttötung, des Harakiri, des Bauchaufschlitzens, er wusste von den kollektiven Selbstmorden im Zweiten Weltkrieg, um so der Schmach der Kapitulation, der Gefangenschaft zu entkommen, aber – eine Frau, die so über ihren Mann sprach?

»Das ist doch Wahnsinn!«, rief Jason und bereute seinen Ausbruch sofort, als er sah, wie Mai zusammenzuckte. Mai richtete sich wieder auf, strich sich eine Haarsträhne aus dem Gesicht und sagte dann ruhig, ohne Vorwurf, fast mit dem Hauch eines Lächelns: »Du redest wie Makiko.«

Ihre Cousine sei damals, erzählte Mai, die Einzige gewesen, die der Meinung gewesen war, man solle Torus Tat vergessen, anstatt sich von ihr »beherrschen« zu lassen, die Einzige, die behauptet hatte, mit den Strafzahlungen und dem Verlassen des Hauses müsse es gut sein, die Einzige! – Mai lachte auf, doch es war nicht das helle, freie Lachen von vorhin –, die an jenem Tag, an dem die Familie sich beraten hatte, schrie, sie müssten weiterleben: »Weiter – leben!« sagte Mai und schüttelte den Kopf: »Als ob das so einfach wäre ...«

Jason sah sie fragend, schweigend an. Es sei schlimm gewesen für ihre Mutter damals, erzählte Mai plötzlich eifrig, man beschimpfte ihre Mutter in anonymen Briefen, tuschelte, wenn sie ins Konzert ging, hinter ihrem Rücken, alte Freunde mieden sie oder behandelten sie mit einer Kälte, die schwer zu ertragen war.

»Meine Mutter hat zu alldem nie etwas gesagt. Sie schwieg, aß fast nichts, saß nachts reglos auf dem Sofa oder riss Pflanzen aus, die sie am nächsten Morgen neu eintopfte.«

Wieso sie denn, wenn es so schlimm gewesen sei, das Land nicht verlassen hätten, wollte Jason wissen. Die Frage schien Mai zu überraschen. Ihre Mutter in einem anderen Land? »Meine Mutter ist Japanerin. Hier ist sie zu Hause, kennt die Sprache, ihre Familie lebt schon seit Generationen in Tokio.«

Jason legte den Kopf schief, als wären das in so einer Situation doch keine ausschlaggebenden Gründe. Oder? Mai senkte den Kopf und Jason sah, wie es in ihr arbeitete. Natürlich, sagte sie schließlich, wie ein Zugeständnis, hätte sie gehen können, alleine, sie hatte damals sogar ein Stipendium für New York.

»New York?«, rief Jason überrascht.

Mai nickte und rang sich ein Lächeln ab: »Makiko war genauso entsetzt, als sie erfuhr, dass ich es nicht annehme.« Mai holte Luft: »Makiko konnte, wollte nicht verstehen, warum ich damals die Stelle annahm, die ihr Vater mir vermittelt hatte, warum ich mich – «, Mai stockte, »so ›benutzen‹ ließ, wie sie sagte.« Mai versuchte zu lächeln, doch ihr Gesicht zuckte, Erinnerungen, alte Gefühle flammten in ihr auf, aufgewühlt hob sie die Hände und rief: »Aber zu gehen wäre doch keine Lösung, wäre doch die gleiche Flucht gewesen!«

»Flucht?«, wiederholte Jason.

Auf Mais Haut bildeten sich Flecken, als sie mit dem Eifer der Angeklagten erklärte, es sei doch darum gegangen, das zerstörte Vertrauen in ihre Familie wiederherzustellen, es sich neu zu verdienen, indem man demütig war, die Kälte der anderen aushielt, sie akzeptierte, zeigte, dass man das Urteil annahm in der Hoffnung, so werde das Misstrauen ihrer Familie gegenüber irgendwann vergehen.

»Aber das ist doch Unfug!«, rief Jason wohlwollend. »Kollektive Schuld gibt es in so einem Fall nicht.« Mai sah ihn an und Jason merkte, dass das als Argument nicht reichte. Was hatten Mai und ihre Mutter von den Machenschaften ihres Vaters gewusst? Nichts. Na also. Zudem sei doch gar nicht sicher, ob Mais Vater nicht selbst noch in der Lage war, für sein Vergehen einzustehen, die Verantwortung zu übernehmen. »Darum geht es doch, um Verantwortung und Entschädigung, nicht um das Büßen Unschuldiger!«

Mai erwiderte nichts, ihr Gesicht war starr, sogar ihn schien sie nicht mehr wahrzunehmen. Das enttäuschte Jason. Starr auf Vergebung hoffen, dachte er bitter, als fiele die irgendwann vom Himmel wie das rettende Manna.

»Aber Vergebung kann man sich doch gar nicht erwerben, sie

wird einem geschenkt!«, rief er da plötzlich, glücklich über seinen Geistesblitz.

Über Mais Gesicht huschte ein mildes Lächeln. »Vergebung wird einem geschenkt, und doch braucht sie eine sichtbare Basis.«

Bevor Jason etwas erwidern konnte, setzte Mai von Neuem an, es gehe hier eben nicht nur um Entschädigung, sondern auch darum, das eigene Gesicht wiederherzustellen, ob er das nicht verstehe? Ihre Stimme klang jetzt flehend. Sie könne nicht mit dem Gedanken leben, dem Vergehen ihres Vaters einfach ausgewichen zu sein, sich nicht dafür entschuldigt zu haben, hier, an dem Ort, an dem sich sein Betrug an der Firma und damit auch an der Gesellschaft vollzogen hatte. »Einer muss es doch tun!«

»Wie lange noch?«, fragte Jason.

»So lange wie nötig«, antwortete Mai.

»Und wie lange wird das sein?«

Da schaute Mai ihn an, als wollte sie sagen: Wenn ich das wüsste.

Auf einmal tat Mai ihm unfassbar leid, und in Jasons Mitleid mischte sich Wut, es war doch unglaublich, wie so ein Mensch in eine derartige Spirale von Schuld und schlechtem Gewissen gezogen werden konnte, wie eine Gesellschaft so etwas fordern konnte in ihrem Wahn nach Form und symbolischer Ordnung, anstatt diese Frau, deren Reinheit etwas Kindliches hatte, dabei zu unterstützen, weiterzumachen, trotz des Schocks voranzugehen, erfolgreich zu sein, Gutes zu tun und so, wenn überhaupt, ihren Vater zu sühnen.

»Wie lang ist dein Vater jetzt fort?«, fragte Jason.

»Über fünf Jahre«, antwortete Mai.

Jason nickte, als wäre das schon die Antwort. »Das ist doch

längst Vergangenheit. Was zählt, ist die Gegenwart, und die Zukunft.«

Mai neigte zweifelnd den Kopf: »Ohne Vergangenheit keine Zukunft.«

»Keine Kontinuität, meinst du«, erwiderte Jason und dachte: Jetzt klinge ich wie Stewart. Da fiel ihm etwas ein. Er bat Mai, die Augen zu schließen, zuerst zögerte sie, schaute sich um, »keine Angst!« Jason nickte ihr vertraulich zu.

Als er Mais geschlossene Augenlider sah, beugte er sich vor und fragte leise: »Wo bist du? Kannst du es mit Sicherheit sagen? Beweisen, dass du dort bist, wo du glaubst zu sein? Kannst du beweisen, dass du noch die bist, an die du dich erinnerst? Wie willst du wissen, dass du nicht träumst? Dass du nicht als schwimmende Hirnmasse irgendwo in einer Schale vor dich hin denkst?« Jason machte eine Pause und rief dann laut: »Du kannst es nicht beweisen! Das Einzige, das wir mit absoluter Sicherheit sagen können, ist, dass wir jetzt und hier Teil jenes Stromes sind, den wir in uns spüren, wenn wir stillhalten, den wir sogar hören können, wenn wir darauf achten, dieses Rauschen hinter dem Ticken der Uhren, dieser Fluss an Energie, der immerzu nach vorne zieht und uns fühlen lässt, dass wir da sind, hier und jetzt, in unserer Zeit.«

Mai öffnete die Augen und überraschte Jason mit ihrer prompten Antwort: »Dass wir sind, können wir so spüren, nicht aber, wer wir sind.« Ihr Gesicht begann zu glühen: »Genau dafür brauchen wir doch die Welt! Brauchen Räume, in denen sich die Zeit staut, Orte, die Spuren tragen, die von Menschen erzählen, selbst dann, wenn diese schon fort oder nicht mehr sind, ein Ort«, flüsterte Mai, »der auch dann nicht vergisst, wenn wir uns nicht mehr erinnern können...« Sie drehte den Kopf weg und Jason sah, wie ihre Augen glasig wurden.

Da plötzlich verstand er, worum es Mai ging. Ihr Festhalten an dieser Stadt, ihre Buße war nicht nur der Ausdruck eines Schuldgefühls, es war auch eine Möglichkeit, ihrem Vater an dem Ort ihrer gemeinsamen Vergangenheit nah zu sein. Es war Mais Versuch, dem Schock, dem Unverständnis, das die Flucht ihres Vaters bei ihr bis heute auslöste, zu begegnen, es war ihre Art, zu trauern und gleichzeitig zu hoffen.

Später, auf dem Nachhauseweg, fühlte Jason sich merkwürdig aus der Welt gefallen. Das Taxi hielt an der Haltestelle, die Mai dem Fahrer zuvor in sein schwerhöriges Ohr gerufen hatte, Mai stieg aus und winkte ihm, als der Wagen anfuhr, vom Straßenrand aus nach.

Jason blickte ihr hinterher, froh, dass er sie wenigstens zuletzt, hier im Taxi, noch auf andere Gedanken hatte bringen können, auf das, was, allen Anklagen zum Trotz, augenscheinlich Mais Lieblingsthema war: ihre Cousine Makiko. Yukawas Tochter, von der Mai mit Bewunderung und Hingabe sprach, von Makikos Füßen, die beim ersten Klavierunterricht nicht einmal an die Pedale gereicht hatten, von ihrem Ehrgeiz und ihrem Zorn, wenn etwas nicht auf Anhieb funktionierte, von den Stücken, die mit den Jahren immer länger, gewaltiger geworden waren, und von Makikos wachsender Liebe für die Stücke der Romantik, dieser, wie hatte Mai es formuliert, »vollkommen persönlichen Musik«.

Jason hatte still zugehört, er kannte sich mit Klassik nicht aus, und doch interessierte sie ihn, diese Frau, die offensichtlich einen großen Schritt gemacht hatte, hinaus aus den familiären Zwängen, hin zu dem, was sie wollte. Die sich zwar, wie Mai erzählt hatte, in Europa sehr für die japanische Musik einsetzte, gleichzeitig jedoch erklärte, sie könne sich nicht vorstellen, jemals wieder dauerhaft in Japan zu leben.

»Der Graben ist zu groß geworden«, hatte Jason gemurmelt und Mai hatte den Kopf gesenkt.

Jason rückte ans Autofenster, ließ die Scheibe hinunterfahren und hielt sein Gesicht hinaus in den warmen Wind. Er sah Mai immer noch, die in entgegengesetzter Richtung die Straße hinablief.

XIV

Nichts stimmte mehr. Die Welt stand schief, verschwamm vor ihren Augen. Manchmal wurde ihr schlagartig heiß, Makiko riss die Fenster auf, roch das Benzin der Straße und schloss die Fenster wieder. Alles roch nach etwas, das Sofa, ihre Kleider, sogar ihre Haut hatte, wenn sie ihre Nase daran hielt, einen ranzigen Geruch. Sie wurde sich fremd, wurde sich zur Gefahr. Gestern war ihr beim Kochen das Messer aus der Hand gefallen, klirrend landete es auf den Fliesen, neben ihrem Fuß. Makiko hob es auf und sah, wie ihre Hand zitterte. Mit zitternden Händen kann man nicht spielen!, schrie sie und ließ das Messer wie einen zappelnden Fisch in die Schublade fallen.

Am Schlimmsten waren die Träume, nachts. Träume von ihren Zähnen, die sich beim Kauen vom Gaumen lösten, die sie ausspuckte, bis sie alle vor ihr auf dem Teller lagen, eierschalenweiß, mit Wurzel. Träume von Bäumen, die wie eine Schranke vor ihr auf die Straße fielen und Großvater erschlugen, Träume von Mai, die hinter dem Baum stand und etwas rief, das sie nicht hörte. Taube und laute Träume, Träume von schreienden Babys, von verzweifelt schreienden Babys, Schreie, die sie aufschreckten – schwitzend saß Makiko im Bett, in der Dunkelheit.

Etwas musste passieren. Nur was? – Heirate ihn! Ihre Mutter. – Wen? – Na, den Vater. – Das ist unmöglich, Gerald ist bereits verheiratet. – Hat er Kinder? – Nicht, dass ich wüsste. – Dann heirate ihn! Die Familie geht vor! – Fumiko, nicht das jetzt wieder… Makiko atmete tief ein, wischte den Gedanken fort. Sie konnte sich glücklich schätzen, dass ein solches Gespräch niemals stattfinden würde, dass ihre Eltern nicht mal von all dem hier erfahren werden… Makiko durchfuhr ein Schauer: Wovon werden sie niemals erfahren? Was bedeutete das, was sie da gerade dachte?

Makiko bekam Angst, und sie machte sich Angst: Sie stellte sich vor den Wandkalender und fixierte die zwei rot markierten Kästchen mit der Aufschrift: Jerusalem – Konzerte. Dann verschwamm alles wieder. Sie hastete zum Klavier, doch beim Sitzen auf dem Hocker tat es ihr auf einmal hinten zwischen den Hüften, über dem Steißbein weh. Ein Sich-Weiten, Glühen. Sie spürte es jetzt schon. Konnte das sein? Dann war es wieder vorbei. Zwei Stunden später jedoch, beim Durchspielen der Ballade, hatte sie plötzlich einen Aussetzer, wusste nicht mehr weiter. Dabei hatte sie das Stück doch im Kopf!

Manchmal kniff sie die Augen zusammen und hielt den Atem an, als könne sie so dem Embryo in sich die Luft abschnüren. Luft anhalten, bis es vorbei war.

Einmal kam ihr der Gedanke, Gerald einzuweihen. Den ruhigen Gerald, den sie kannte, von dem sie wusste: Er würde sie beruhigen, sie liebkosen und sie selbstverständlich bei allem, was sie entschied, unterstützen. Nie käme Gerald auf die Idee, sich in ihre Entscheidung einzumischen, er kannte sie doch. Er kannte Makiko seit Jahren, wusste, dass ihr starker Wille, ihr Vermögen, genau zu wissen, was sie wollte, sie stark gemacht, sie so weit, genau hierher, nach Paris gebracht hatte. Makiko seufzte auf, nein, so käme sie nicht weiter, und ihr wurde klar, dass sie es auch nicht wollte. Gerald einweihen. Ihn als Teil eines Dreiecks denken, ihre Stunden gehörten ihnen, ihnen beiden und niemandem sonst. Es war unmöglich, eine dritte Person in dieser

Welt zu sehen, das war genauso abwegig, fern, wie Geralds Ehe es immer gewesen war, seine Frau, die Makiko nie gestört und von der Gerald nie gesprochen hatte. Weil es nicht von Bedeutung war zwischen ihnen beiden. Makiko schloss die Augen, lächelte bei dem Gedanken, wie sich Gerald manchmal in der Öffentlichkeit, auf Flughäfen oder vor dem Hotel, von ihr verabschiedete. Er zog ihren Hinterkopf zu sich, küsste ihr die Stirn und strich dabei mit seinen Fingerkuppen sanft, als wären es seine Lippen, über den einen Halswirbel in ihrem Nacken. Mehr brauchten sie nicht. Sie brauchten keine Worte, keinen Status, um zu wissen, was sie beide waren. Sie waren die einzigen Zeugen ihrer im Verborgenen lebenden Geschichte. Einer Geschichte ohne gemeinsames Zähneputzen, ohne Ringe, ohne Besitz. Einer Geschichte der reinen Lust, des kostbaren Augenblicks. Je purer das Begehren, desto vollkommener die Ruhe danach. Yin und Yang. Schön, solange sie sich nicht mischten, sondern ergänzten.

Ihre Mutter könnte das nicht verstehen, wie sollte sie auch, für Fumiko gab es nur das Außen. Gerald und sie dagegen waren ein reines Innen, waren das Gefühl ohne die Konvention. Makiko hielt sich die Hände an den Kopf, es tat gut, sich wenigstens dieses einen sicher zu sein: Selbst dann, wenn Geralds Ehe zerrüttet wäre, wenn er geschieden oder verwitwet wäre, würde das nichts ändern zwischen ihnen. Ihre Beziehung war perfekt, genau so, wie sie war.

Allmählich begann Makiko zu verstehen, sie begriff, warum es ihr dieses Mal so schwer fiel, klar und entschieden zu sein: Weil es hier eben nicht nur darum ging, was sie wollte, sondern vielmehr um die Frage, ob sie dem, was sie wollte, einfach so folgen durfte. Was sie wollte, war klar. Sie wollte kein Kind, kein schreiendes Baby, das von ihr abhängig war. Sie brauchte keine leiblichen Nachkommen und auch keinen Schutz vor der Einsamkeit des Alters, sie war anders mit der Welt verbunden, durch ihre Musik sprach sie zu den Menschen, ließ sie spüren, was uns alle im Innersten zusammenhielt. Doch durfte sie ihrem Wunsch nachgeben? Oder gab es hier noch eine andere, höhere Instanz? Wer könnte es ihr sagen? Großvater? Kouhei?

Sie sah Großvater, der ihr am Meer, das an jenem stürmischen Herbsttag glänzte wie ein silberner Fischrücken, erklärt hatte, was der Trick des Horizonts war, warum er sich in genau dem Maße, in dem wir auf ihn zugingen, von uns entfernte. Es war die Zeit, in der Großvater mit ihr und Mai zum ersten Mal ans Meer vor Nagasaki gefahren war, um ihnen, wie er sagte, »das Meer der Totengeister« zu zeigen. Wenn Großvater, der ein Linker, ein *hidári no* war, von »unerlösten Geistern« sprach, dachte er nicht an gespensterähnliche Wesen mit langen weißen Haaren und auch nicht an jene von Liebe getriebenen Protagonisten des Noh-Theaters, die, obwohl schon gestorben, ihren auf der Erde gebliebenen Geliebten noch einmal sehen mussten, bevor sie ins erlösende Jenseits gelangen konnten. Großvater dachte an die Opfer der japanischen Gräueltaten in Nanking, und es war ihm wichtig, dass Makiko und Mai wussten, was damals, 1937, geschehen war. Gegen den Widerstand ihrer beiden Mütter hatte er die kleinen Mädchen in sein Auto gepackt und war mit ihnen an den Strand kurz vor Nagasaki gefahren, von dessen Hafen aus die Kriegsschiffe damals nach China aufgebrochen waren. Zu dritt liefen sie an der Küste entlang, Großvater streckte den Arm aus und fuhr mit ihm über das offene Meer: »Hier!«, sagte er, huschten sie nachts über das offene Wasser, die Geister jener Menschen, Frauen, Kinder, Alte, unschuldige Zivilisten, die von den japanischen Soldaten damals bei lebendigem Leibe verbrannt, enthauptet oder systematisch erschossen worden waren und denen man sogar die für den Eintritt ins Jenseits so wichtige Bestattung verwehrt hatte.

Makikos Finger wurden starr. Was würde mit dem Embryo in ihrem Bauch passieren, gesetzt den Fall, sie entschließe sich, ihn nicht auszutragen? Würde sein Geist ebenfalls nachts über die Meere irren, vor dem Tor zum Jenseits warten, nicht wissend, ob man ihm Zugang gewährt? Bestehendes Leben zu töten oder einen Samen gar nicht erst zum Leben zu bringen, waren nicht dasselbe, das wusste Makiko, auch im japanischen Buddhismus nicht. Im modernen Japan war eine Abtreibung sogar legal, zumindest für ledige Frauen, Verheiratete brauchten dafür noch immer die Einwilligung ihres Mannes. Makiko schüttelte den Kopf. Vor ihren Augen tauchten die eingezäunten Felder auf den japanischen Friedhöfen mit den *jizô*-Figuren auf, kleine Bodhisattva-Statuen mit kahlgeschorenen Köpfen, umgebundenen Lätzchen und oft einem Pilgerstab oder einer *nyoi no tama*, einer Wunscherfüllungsperle, in der Hand. Die *jizôs* wurden für die *mizuko*, die ungeborenen oder früh verstorbenen Kinder aufgestellt, sie sollten die Seelen der Kinder auf ihrem Weg in die Unterwelt begleiten, sie als Unschuldige identifizieren und ihnen helfen, auf die andere Seite des Flusses, ins Jenseits, zu gelangen.

Makiko rieb sich die Augenlider, wäre das genug? Großvater war tot, ihn konnte sie nicht mehr fragen. Kouhei dagegen musste, wenn sie sich recht erinnerte, zurzeit in seinem Arbeitshaus im Wald sein. Als wäre es gestern gewesen, erinnerte sich Makiko an ihre ersten Besuche in Kouheis Haus, das versteckt in einem hohen, dicht bewachsenen Kiefernhain lag und wahrscheinlich sogar etwas einsam wirken würde, wenn man es nicht unaufhörlich drinnen und draußen knacken hörte. Erschrocken war Makiko nie über diese Geräusche, die, wie sie damals glaubte, von Geistern ausgingen, die im Holz wohnten und durch Wände gehen konnten. Unsichtbare Wesen, die alles sahen, Musik mochten und durch ihr Knacken den Menschen ein Lebenszeichen sendeten. Mit Kouhei oder Großvater hatte sie nie über die Geister gesprochen, es wäre ihr respektlos vorgekommen, sie, die so dezent vorgingen, durch unnötiges Gerede in einen Bereich der Offensichtlichkeit zu zerren, den die Geister von sich aus mieden. Sie werden schon ihre Gründe dafür haben, hatte Makiko sich gesagt, dass sie es vorzogen, unsichtbar zu bleiben.

Bei der Kommode im Flur angekommen, griff Makiko nach dem Hörer ihres altmodischen Telefons und stockte. Es gab eine alte japanische Regel: Wer jemanden freiwillig um Rat fragte, musste sich an diesen dann auch halten. Es galt als respektlos, eine erbetene Empfehlung später auszuschlagen, gerade wenn der Rat von einer Person kam, die älter war, über mehr Lebenserfahrung verfügte als man selbst. Warum hatte man sie dann überhaupt gefragt? Um sie bloßzustellen? Makiko hörte sich atmen, ein ungeduldiges Piepen schallte aus dem Hörer. Als es nach einer Weile penetrant laut zu werden drohte, legte Makiko auf und ging hastig ins Wohnzimmer.

XV

Der Flur, der durch die Chefetage von *Kazedo* führte, war zu beiden Seiten mit Vitrinen eingefasst, in denen steinerne, glatzköpfige Buddhas, Sichelhaken mit Ledergriffen und blitzende Samuraischwerter ausgestellt waren. Jason trat an das spiegelnde Glas, prüfte seinen Krawattenknoten vor dem Drachengriff eines schmalen Schwerts und nickte sich aufmunternd zu. Sein Termin war in fünf Minuten. Dass ihn Dai Watanabe, der Präsident von *Kazedo*, persönlich zu sich gebeten hatte, hatte sogar Brian Cooper überrascht. »Der Häuptling selbst? Na dann viel Erfolg!« hatte Cooper anerkennend in seine Freisprechanlage gebrüllt. Cooper war bei Jasons Anruf gerade in einem Hafen im Süden Japans unterwegs, der Empfang war schlecht, nur: »Grüßen Sie den Häuptling von mir!« hatte Jason noch verstanden, und dass Cooper selbst kurz vor seiner Abreise vergeblich versucht hatte, Watanabe zu treffen. »Er schien sehr beschäftigt. Berichten Sie, Jason, wie es gelaufen ist.«

Das werde ich, dachte Jason und schritt auf den hinter zwei verschlossenen Milchglastüren liegenden Präsidententrakt zu.

Man bat ihn in ein leeres Vorzimmer, das komplett mit weißen Sofas eingerichtet war. Auch der Teppich und die Wände waren weiß, Farbe kam allein von den gerahmten Werbeplakaten, die auf Augenhöhe an der Wand hingen. Auf japanischer Augenhöhe. Geduckt betrachtete Jason die Bilder, die mehrere Jahrzehnte *Kazedo*-Geschichte zeigten. Er sah eine japanische Hausfrau aus den fünfziger Jahren, die fasziniert auf die Trommel ihrer bebenden Waschmaschine starrte, Frau Yukawa, dachte Jason, daneben einen westlichen, wahrscheinlich amerikanischen Teenager in Turnschuhen und mit Walkman auf den Ohren, der dem Headbanging frönte, einen deutschen Hans, der gerade die Antenne seines neuen Fernsehers auszog, darunter jeweils Werbeslogans in den verschiedenen Sprachen.

Fernseher, Walkmen, Waschmaschinen. Verbraucherelektronik, dachte Jason und ließ sich in eines der weißen Sofas fallen. Ohne die Produkte wird *Kazedo* in Zukunft auch kein solches Marketing mehr brauchen.

Dai Watanabe war klein, hatte ein rundes Pfannkuchengesicht und lächelte vergnügt, als er auf Jason zutrat. Der Präsident nahm Jasons Hand, verbeugte sich und nickte ihm zu, er sah gutmütig aus, wie jemand, der gerne aß und trank.

»Vielen Dank für Ihr Kommen!« Watanabe führte Jason an den Tisch, der offenbar für Besucher vorgesehen war und einer ganzen Baseballmannschaft Platz geboten hätte.

»Bitte, Sie dorthin.« Er deutete auf einen Stuhl an der Wand, direkt neben dem Fenster. Jason gehorchte, wusste er doch, dass der Ausblick aus einem Zimmer in Japan stets etwas Wichtiges, ein besonderer, privilegierter Platz war.

»Möchten Sie Tee oder Wasser?«

Jason verneinte und wunderte sich doch, dass der Präsident dies alles selber fragte, seine Aufmerksamkeit und Freundlichkeit waren so ganz anders als Okadas frostige Strenge, erinnerten Jason viel eher an Mai.

Watanabe setzte sich Jason gegenüber, zog eine schmale Holzschachtel aus seiner Jacketttasche und reichte sie Jason über den Tisch.

»Eine kleines Präsent unseres Hauses«, sagte er und nickte aufmunternd.

Jason nahm den Deckel der Schachtel ab und fand auf weißem Seidenpapier einen gläsernen, bemalten Frosch.

»Sie wissen, was der Frosch in unserer Kultur bedeutet? Er ist ein Glückssymbol«, erklärte Watanabe und beugte sich vorsichtig über die Figur, als handelte es sich um ein lebendes Tier.

»Das Glas stammt aus einer Glashütte in Hokkaido, im Norden Japans.«

Jason bedankte sich und überlegte, ob auch er etwas hätte mitbringen sollen. Doch Watanabe gab ihm nicht das Gefühl, als hätte er dergleichen erwartet.

»Das Interesse Ihrer Firma, unseren Konzern zu unterstützen, ehrt uns«, sagte Watanabe und legte seine Hände nebeneinander auf den Tisch, »und doch können wir Ihr Angebot leider nicht annehmen.«

Jason glaubte, sich verhört zu haben: Sie konnten es nicht annehmen? Was sollte das heißen? Der Präsident atmete tief ein, bereitete offenbar eine Erklärung vor. Er habe, erzählte er, in den letzten Tagen mit verschiedenen Mitgliedern des *Kazedo*-Aufsichtsrats gesprochen, die alle einer Beteiligung von *GHL* ablehnend gegenüberständen. Jason wollte etwas fragen, doch Watanabe fuhr fort, zudem habe sich sehr kurzfristig eine neue Option aufgetan.

Jasons Herz schlug schneller: »Was für eine Option?«, fragte er gepresst. Hatte *Kazedo* etwa doppelt verhandelt?

Watanabe lächelte beschwichtigend. Auf Anregung und mit der Unterstützung jener zwei japanischen Großbanken, die im Aufsichtsrat von *Kazedo* säßen, sei es gelungen, den Elektronikriesen *Matsushita* dazu zu gewinnen, sich an *Kazedo* zu beteiligen.

»*Matsushita?*«, rief Jason. »Das ist doch die Konkurrenz!«
Watanabes Lächeln wurde breiter und seine Augen begannen zu leuchten: »Gemeinsam werden wir der größte Elektronikhersteller Japans sein. Einer der größten Elektronikhersteller weltweit!«, sagte der Präsident und nickte mehrmals, als sei er selbst noch dabei, es zu begreifen.

Jason verstand nicht: Warum *Matsushita*? Der Konzern hatte doch noch nie Interesse für *Kazedo* gezeigt. Warum auf einmal dieses Angebot, und was war daran so attraktiv, dass *Kazedo* es annehmen wollte?

»Und was hat *Matsushita* vor?«, fragte Jason so kühl, wie er konnte.

Watanabe beugte sich über den Tisch, er freute sich ersichtlich darauf, Jason seine Pläne zu erläutern. Gemeinsam hätten sie, erzählte er, eine Strategie für *Kazedo* entworfen, einen »Evolutionsplan« für die nächsten zehn Jahre.

»Alle Sparten bleiben erhalten, werden sogar noch größer«, erklärte Watanabe. Die erfolgreiche Solar- und Akkuindustrie werde ausgebaut und weiterentwickelt, zudem werde man kräftig in Forschung investieren, um auch in *Kazedos* Kernsparte, der Verbraucherelektronik, neue, energieeffiziente Produkte so schnell wie möglich auf den Markt zu bringen. Watanabe redete jetzt schneller, sie hätten beispielsweise vor, die erste Waschmaschine zu produzieren, die pro Waschgang anstatt zweihundert nur noch acht Liter Wasser benötigen werde, da sie ihr Wasser selbst reinige: »Eine Forschungsgruppe arbeitet bereits dran!« Und was die berühmten *Kazedo*-Kühlschränke angehe, so entwickelten sie auch hier ein Modell, das nur halb so viel Strom brauchen werde wie ein Kühlschrank heute. »Effizient in die Zukunft!«, rief der Präsident und sein rundes Gesicht strahlte.

Jason lehnte sich in seinem Stuhl zurück, alles schön und gut, dachte er. Nur wer sollte das finanzieren? *Matsushita*? Nach allem, was er wusste, ging es dem Konzern doch auch nicht gerade glänzend, zwar waren die Umsätze stabil, die harte Konkurrenz aus China und Korea machte aber auch *Matsushita* zu schaffen, drückte die Preise. Wieso sollte sich der Konzern da ein krankes Kind wie *Kazedo* ans Bein binden, das auch noch gefüttert werden musste? Jason seufzte bei dem Gedanken an *Kazedos* Schuldenberg, dazu kam in den Stammsparten ein herber Verlust, kostenintensive Fabriken und Verwaltungen, die jeden Monat Unsummen verschluckten und das auch weiterhin tun würden, selbst wenn irgendwann in vager Zukunft utopische Waschmaschinen von den Fabrikbändern rollen werden.

»So viel Zeit haben Sie doch gar nicht«, gab Jason zurück, »bis Ihre Superwaschmaschine fertig ist, wird *Kazedo* an seinen Schulden und seinem Apparat erstickt sein. Es wird doch jeden Monat schlimmer, die Finanzabteilung ist bereits jetzt kaum mehr in der Lage, den Mitarbeitern ihren Lohn zu zahlen.«

Watanabe senkte kurz den Kopf, wie um dem Ernst der von Jason angeführten Fakten Rechnung zu tragen, suchte dann erneut Jasons Blick und lächelte, schon wieder, seine Gesichtszüge bekamen etwas unerträglich Mildes, beinahe Väterliches.

»Wir wissen«, sagte der Präsident ruhig, »dass sich unser Konzept wahrscheinlich erst in drei, vier Jahren rentieren wird. Doch wir denken langfristig.«

Schon klar, dachte Jason, das hatte er verstanden.

»Dann erklären Sie mir: Wie wird *Kazedo* seine Produktion und Forschung in den nächsten zwei Jahren finanzieren?«

Watanabe fuhr zurück, als habe er diese Frage, ihre forsche Direktheit nicht erwartet. Einen Augenblick lang wanderten seine Augen, dann fasste er sich jedoch und der Präsident erklärte bereitwillig: »Unsere Banken werden uns helfen. *Kazedo* ist ein japanischer Traditionskonzern, eine in Japan verwurzelte und von unseren Landsleuten seit Jahrzehnten geschätzte Marke. Das wissen auch unsere Banken. Sie wollen uns unterstützen, glauben an unseren Evolutionsplan, wollen uns gemeinsam mit unserem Partner *Matsushita* in eine erfolgreiche Zukunft führen.« Watanabe lachte auf: »Bei uns in Japan sagt man: Gerade in stürmischen Zeiten braucht es ein großes Schiff!«

Jason schüttelte den Kopf. Die Banken, das war doch der helle Wahnsinn, kollektives Kamikaze! Denn selbst wenn die japanischen Banken halfen, aus welchem nationalistischen Grund auch immer Millionen, Billionen Yen in *Kazedo* pumpten, um die Verluste aufzufangen, um das ächzende Dampfschiff über Wasser zu halten – würden die Märkte ein solches Spiel nicht mitmachen. *Kazedo* war eine Aktie und da zählten Gewinne, Wachstum. Noch einmal zwei, drei Jahre aktive Verlustgeschäfte konnte sich dort niemand leisten, bis dahin wird die *Kazedo*-Aktie auf dem Flohmarkt verscherbelt werden. Jason fuhr sich über die Haare, das konnte doch niemand wollen, am allerwenigsten *Matsushita*, schließlich war *Matsushita* selbst ein international gehandelter Konzern! Da plötzlich begann Jason zu ahnen, woher der Wind wehte... War denn aber sicher, dass es die Aktie *Kazedo* in ein paar Jahren überhaupt noch geben wird? Was hatte Watanabe gesagt: »Alle Sparten bleiben erhalten« – unter welchem Dach die Produktion in Zukunft laufen wird, hatte er offen gelassen.

»Ich sage Ihnen«, rief Jason mit einem Mal aufgeregt, »sowie *Kazedo* unterschrieben hat, wird *Matsushita* die Banken schröpfen, meinetwegen auch investieren und dann genau das tun, was wir vorhatten. Überflüssige Kapazitäten werden abgebaut, nur wird *Matsushita* das Schließen der Betriebe als ›Zusammenführung‹ verkaufen, Stichwort ›Synergieeffekte‹, Sie wissen schon ...« Jason lachte spöttisch auf. Auf einmal sah er alles ganz klar: Auf diese Art wird jedes Quartal ein weiteres Glied des Konzerns verschwinden, *Kazedos* Forschung wird »aus Effizienzgründen« an die Forschung von *Matsushita* angegliedert werden und irgendwann, wie durch Zufall, das zerrupfte Unternehmen sein Gesicht verlieren.

»Ich garantiere Ihnen, in drei, maximal vier Jahren, noch ehe die grünen Produkte marktreif sein werden, wird es den Konzern *Kazedo*, dieses Büro hier so nicht mehr geben.«

Watanabe rührte sich nicht, lächelte unbeirrt weiter. »Das wird nicht passieren«, erwiderte er leise, »kein Japaner lässt *Kazedo* untergehen.«

»Sie werden sehen«, gab Jason eisig zurück.

Der Glasfrosch in der offenen Schachtel stand noch immer zwischen ihnen auf dem Tisch. Ein Glücksbringer, für ihn!, dachte Jason. Diese Kultur entzog sich jeder Logik. Sein Blick fiel auf das hinter dem Frosch, in die Mitte des Tisches platzierte Firmenlogo, in roten, lateinischen Lettern prangte dort: *Kazedo*. Der Weg des Windes. Die Buchstaben standen leicht schräg, vom Wind angeweht, das war wohl die Idee, doch auf einmal sah Jason nur noch eins: Buchstaben, die dabei waren zu fallen und einander im Fallen mitrissen, wie bei einem Dominospiel, einer hatte sie angetippt und jetzt stürzte alles ein ... Das Ende von *Kazedo*. Eine Farce. Mit der Hilfe von *GHL* wäre das Unternehmen erhalten geblieben, bald wieder profitabel geworden! Jason hob den Blick zu seinem Gegenüber, wie konnte man nur so verbohrt sein, unfähig zu vertrauen, ihnen, den Ausländern, der weltweit größten und seit Jahren äußerst erfolgreichen Investmentfirma.

»Und diesem Plan mit *Matsushita* haben bereits alle Mitglieder des Aufsichtsrates zugestimmt?«, fragte Jason skeptisch.

»Alle, mit denen ich gesprochen habe«, antwortete Watanabe.

»Auch Brian Cooper?«, hakte Jason nach.

»Alle Mitglieder, mit denen ich gesprochen habe«, wiederholte Watanabe, eine Nuance spitzer als eben. »Das waren mehr als die Hälfte.«

Jasons Hände ballten sich zusammen. Dann hatte Watanabe Brian Cooper ebenfalls hintergangen! Natürlich, das machte Sinn, denn Cooper hätte so etwas niemals mitgetragen, er hätte für *Kazedo* gekämpft, hätte alle Hebel in Bewegung gesetzt, den Leuten von *Matsushita* auf den Zahn gefühlt, deren wahre Absicht herausgekitzelt. Doch Cooper war unterwegs, in irgendeinem Hafen und wusste nicht einmal Bescheid! Was waren das für Sitten? War das die feine japanische Art?

Watanabe schien Jasons Wut, seine innere Rage zu bemerken und beugte sich zu ihm, Jason hatte den Eindruck, dass der Präsident ihr Gespräch auf dieser Note nicht beenden wollte.

»Für das von Ihrer Firma anvisierte Ziel, *Kazedo* innerhalb von zwei Jahren ›wieder auf die Beine zu bringen‹, wäre Ihre Strategie wahrscheinlich gar nicht schlecht gewesen«, sagte der Präsident mit jener suppigen Sanftheit, die Jason mittlerweile unerträglich nervte. »Doch wir wollen etwas anderes, eine langfristige, umfassende, in jeder Hinsicht umweltverträgliche Lösung. Vielleicht ist es eine Frage der Mentalität –«, gab Watanabe zum Abschluss halb fragend zu bedenken.

»Das ist keine Frage der Mentalität«, erwiderte Jason gereizt, »sondern der Gesetze des Marktes. Sie werden sehen, Japan ist keine Insel!«

Da lachte Watanabe, herzlich, als wäre das ein guter Witz, und erwiderte: »Doch.«

Als Jason das Gebäude verließ, nieselte es, zu allem Überfluss. Sein Fahrer sah ihn kommen und startete den Wagen, Jason trabte durch die schwülfeuchte Luft, die auf seine Lungen drückte wie in einem Dampfbad. Ähnlich musste es sich in einem Wäschetrockner anfühlen, einem Waschen-Trocknen-Kombinationsgerät, das sein Wasser selbst reinigte, dachte Jason und schüttelte den Kopf, während er in den Wagen stieg.

Noch nie hatte er sich derart abserviert gefühlt. Harte Verhandlungen war er gewohnt, Bluffs und Machtspielchen ebenfalls, dieses Gefühl jedoch, anstatt mit- oder gegeneinander schlicht gegen eine Wand zu reden, war neu. Diese lächelnde Mauer auf Watanabes Gesicht, an der jedes Argument abprallte, dieses Halbmondgrinsen, das sanft schien und doch eiskalt war, eine Festungsmauer, hinter der sich der Kaiser von *Kazedo* verbarg.

Ein systemischer Zusammenprall, würde Stewart sagen und es auf seine trockene Art physikalisch sehen: Offensichtlich handelte es sich hier um zwei einander ausschließende, sich abstoßende Systeme, Öl und Wasser vergleichbar. Jason rieb sich die Augen, aber Watanabe und er, sie waren doch beide Ökonomen, sie agierten in der gleichen Welt, einer Welt mit ihren eigenen Gesetzen! Das war es, was Jason nicht begriff.

Erschöpft lehnte er seine Stirn gegen die Fensterscheibe. Seine Schultern schmerzten, als habe es unbemerkt Kraft gekostet, sich die ganze Zeit zu dem Präsidenten vorzubeugen, ein offenes Ohr zu haben. Und wofür das Ganze? Dieses Ei war endgültig aus dem Nest gefallen ... Noch während Jason die Worte in seinem Geiste hörte, die eine beliebte Redewendung Greenbergs waren, durchlief ihn ein kalter Schauer: Was werden Hanson und Greenberg sagen, wenn sie erfahren, dass der *Kazedo*-Deal geplatzt war? Werden sie toben, schimpfen? Werden sie ihm glauben, dass es seine Schuld nicht war, dass hier niemand etwas hätte bewegen können, dass alles schon entschieden war – oder stimmte das gar nicht? Hätte er nur früher, noch dezidierter auftreten und einschreiten müssen? Hätte er, Jason, Brian Cooper informieren und so das Ruder in letzter Minute herumreißen können? Schweißperlen traten Jason auf die Stirn, *Kazedo* war seine Chance gewesen, dieses Projekt war nicht zuletzt Hansons und Greenbergs Belohnung für den *ASC*-Deal, es hätte eine weitere Gelegenheit für ihn werden können, sich zu beweisen – und er? Hatte es verbockt, die Sache in den Sand gesetzt? Das Schiff *Kazedo* auf Grund laufen lassen? Jason griff in die Hosentasche, suchte seinen Blackberry, er musste Hanson und Greenberg informieren, schnell, bevor es jemand anderes tat, und sich seine Worte dabei sorgsam überlegen. Dass auch Brian Cooper vom Treiben Watanabes nichts gewusst hatte, würde zu seinem Vorteil sein, er wird die kulturelle Hürde, Watanabes Beharren auf einer »japanischen Lösung« betonen müssen, überlegte Jason, griff, immer noch suchend, in die Tasche seines Jacketts und ertastete den gläsernen Frosch. Er hatte ihn mitgenommen, ihn beim Hinausgehen aus der Schachtel gerissen und in seine Jackettasche gesteckt, so wie man schnell noch ein Gummibärchen aus der Schale stiehlt, wenn gerade niemand hinschaut. Warum? Damit sein Besuch bei Watanabe nicht völlig umsonst gewesen ist?

Jason ließ den Frosch wieder fallen, zog stattdessen den Blackberry hervor, prüfte die Uhrzeit. Kurz vor zwölf in Japan, Jason musste widerwillig grinsen: Wohl eher kurz nach zwölf... Das hieß an der Ostküste spätabends 23 Uhr, an der Westküste waren es dagegen erst sonnige 18 Uhr. Das ging, entschied Jason, wahrscheinlich saß Hanson sogar noch in seinem Büro.

»Jason! Wie läuft's in der subtropischen Brühe?« Hansons handfeste Fröhlichkeit machte Jason sofort etwas Mut, er begann mit einem Witz über den Nieselregen, der am Fenster seines Wagens abperlte wie das Kondenswasser in einem Wäschetrockner, merkte jedoch bald an einer zunehmenden Enge in der Brust, dass er zügig zur Sache kommen musste.

»Sir, ich fürchte, ich habe schlechte Nachrichten«, leitete Jason die Fahrt ins Dunkle ein.

Keine Reaktion am anderen Ende der Leitung.

Was *Kazedo* betreffe, sehe es nicht gut aus, »um nicht zu sagen: Die Sache können wir vergessen.«

»So?«, kam es schlicht aus Kalifornien.

Da beschloss Jason, die Sache kurz zu machen, und begann zu erzählen, von dem Treffen mit Watanabe, dem Frosch und der mit einem Lächeln vorgetragenen »japanischen Lösung«. Jason erzählte von den japanischen Banken, die die Milchkuh spielten, der Tatsache, dass Brian Cooper und er, sie alle einfach hintergangen worden waren, er berichtete von Watanabes festem Glauben, *Kazedo* werde mit der Hilfe von *Matsushita* »noch größer«, und von der Vision des Präsidenten, die utopischen Waschmaschinen würden irgendwann alle Bilanzen wieder reinwaschen.

»Wissen Sie, was ich ihm gesagt habe? *Matsushita* wird *Kazedo* systematisch schlucken und dabei genau die Maßnahmen durchsetzen, die auch wir vorhatten. Eine andere Möglichkeit gibt es gar nicht, wenn die Banken und *Matsushita* ihr Geld nicht gleich abschreiben wollen. Die Banken werden diesen Kurs unterstützen und Watanabe wird nichts als zusehen können, auch wenn es ihm dabei schließlich selber an den Kragen geht. Doch für diese Entwicklung scheint der Präsident auf beiden Augen blind zu sein; wissen Sie, was er zu mir gesagt hat? ›Kein Japaner lässt *Kazedo* untergehen.‹«

Hanson hörte sich das alles ohne eine Zwischenfrage an. Als Jason am Ende seines Berichts angekommen war, hob in Kalifornien ein tiefer Seufzer an, worauf Hanson verkündete: »Da ist wohl nichts mehr zu machen.« Seine Stimme klang nüchtern, er schien keineswegs außer sich.

»In der Tat«, erwiderte Jason schnell, »auch wenn es unglaublich, absolut unverständlich ist! Dieser kleine japanische Kaiser lässt lieber sein eigenes Kind draufgehen, als dass er den Sprung ins Neue, Fremde wagt.«

»Nun, was *Matsushita* betrifft, ist deren Entscheidung doch sehr verständlich«, erwiderte Hanson trocken.

Jason horchte auf.

»Es liegt doch auf der Hand«, sagte Hanson, »*Matsushita* sah uns kommen, sah *Kazedo* bereits gesundet, schlank und gut vernetzt den japanischen Markt erobern, was sage ich, sie sahen uns von Japan aus die Welt mit Batterien beliefern und haben alles drangesetzt, ihre Seilschaften genutzt, um einen zukünftigen, potenten Konkurrenten zu verhindern! Wenn man dabei außerdem auf ›japanische Loyalität‹ machen kann, umso besser.« Hanson lachte scharf. Jason nickte, das klang einleuchtend. Und bedeutete zudem, dass Hanson seine Theorie, was *Matsushita* betraf, teilte, sie sogar noch unterfütterte. Jason spürte Erleichterung, war seine Angst vor Hansons Reaktion vielleicht doch übertrieben gewesen? Dachten sie zu ähnlich, um einander grundlos Vorwürfe zu machen? Aber Vorsicht – Jason wusste auch, dass die größte Herausforderung, Greenberg, noch ausstand.

»Ich hoffe, Greenberg wird nicht allzu enttäuscht sein. Möchten Sie es ihm sagen?«, fragte Jason in einem plötzlichen Anflug von List.

»Sagen Sie es ihm selbst, er sitzt mir gegenüber«, antwortete Hanson und fügte hinzu: »Ich reiche Sie gleich weiter.«

Jason war, als habe Hanson ihm einen Stoß in den Magen versetzt. Greenberg war in Hansons Büro? Hatte bis jetzt alles, wahrscheinlich über die Freisprechanlage ebenfalls gehört?

»Jason?«

Es war Greenberg, keine Frage.

»Das sind keine guten Neuigkeiten«, brummte der strenge Meister. Jasons Herz hämmerte. »Aber Bill hat Recht: Da kann man nichts machen.«

Jason begriff nur langsam.

»Sie sind schließlich nicht der Erste, der bei den Japanern auf Granit gebissen hat«, Greenberg räusperte sich, »diese Inselbewohner sind widerspenstig.«

Jason rann der Schweiß die Schläfe hinab. »Sie sagen es, Sir. Auch ich wollte es nicht glauben, aber – «

»Wissen Sie, Jason«, unterbrach ihn Greenberg, »letztendlich ist das keine Frage des Glaubens, und das ist das Problem. Als ich Sie eben mit Bill reden hörte, wurde es mir wieder klar«, Greenberg holte tief Luft und Jason spürte, dass sich sein Chef auf eine längere Ausführung vorbereitete: »Marktwirtschaft«, sagte Greenberg, »beruht auf Produktion und Verkauf, auf greifbarer Wirklichkeit. Auf Wohlstand und Wachstum, Ziel ist stets die Verbesserung der Lebensqualität jedes Einzelnen. In einer Gesellschaft wie der japanischen jedoch, in der symbolische Werte letztendlich höher angesehen sind als die praktische Welt, in der die Ehre, der Name wichtiger ist als das individuelle Wohlsein, das Kollektiv mehr zählt als der Einzelne, tun sich die Menschen oft schwer, den Regeln der wirtschaftlichen Realität uneingeschränkt zu folgen. Zwar wissen auch die Japaner, dass gewisse Dinge unabdinglich sind, sie kennen die Gesetze jener Marktwirtschaft, in der sie nicht erst seit gestern und oftmals auch mit Erfolg agieren, und doch scheuen sie sich davor, gewissen Notwendigkeiten radikal, mit der nötigen Entschlossenheit zu begegnen. Immer zögern sie, suchen die goldene Mitte, lavieren hin und her: Wettbewerbsfähigkeit ja, Kündigungen nein, Verbesserung der Produkte ja, der Betriebsstrukturen nein... Seit Jahren geht das schon so! Und frustriert jeden, der von außen kommt. Im Zweifelsfall nennen sie uns Heuschrecken und reiten sich dabei noch tiefer in ihre Probleme hinein.« Greenberg holte Luft: »Ihnen hätte ich zugetraut, das Muster zu durchbrechen« – ein Satz, der Jason einen Stich gab, »ich habe mir gedacht: Hier muss jemand Junges, mit der notwendigen Frische, Energie und Leidenschaft ran, doch wenn es nicht sein soll – *Kazedo* braucht Hilfe, wir aber brauchen *Kazedo* nicht!«, rief Greenberg entschieden.

Jason glaubte, seinen Ohren nicht zu trauen.

»Und jetzt hören Sie mir mal zu«, fuhr Greenberg fort, ohne dass Jason die Gelegenheit hatte, etwas zu erwidern. »Es gibt da etwas Interessantes, das Sie sich anschauen sollten, Bill und ich sprachen gerade darüber, als Ihr Anruf kam. Letztendlich geht es auch hier um die Akkuindustrie, nur von einer anderen Ecke, der Verbraucherperspektive aus.« Greenberg brummte zufrieden, der neue Fall machte ihm offensichtlich Laune. In Israel, erzählte er, sei man dabei, ein landesweites Netz an Auflade- und Wechselstationen für die Akkus von Elektroautos einzurichten. »Was Elektroautos angeht, sind die Israelis ganz heiß, Sie wissen schon: Hauptsache unabhängig vom Öl der Nachbarn...« Die Planungen seien fertig und das Netz bereits im Bau, die Firma suche jedoch noch Partner, Investoren und nicht zuletzt »den besten Akku«, den die Autofahrer von *Better Place*, so heiße die Firma, leasen können werden. »Sie ahnen, welcher Akku das sein soll?«

Jason konnte es sich denken, die Firma begann mit A und hörte mit C auf.

»Fliegen Sie nach Tel Aviv und nehmen Sie an einem Treffen für potentielle Investoren teil. Der Gründer der Firma, ein cleverer Bursche, hat uns dazu eingeladen, er wird einen Vortrag halten und so, denke ich, das Rennen unter den geladenen Gästen eröffnen. Ich hatte ursprünglich an Anthony aus New York gedacht«, sagte Greenberg, »doch der ist eigentlich voll in anderen Projekten beschäftigt, und Sie sind seit *ASC* schließlich fast schon ein Experte in Sachen Akkuindustrie! Nehmen Sie sich der Sache an?«, rief Greenberg, halb Frage, halb Aufruf, doch Jason wusste, bei Greenberg war eine Frage generell ein Aufruf.

»Mit Vergnügen, sehr gerne«, antwortete Jason.

»Sie bekommen die Informationen direkt von Anthony, ich sage ihm Bescheid«, erklärte Greenberg noch.

Israel, dachte Jason und blickte aus dem Wagenfenster. Das bedeutete auch Hitze, Wüstenhitze, aber bestimmt nicht so schwüle, feuchte Luft wie hier.

»Danke, Sir.«

»Keine Ursache. Geben Sie Ihr Bestes – und viel Glück!«

»Sir?« Jason stockte, gerne hätte er gesagt: »Es ist ein Vergnügen, für Sie zu arbeiten, Sir.« Doch das hätte zu anbiedernd, unterwürfig geklungen. »Einen angenehmen Abend noch«, wünschte Jason stattdessen.

Ihm war, als wäre der Himmel aufgerissen, und das, obwohl der Regen mittlerweile in dichten Fäden auf das Straßenpflaster fiel.

Ohne dass Jason es gemerkt hatte, waren sie im Stadtzentrum angekommen, die vertrauten Wolkenkratzer und die Leuchtreklamen trotzten apathisch der trüben Nässe. An der nächsten Ampel wartete ein Mädchen in weißen Socken und flachen Schuhen, die Jason an Mai erinnerten. Seine Hand glitt in seine Jacketttasche, sollte er Mai den gläsernen Frosch schenken? War das überhaupt möglich, das einem selber zugesprochene Glück weiterzuverschenken? Oder hatte sich die Kraft des Froschs mittlerweile ins Gegenteil verkehrt?

Mit einem Ruck hielt der Wagen.

»Wir sind da, Sir.« Der Chauffeur deutete auf den weitläufigen Vorplatz, auf die gläsernen Gebäudeeingänge, aus denen trotz des Regens scharenweise mittagshungrige Menschen strömten.

XVI

Makiko fuhr mit der Rolltreppe aus der Metro-Station hinauf ans Tageslicht, lief über einen großen Platz und dann zwischen den Bürotürmen von La Défense hindurch, jenem Teil von Paris, der nicht mehr Belle Epoque, nicht ornamental und opulent, sondern modern war, nüchtern und streng. Ein Büropark, in dessen Schatten Makiko ihren Kopf in den Nacken legen musste, um in der Anhäufung von Glas und Stahl jenes schwarzgläserne Gebäude zu finden, in dessen obersten Etagen die Studios ihrer Plattenfirma lagen.

Frank hatte sie angerufen, sie hätten jetzt auch bei den Etüden das Mastering fertig gemacht, Makiko solle kommen und »sich hören«, wie Frank gerne sagte, bevor sie die Aufnahmen nächste Woche ins Presswerk schickten. »Du weißt ja, wie der Hase läuft. Jetzt, wo dein aktuelles Album sich so gut verkauft, will der Boss so schnell wie möglich die nächste Scheibe nachschicken, am besten noch im Herbst.« Natürlich.

Makiko hatte zugesagt, sie fürchtete und genoss den Moment, in dem sie ihr Spiel zum ersten Mal »in der Dose«, über die gewaltigen Boxen des Tonstudios hörte, in Franks Studio zudem mit diesem Raumeffekt, auf den er besonders stolz war, mit dem man bei Orchesteraufnahmen geradezu auf den Meter genau die Verteilung der Instrumente im Raum hören konnte. Es überraschte Frank immer wieder, dass Makiko manchmal feine Klangbearbeitungen nicht wahrnahm, die er vorgenommen hatte, »damit dein Sound besonders gut raus kommt«.

»Wenn es mein Sound sein soll, warum manipulierst du ihn dann?«, hatte Makiko bei ihrer ersten Begegnung gefragt und Frank hatte nur gelacht: »Eine Aufnahme ist immer gemacht. Hier geht es darum, durch die richtigen Entscheidungen Natürlichkeit herzustellen.«

Makiko musste verwirrt ausgesehen haben, denn Frank hatte noch einmal gelacht und abwinkend erklärt: »Klingt komplizierter, als es ist.«

Wenn man so viel Erfahrung hat wie Frank, hatte Gerald damals hinzugefügt und Makiko oben, auf der Dachterrasse der Studios versichert Frank sei ein Meister seines Fachs. *A true nerd*, der in Tonspuren und Equalizern dachte, Klänge als Frequenzen sah und dabei der Kunst in der Dose auf mysteriöse Weise auf die Spur kam, sie »auf die richtige Spur, in eine Spur brachte«, hatte Gerald gesagt, erfreut über sein Wortspiel: *to get the music on its track, on one track.*

Makiko musste, als sie unten im Foyer in den Fahrstuhl stieg, lächeln in Gedanken an jenen Nachmittag mit Gerald oben auf der Dachterrasse. Sie hatte es fast vergessen: Obwohl Gerald und sie nur in Hotels, auf Reisen zueinanderkamen, obwohl sie auch an jenem Abend in Geralds Hotel am linken Seineufer und nicht in Makikos Wohnung gegangen waren, obwohl sie stets großen Wert auf einen anonym-neutralen Rahmen legten, hatte es hier begonnen, in diesem Büroturm, in Paris, ihrer Heimatstadt. Makiko wurde flau, der Fahrstuhl raste, sie legte sich die Hand auf den Bauch und ihre Augen suchten die Digitalanzeige: Noch fünf Stockwerke, dann hatte sie es geschafft.

Die in nicht mehr als einen kurzen, schwarz gerieffelten Schlauch gehüllte, gertenschlanke Empfangsdame führte Makiko durch den Flur, von dem aus die einzelnen Studios abgingen. Durch die

Bullaugenfenster schaute Makiko in die schalldichten Räume, erblickte Menschen, denen man die Versunkenheit an ihren gebeugten Rücken ansah. Die Kopfhörer auf den Ohren, stapelten sich um sie herum weiße, geriffelte Plastikbecher, auf dem Boden lagen Chipstüten, ein leerer Pizzakarton.

Franks Büro war ganz hinten rechts, am Ende des Ganges. Er stand an der Fensterfront hinter seinem Schreibtisch und rauchte. Als er Makiko bemerkte, winkte er sie durch die offene Tür herein und zeigte mit einem entschuldigenden Grinsen auf die brennende Zigarette in seiner Hand. Makiko hielt ihren Abstand und schüttelte schäkernd den Kopf. Die Franzosen rauchen sich zu Tode, bevor sie eines natürlichen Todes sterben können!, hatte Kouhei einmal gesagt. Obwohl das Rauchen in Frankreich, wie Makiko zugeben musste, etwas Elegantes, Lässiges hatte. Hier rauchten die Menschen nicht nur wegen des Tabaks, sondern weil sie es schön fanden, Rauchwolken in die Luft zu blasen und die Zigarette zwischen den Fingern zu balancieren. In Japan dagegen rauchten die Leute hastig und verschämt. Es fehlte dieses selbstverständliche Genussbewusstsein, in Japan war Rauchen Ausdruck einer Bedürftigkeit, kein souveräner, freier Akt.

»Bitte, setz dich doch«, sagte Frank, nachdem seine Zigarette in einem weißen Kaffeebecher gelandet war.

»Ich habe heute Vormittag mit Gerald telefoniert«, erzählte er und fuhr seinen Computer hoch, »du hast ja ein ganz schönes Programm! Erschöpft?«

Makiko zuckte mit den Schultern, schwieg. Dachte, fragte nicht: Sehe ich so aus?

»Das hier soll ich dir geben, von der Grafikerin«, sagte Frank, stand auf, reichte Makiko eine Mappe und ging dann durch die gläserne Verbindungstür seines Büros hinüber ins Studio, um sein »Cockpit«, wie er es nannte, anzuschalten.

Makiko klappte die Mappe auf, betrachtete das Coverfoto ihrer letzten CD, auf dem sie, an die Brüstung des Seineufers gelehnt, knapp an der Kamera vorbei, über sie hinweg blickt. Die Haare nachträglich am Computer verweht. Makiko blätterte weiter, entdeckte andere Covers, sämtliche Neuerscheinungen dieser Saison. Wehende Kleider, Körperverrenkungen, zwischen die Arme gequetschte Brüste, Posen, auf den Betrachter fokussiert. Musiker, zu Ikonen, Wunschobjekten zurechtgerückt, saugende Blicke, Gesichter, durch das Frontallicht und die Schminke derart entfremdet, dass der Vamp dort auf dem Bild in der Frau draußen auf der Straße nicht mehr zu erkennen war …

Makiko lächelte, am Anfang hatte sie noch protestiert: Das bin doch nicht ich!, hatte sie gerufen und Gerald den Cover-Entwurf für ihre erste CD auf den Tisch geknallt, diese exotische Lolita, dieses schlechte Beispiel dessen, wie ein Pariser Marketingexperte sich Verführung vorstellte: die Haare möglichst wild, die roten Lippen aufgeblasen, viel zu viel Rouge auf der blassen Haut. Mittlerweile sah sie das anders. Seit einiger Zeit fand Makiko sogar Gefallen daran, beim Anblick der Poster zu denken: Das bin doch gar nicht ich. Es hatte etwas merkwürdig Befreiendes, als könnte sie sich dahinter verstecken. Dieses Bild da war der *Teaser*, das, was verkauft wurde, was die Menschen, wollte man der Presseabteilung glauben, in die Konzertsäle trieb. Sie dagegen war ihr Spiel, das, was im Konzert entstand.

»Und, zufrieden?«, fragte Frank und lugte durch die Tür.

Makiko nickte flüchtig, stand auf und ging hinüber ins Studio.

In Franks Cockpit war alles, wie in einem Gemälde der italienischen Renaissance, auf einen Menschen im Zentrum ausgerichtet, der in diesem Falle kein Betrachter, sondern ein Hörer war. Obwohl das nicht ganz stimmte, schließlich war Franks Arbeitsraum, wie Gerald es formuliert hatte, das Studio »zur schönen Aussicht«: halb La Défense, im Osten das alte Paris und sogar der Arc de Triomphe waren hinter der Fensterfront zu sehen.

Makiko trat mit den Fußspitzen an das Glas und schaute hinaus. Schon bei ihrem ersten Besuch hatten die nahen Hochhäuser, diese gläsernen Stalagmiten, Makiko an Marunouchi, jene Gegend in Tokio erinnert, in der ihr Vater arbeitete. Nur selten hatte ihr Vater sie mit in seine Firma genommen, spät, nach Feierabend oder sonntags, wenn sonst niemand da war, war er mit ihr in die leeren Büros der Berater gegangen, die mit den Fensterfronten. »Sieh mal, wie Spielzeugautos!«, hatte ihr Vater gesagt und vergnügt hinunter auf die belebten Kreuzungen gezeigt. Makiko dagegen hatte immer nur Augen für den kaiserlichen Garten gehabt, für seine Wasserläufe, Beete und Bäume, fast konnte sie, wenn sie ihn betrachtete, das Wasser in den Rinnsalen hören, konnte im Frühsommer den blühenden Jasmin riechen, konnte die wunderbare Stille dieses Gartens spüren, selbst aus der Ferne, von so weit oben.

»Bereit?«

Frank blickte sie an, Makiko stellte sich hinter ihn, schloss die Augen und nickte.

In Chopins Etüde Opus 25,1 in As-Dur musste man hineingleiten wie in kaltes Wasser, zügig und elegant hinein in dieses, wie Frank sich beschwerte, »zu oft zu eckig gespielte Stück«, das Etüde hieß und mehr als eine Etüde war. Schwebend und transparent sollten sie klingen, die drei gleichzeitig erklingenden Stimmen, »von der Hand des Meisters fantastisch zart ineinander gewoben«, hatte Robert Schumann geschwärmt, als er Chopin in Paris beim Spielen zusah. Dem jungen Polen, der mittlerweile zum Star der Pariser Salons geworden war, der die rechte

Hand in die Muskelschizophrenie trieb, indem der kleine Finger immer neue Höhen suchte, während die restlichen Finger der Hand abwärts auf die sich nähernde linke Hand zurannten und sich wieder entfernten – zwei Hände in permanenter Gegenbewegung, Akkorde als Wellen, Makiko nickte zufrieden, der Rhythmus stimmte, es hatte Kraft, es flirrte und behielt sein Tempo. Jetzt auf die Mittelstimmen achten, die Chopin am Herzen lagen, die nicht untergehen durften in den rauschenden Wogen, Makiko hörte sie, eine eigene Stimme in einem Meer von As-Dur, moduliert in alle Richtungen, aufgefächerte Akkorde, mit dem Pedal »von Chopin ab und an in die Luft geworfen wie Wellen«, so Schumann. Makiko sah seinen Fuß auf dem Pedal, sah seine Hände, schlanke, weiße Hände mit feinen grauen Adern – es waren die Hände des marmornen Chopin im Parc Monceau, die da spielten! Rebecka schaute von der Parkbank aus zu, sah die Finger, sah Makikos jagende Finger, sah, wie sie sich in die Tasten neigte, sah, die Hände im Schoß, Bäume, Himmel, Boden, ein Kreisen, Makiko sah das alles und dann sah sie es nicht mehr, hörte nur noch die laufenden Klänge, die sich öffneten und schlossen, öffneten und schlossen und irgendwann verzückt vergingen.

Die Etüde war zu Ende, eine zweite folgte, Makiko schloss die Augen, tauchte wieder ein, tauchte immer tiefer ein in die Klänge, in diesen Raum, der tönte, Musik war, ihre, seine, ihrer aller Musik. Nachdem der letzte Akkord verklungen, in die Stille entschwunden war, wusste Makiko, was sie tun musste.

Sie raste im Fahrstuhl in die Tiefe, rannte über die leere Straße, rannte und fühlte sich leicht, erleichtert, unbeschwert wie damals als Kind, als sie überzeugt gewesen war: Wenn sie jetzt noch ein klein wenig schneller rennt und ihre Arme weit von sich streckt, wenn sie in diesen Rhythmus kommt, in dem ihre Beine sich selbst überholen, die Überholung überholen, wird sie wie von selbst abheben und in den offenen Himmel entschweben, wird durch die Winde gleiten, mit den Armen rudern, in die Ferne ziehen, dorthin, wo sie hingehört… Schon hörte Makiko den Wind rauschen, hallen in ihren Ohren.

XVII

Beim Eintreten in sein Büro nahm Luiz den Papiervogel ab, den Zeruya ihm heute Morgen ans Jackett geheftet hatte. »Eine Friedenstaube«, hatte sie gesagt, obwohl es eher ein Kranich war, gefaltet aus weißem Papier, Zeruyas unterstützender Beitrag zur Friedensarbeit ihrer Mutter.

Luiz legte den Vogel auf seinen Schreibtisch, neben den ausgedruckten Vortrag für die Konferenz in New York. Es war so weit alles fertig, die Konferenz rückte näher, sein Flug nach New York war gebucht und doch wusste er nicht, mit wem er reisen würde. Joana hatte letzten Samstag, als er sie zum Abschied in den Türrahmen gedrückt und ihr durch die zerzausten Haare ins Ohr geflüstert hatte: Komm doch mit, Ende September, nach New York!, nicht geantwortet. Gelächelt hatte sie, als wäre das ein charmantes, nicht ernst gemeintes Angebot. Überlege es dir, hatte Luiz gesagt, mehrmals, mit Nachdruck. Worauf Joana ihren Kopf geneigt und genickt hatte, als wolle sie sagen: Na gut, ich denke darüber nach. Dabei konnte Luiz sehen, in ihren Augen, ihrem zärtlichen und doch merkwürdig abwesenden Blick, dass Joana es sich nicht überlegen würde, dass sie sich bereits sicher war.

Luiz hatte nicht weiter insistiert, hatte sich umgedreht und war gegangen. Er hatte sich gezwungen, die Stufen im Treppenhaus hinunterzugehen und keine weiteren Fragen zu stellen, denn auch wenn Joanas Verhalten ihn verwirrt, mehr noch, ihn gekränkt hatte, wusste er doch, dass er kein Recht hatte, Joana zu irgendetwas zu verpflichten. Schließlich war er der Verheiratete, der bereits Verpflichtete von ihnen, derjenige, der keine großen Versprechen machen konnte. War es da nicht seine Pflicht, Joana vor einer Enttäuschung zu bewahren, ihr den Raum zu gewähren, den sie brauchte, um sich zu schützen? Obwohl ihm dieser Gedanke jetzt bei näherer Betrachtung lächerlich und falsch vorkam, im Gegenteil: Er hatte doch stets das Gefühl, Joana befände sich in der angenehmeren, überlegenen Position, er war der Verlangende, Bittende und sie die Souveräne, großzügig Gebende. Und wenn schon, dachte Luiz gereizt, an Joanas Entscheidung änderte das eh nichts.

Dafür hatte Rachel ihn überrascht, verwirrt mit ihrer Bemerkung, sie denke darüber nach, mit nach New York zu kommen. Luiz war an dem Abend so perplex gewesen, dazu voller Schuldgefühle über sein spätes Heimkommen und ihren Streit am Nachmittag auf Aarons Fest, dass er auf Rachels Vorschlag nichts erwidert hatte. Er hatte es nicht gewagt, nachzufragen, versuchte stattdessen, seine Überraschung zu verbergen, was natürlich bedeutete, dass die Fragen in seinem Inneren umso dringlicher auf ihn einprasselten: Hatte Ben seiner Schwester die Flause in den Kopf gesetzt? Oder war es Rachels Idee? Wenn es ihre eigene Idee war, passte sie nicht zu Rachel, das war klar. Schon wegen des Geldes nicht. Rachel wusste, dass Flüge von und nach Israel im September, um Jom Kippur, das jüdische Versöhnungsfest herum, doppelt so viel kosteten wie sonst, dazu noch einmal extra, wenn man erst kurzfristig buchte. Rachel lehnte es aus Prinzip ab, für die gleiche Leistung ein Vielfaches zu bezahlen, nur weil man nicht vernünftig plante. Ganz abgesehen von der Frage, wo die Kinder in der Zeit, in der sie in New York wären, blieben. In Jerusalem bei den Großeltern? Eine knappe Woche lang? Wenn es einmal vorkam, dass Joel und Zeruya in Jerusalem übernachteten, fuhr doch Rachel am nächsten Vormittag sofort hin, um ihre Eltern wieder »zu befreien«, da sie der Überzeugung war, mehr als ein Tag mit gleich zwei Enkeln wäre für ihre Eltern, vor allem für Esther, zu anstrengend. »Selbst wenn sie es nicht zugibt.«

Nein, Rachels Vorschlag machte aus vielerlei Gründen keinen Sinn. Warum hatte sie ihn dann gemacht? Um ihn zu testen? Ahnte sie etwas?

Der Gedanke kam Luiz abwegig, absurd vor und war doch beunruhigend genug, dass er immer wieder anfing, im Geiste die letzten Tage und Wochen durchzugehen. War ihm an Rachel etwas Ungewöhnliches aufgefallen? Verhielt sie sich anders als sonst, misstrauischer, feindlich? Sogar am Abend nach Aarons Geburtstag hatte sie doch nachts verstohlen seine Hand gesucht, nachdem er bereits eingeschlafen war, nachdem er sich zu ihr gelegt hatte in dem Glauben, Rachel schlafe bereits seit Stunden. Nein, Luiz konnte nichts Besonderes feststellen.

Er ging zum Fenster und öffnete es. Sie hatten einander nicht viel gesehen in den letzten Tagen, was aber nicht verwunderlich war, schließlich arbeitete Rachel seit Anfang dieser Woche wieder wie besessen im Büro von *Peace Now*, bereitete die Demonstration am Freitag in Jerusalem vor. Luiz' Blick glitt über den Campus in Richtung Meer. Da kündigte ein Regierungschef im fernen Amerika sein Kommen an und hier sprangen sie sofort auf! Die Friedensaktivisten. Kurzfristig hatten sie beschlossen, eine Großdemonstration zu veranstalten, einen »Aufmarsch für den Frieden«, der den amerikanischen Präsidenten unterstützend empfangen und für die hiesige Regierung ein Appell in die richtige, »einzig mögliche« Richtung sein sollte.

Luiz seufzte auf, er kannte diese plötzliche Emphase, das schlagartige Aufflackern der Hoffnung und Sich-Klammern an einen Anlass mittlerweile nur zu gut. Er hatte schon so oft erlebt, wie die *Peace-Now*-Mitglieder einander anstachelten und die bekannten Losungen neuen Schwung bekamen, Rachels Parolen von einem »gerechten Frieden«, von »historischer Versöhnung« und »Wohlstand durch Brüderlichkeit«, diese Mischung aus alten Kibbuz-Idealen und Zitaten aus der Menschenrechtscharta. Er sah sie geradezu vor sich, Rachels gerötete Wangen, das Glück in ihren Augen. Das war seine Frau in ihrem Element. »Wir dürfen dieses Land nicht der rechten Paranoia überlassen!«, hatte Rachel damals laut auf dem Rabin-Platz gerufen, und Luiz hatte die noch Unbekannte bewundert für ihre Entschlossenheit, ihre Kraft. Diese Frau ist keine Elfe, hatte er sich mit einem Stolz, als gehöre Rachel bereits ihm, gedacht; Rachel war eine Löwin, die an etwas glaubte und dafür kämpfte.

Luiz griff nach dem Kuckuck auf der Fensterbank, einem Geschenk von Aaron und Esther, und wog die schwere Bronze in der Hand. Doch was war, wenn es dieses Mal wieder nicht mit dem Frieden klappte? Wenn die Hoffnungen erneut enttäuscht würden, wenn in nur wenigen Tagen, Wochen neue Bomben fielen? Es wäre nicht das erste Mal, dass Rachel nach einer solchen Nachricht mit Tränen in den Augen und geballten Fäusten im Wohnzimmer stehen und schwer atmen würde. Sie verbot sich in solchen Situationen, ihrer Wut freien Lauf zu lassen, unterdrückte jeden Ausdruck physischer Aggression, schließlich hielt sie auf der Straße Transparente mit der Aufschrift hoch: Gewalt tötet den Frieden! Und doch konnte Luiz sehen, wie das Gefühl der Ohnmacht – den Ultranationalisten und Fundamentalisten, den Rüstungslobbyisten und anderen Seilschaften gegenüber – seine Frau verzweifeln ließ.

Unten auf dem Rasen vor der Synagoge entdeckte Luiz zwei Studenten, die einander konzentriert einen Tennisball zukickten.

Gab es Anzeichen dafür, einen echten Grund zu glauben, dass die Friedensbemühungen diesmal Erfolg haben würden? Eins war klar: Der Ton hatte sich geändert. Der derzeitige amerikanische Präsident, der mehr als alle seine Vorgänger für Hoffnung, für das Mögliche, andere stand, hatte Druck gemacht, er hatte die israelischen Luftangriffe der letzten Woche ungewöhnlich scharf verurteilt und beide Seiten aufgefordert, unverzüglich an den Verhandlungstisch zu treten, anstatt weiter zu kämpfen. Um zu zeigen, wie ernst es ihm war, hatte der Präsident kurzerhand seinen Besuch angekündigt und dabei betont, er komme, um am Wochenende mit den Vertretern beider Völker in Jerusalem und Ramallah zu sprechen. Und tatsächlich hatte es seit dieser Ankündigung weder einen neuen Luftangriff auf Gaza gegeben, noch war eine Rakete aus dem Gazastreifen heraus auf Israel abgefeuert worden.

Luiz stellte den bronzenen Kuckuck zurück auf die Fensterbank. Und dennoch, wer konnte sagen, ob dies in der Tat ein gutes Zeichen oder schlicht ein taktisches Manöver der israelischen Regierung war? Eine Demonstration vermeintlich guten Willens vor der nächsten, bereits bis ins Detail geplanten Operation? Sicher, viele der Friedenskämpfer im Land, allen voran jene gut ausgebildete, westlich orientierte Mittelschicht, die *Peace Now* dominierte, wollte glauben, dass die himmlische Ruhe dieser Tage das Verdienst des amerikanischen Präsidenten war. Sie, die den Aufbau ihres Landes ohne die Unterstützung der Amerikaner gar nicht denken konnten, Menschen wie Aaron, dessen »Lebenswerk«, wie er es an seinem Geburtstag genannt hatte, ein Campus war, auf dem jedes zweite Gebäude den Namen seines amerikanischen Spenders trug, sie glaubten an ein Amerika, das für Demokratie und Menschenrechte eintrat. Sie hofften auf einen mächtigen Partner, der so dachte wie sie, auch wenn ihnen bewusst war, dass die Amerikaner nicht nur zu den größten Mäzenen dieses Landes, sondern auch zu den eifrigsten Käufern von Wohnungen in den neuen Siedlungen gehörten. Symbolische Käufe wohlhabender amerikanischer Juden, die so ihre Unterstützung für das Projekt *Erez Israel* zum Ausdruck brachten. Von den US-Waffenhilfen an die israelische Regierung mal ganz abgesehen. Luiz schüttelte den Kopf, Widersprüche, Unstimmigkeiten, die auch Rachel kannte und doch nicht sehen wollte. Die sie verdrängte, um hoffen zu können? Schon öfter hatte ihn in den letzten Jahren die Ahnung beschlichen, Rachels politisches Engagement klammere sich immer mehr an Strohhalme und schaue immer weniger auf das Ganze, wäge immer seltener die realistischen Chancen ab, im Gegenteil, wurde umso euphorischer, je düsterer die Lage in Wirklichkeit war. Als vor ein paar Monaten die demographische Entwicklung innerhalb der jüdisch-israelischen Bevölkerung heftig diskutiert wurde, hatte Rachel irgendwann einfach aufgehört, darüber zu reden. Dabei konnte auch sie nicht ignorieren, was schon lange kein Geheimnis mehr war: Statistisch nahmen die liberal orientierten Kräfte unter den jüdischen Israelis ab. Nationalreligiöse Familien gebaren in diesem Land doppelt so viele Kinder wie säkulare Israelis, die ultraorthodoxen Juden, die dem Staat von jeher misstrauisch gegenüberstanden, brachten sogar drei Mal so viele Nachkommen auf die Welt. Und auch die wenigen Einwanderer, die noch nach Israel kamen und meist gleich in eine Siedlung gesteckt wurden, schlossen sich nur selten einer Tradition des Toleranzdenkens an. Mit den Siedlungen wuchsen der Zorn außerhalb der Siedlungsmauern und drinnen ein vom Gefühl der Bedrohung angeheizter Nationalismus … Luiz rieb sich die Schläfen, der Gedanke an Chaim blitzte auf, nein, es wird nicht leicht für den Frieden werden, auch wenn der israelische Präsident seinem mächtigen amerikanischen Kollegen am Freitag noch so lächelnd die Hand schütteln wird.

Das alles spielte jedoch für Rachel, wenn sie Presseerklärungen schrieb, Radiointerviews gab, Poster in der Stadt aufhängte oder prominente Israelis um ihre Teilnahme an der Demonstration bat, keine Rolle. Für Rachel standen die Chancen auf Frieden »so gut wie lange nicht«, sie wischte seine behutsamen Versuche, ihre Erwartungen zu dämpfen, sie vor der nächsten Enttäuschung zu schützen, barsch weg, zuckte nur beleidigt die Schultern und erklärte: »Dann erst recht jetzt!« Es war vertrackt. Es machte Luiz wütend, Rachel so engstirnig, verblendet zu sehen, und doch konnte er nichts tun.

Er verließ das Fenster, griff nach dem Telefon auf seinem Schreibtisch und wählte Joanas Nummer.

Joanas Stimme klang beschäftigt, hauchig, als habe sie sich das Telefon zwischen Ohr und Schulter geklemmt, während sie gleichzeitig Kleider aufhängte oder hinter dem Ladentisch Quittungen sortierte. Im Hintergrund hörte Luiz den fröhlichen Beat brasilianischer Funkmusik, ein Rhythmus, der in den Kniekehlen zuckte und die Kunden in Joanas Laden animieren sollte, coole Dinge zu kaufen, weil sie sich cool fühlten.

»Warte kurz«, bat Joana, dann knackste es in der Leitung. Als sie sich zurückmeldete, war Joana zwar besser zu verstehen, dafür sprach sie jetzt leiser.

»Wie geht's?«, fragte Luiz, um Ruhe in das Gespräch zu bringen.

Ein sich um mindestens einen Ganzton in die Höhe ziehendes Brummen bezeugte Joanas Wohlbefinden.

»Sehr gut, danke. Heute Morgen habe ich im Radio einen Bericht über die Demonstration am Freitag in Jerusalem gehört«, erzählte Joana, »eine Frau von *Peace Now* erklärte die Route, am

Sitz des Präsidenten vorbei, bis vor die Tore der Altstadt.« Joana erwähnte noch ein paar Details und nannte dann den vollen Namen von Rachel. »Das war deine Frau, oder?«

Luiz antwortete mit einem kurzen »Ja«. Es war ihm unangenehm, mit Joana über Rachel zu sprechen, gerade jetzt, wo Joana Rachels Stimme kannte. Das machte es anders, so real. Zwar hatte er schon manchmal beiläufig seine Familie erwähnt, war sich aber nicht sicher, ob er Joana gegenüber je Rachels Vornamen erwähnt hatte, er sprach meistens von »meiner Frau« und »den Kindern«.

»Gehst du hin?«, fragte Joana.

»Zur Demonstration? Ich weiß nicht.«

»Du musst!«, rief Joana vehement. »Wenn schon die halbe Welt auf Jerusalem schaut, muss man doch ein Zeichen setzen.«

Luiz schwieg.

»Hast du heute Abend Zeit?«, fragte er, um das Thema zu wechseln.

»Nicht mehr«, antwortete Joana, »ich bin zum Essen verabredet, mit einer Freundin.«

Luiz wollte fragen: Mit welcher? Auch wenn er wusste, dass ihm der Name nichts sagen würde. Es war mit Joanas Freunden wie mit »meiner Frau und den Kindern«, Rollen ohne Gesichter. Doch war das zwingend? Warum konnte er eigentlich nicht mit Joana und ihren Freunden ausgehen, er, Luiz, ein Freund von Joana unter vielen, ein guter Bekannter wie der Araber, mit dem Joana befreundet war, wie hieß er doch, Salim?

»Und nächste Woche?«, fragte Luiz.

»Bin ich im Urlaub.«

Im Urlaub? Davon hatte Joana nichts erzählt. Konnte sie deshalb nicht mit nach New York kommen?

»Für wie lange?«, fragte Luiz.

»Nur bis Donnerstag. Ein paar Tage hinunter nach Eilat.«

Bis Donnerstag, das war noch vor New York. Luiz fühlte die alte Enttäuschung in sich aufsteigen und ärgerte sich über seine Enttäuschung, er wollte das leidige Thema New York vergessen, sich nicht mehr damit beschäftigen.

»Joana?«, sagte er und wurde vom Scheppern einer Kuhglocke unterbrochen, dem Zeichen, dass ein neuer Kunde den Laden betreten hatte.

»Ich muss weiter hier«, sagte Joana. »Pass auf dich auf!«, flötete sie noch mit einer Leichtigkeit, die Luiz wie ein Stich in die Brust traf.

»Bis bald«, erwiderte er entschieden.

Dann legte Joana auf.

Nachdem das Gespräch beendet war, fühlte Luiz eine seltsame Schwermut.

Langsam verließ er das Gebäude, schützte sich mit der flachen Hand vor dem hellen Sonnenlicht und lief über den Campus, an der Synagoge und der Mensa vorbei zu seinem Auto. Als er seine Aktentasche auf den Rücksitz legte, entdeckte er unter dem Beifahrersitz eine Rolle Klebeband und einen leeren Kaffeebecher, der nur Rachel gehören konnte. Sie musste die Sachen vergessen haben, als er ihr gestern seinen Wagen geliehen hatte, um Transparente zu transportieren. Luiz bückte sich nach dem Pappbecher, entschied sich dann anders, ließ ihn liegen und fuhr los.

Auf einmal hatte er das Gefühl, schnell nach Hause zu müssen.

XVIII

Nicht wie ein Vogel, eher wie ein Fisch glitt das Flugzeug durch die Luft, mit seinen Tragflächen weiße Dunstwolken anstatt Wasser teilend. Unten im Rumpf des Fisches, im Frachtraum, lag in einem Koffer zwischen Wäschestücken ein eingeschweißter Plastikbeutel, darin Asche. Judiths Asche im Bauch des großen Fisches. Ada drückte ihre Stirn an das Bullaugenfenster und blinzelte ins helle Licht. Seit Judiths Tod suchten ihre Augen geradezu reflexartig die Sonne, drehten sich in die blendende Helle, in der zuweilen Judith aufblitzte, lachte, nickte, auf der Straße winkte, die Kamera dirigierte... Nur abends, in der Dunkelheit, sah Ada die tote Judith, ihren bleichen, in Kälte erstarrten Körper.

Unter ihnen wellte sich das im Sonnenlicht glitzernde Meer, strömte zur Küste hin, zu dem weiten, hellbraunen Strand, der sich in der Ferne abzeichnete, in seiner Mitte schon vage erkennbar die Hochhäuser von Tel Aviv. Adas Blick verharrte auf dem urbanen Knäuel, suchte an dessen südlichem Rand den Hafenturm von Jaffa und wanderte dann weiter, am Strand, den großen, streng geometrisch angeordneten Orangenplantagen entlang gen Süden, dorthin, wo bald schon, hinter der nächsten Biegung an der Küste, Gaza begann. *Ghazzat*, die wertvolle Stadt. Keine achtzig Kilometer von Tel Aviv entfernt, blieb sie doch unsichtbar für all jene, die aus der Luft, von Westen her, kamen.

Die Maschine setzte zum Sinkflug an, hielt direkten Kurs auf Tel Aviv und flog derart tief über die Hochhausfront an der Küste und dann über die breite, stark befahrene Stadtautobahn hinweg, als wollte der Kopf des großen Fisches den Menschen dort unten in ihren Sitzen donnernd seine Ankunft verkünden.

Salim wartete am Ausgang, hob, als er Ada entdeckte, freudig die Hand und ließ sie gleich wieder sinken, als fiele ihm plötzlich ein, warum Ada auf ihn zukam, ein Gedanke, der seinem Körper augenblicklich die Kraft entzog, seine Schritte weich und vorsichtig machte. Ada streckte ihre Arme aus, zog Salim an sich, drückte ihr Gesicht in den rauen Stoff seiner Segeltuchjacke und spürte, wie vertraut ihr der Geruch nach Hitze, Benzin und Tabak in den Stofffasern war. Salim hatte Judith diese Jacke am Tag der Diagnose um die Schultern gelegt, gegen das Zittern.

»Wie war die Reise?«, fragte Salim, als er ihr den Koffer abnahm.

Ada zuckte mit den Schultern.

»Alles in Ordnung«, sagte sie und deutete auf den Koffer, »da ist sie drin. In einem Plastikbeutel.«

Salim nickte und zog den Koffer noch dichter zu sich heran.

»Du willst gleich fahren, oder?«, fragte er sie draußen auf dem Parkplatz.

Ada lächelte dankbar. »Wenn es möglich ist.«

Salim griff in seine Jackentasche, zog ein Blatt Papier und den Autoschlüssel hervor. »Ich habe eine Genehmigung für dich«, sagte er, »damit sollte es gehen, aber du weißt ja, sicher –«

Ada winkte ab. »Ich weiß, sicher ist nichts.«

Die Autobahn in Richtung Tel Aviv wurde voller, je näher sie dem Zentrum kamen, der Fahrstil der Autofahrer aggressiver. Auf allen Fahrbahnen Gehupe und Gedrängel, es schien ein besonderer Sport der Israelis zu sein, einhändig Auto zu fahren, während die andere Hand telefonierte, auf der Rückbank Kinderstreit schlichtete oder dem links auf dem Mittelstreifen vorbeipreschenden Motorrad fluchend den Mittelfinger zeigte. Ada schloss die Augen und drückte ihren Kopf in die Nackenstütze des Sitzes. Dem allen wollte sie entkommen, sie sehnte sich nach Weite, dem Meer und nach jener kargen Ruhe, die nur in der Wüste zu finden ist. Eine Ruhe, in der nicht nur die Hektik, sondern die Zeit selbst verschwindet. Wie hatte Judith damals, auf der Fahrt von Gaza hinunter ans Rote Meer gesagt: Dort, wo nichts mehr blüht, wo keine Jahreszeiten in der Landschaft wahrzunehmen sind, scheint auch die Zeit nicht zu vergehen.

An der nächsten Ausfahrt lenkte Salim den Jeep auf eine andere, nicht weniger breite, aber leerere Schnellstraße, den Küstenhighway mit der unscheinbaren Nummer 4. Ada freute sich, als sie die arabische Ziffer neben den hebräischen und lateinischen Schriftzeichen erkannte, sie suchte Salims Blick und zwinkerte ihm zu. Nein, sie hatte es nicht vergessen, sie wusste, dass diese Autobahn mit ihren asphaltierten Spuren und dem betonierten Mittelstreifen nicht irgendeine Straße war. Auch wenn man es ihr heute nicht mehr ansah, war sie auf dem gestampften Lehm einer der wichtigsten Handelsstraßen der Antike errichtet worden, der *Via Maris*, Straße des Meeres, wie die Römer sie nannten, oder, wie es in der Bibel heißt, Straße der Philister. Schon vor dreitausend Jahren hatte diese Straße von Ägypten über Gaza bis hoch nach Damaskus geführt und war trotzdem vom Volk Israel bei dessen Auszug aus Ägypten gemieden worden. Warum?, hatte Judith Salim gefragt und dieser nur schief gelächelt: Sie sagen, weil der Herr ihrem Volk einen anderen Weg weiter östlich wies – wohl aber auch, weil die Küstenregion zu jener Zeit fest in den Händen der militärisch starken Philister gewesen war.

Die *Via Maris* zog sich schon damals nicht direkt an der Küste entlang, wahrscheinlich um die fruchtbaren Ebenen, die Zitrusplantagen am Wasser nicht zu zerstören, sondern führte durch trockenere Landschaft etwas weiter innen im Land. Ada kurbelte das Fenster herunter, hielt ihr Gesicht in den staubigen Fahrtwind und atmete tief ein. Es roch nach Staub und Orangen.

»Danke für die Orange«, sagte sie in Gedanken an die Frucht in Judiths Küche, von der sie nach Judiths Tod nicht gewusst hatte, was mit ihr zu tun war, essen kam ebenso wenig in Frage wie wegschmeißen.

»Man kann sie trocknen«, erwiderte Salim, als hätte er ihre Gedanken gelesen. »Wenn man Orangen das Wasser entzieht, verlieren sie zwar ihre Farbe, werden dafür aber hart. Wie Nüsse.«

Ada sah, wie Salims Hände noch fester um das Lenkrad griffen, sie streckte ihre Hand aus und legte sie auf seine.

Je weiter sie gen Süden kamen, desto leerer wurde die Gegend. Sie ließen erst Aschdod, dann Aschkelon hinter sich, diese hochmodernen, etwas sterilen Hafenstädte, und näherten sich langsam der Grenze. Die Fahrbahn wurde sandiger, sogar auf der Windschutzscheibe sammelte sich der feine Sand, der, aus der Wüste kommend, in Richtung Küste wehte.

Als es nur noch wenige Kilometer bis zum Grenzübergang waren, wurde Ada unruhig. Die Landschaft hinter dem Fenster verschwand, allein die Straßenschilder stachen ihr ins Auge, die verkündeten: In ein paar Kilometern bist du wieder drin in jener Mühle aus Stahldrehkreuzen, Überwachungskameras und bohrenden Fragen, in jenem eingezäunten Gang, in dem der alte Palästinenser in seinen Tod gegangen war.

Salim deutete auf die Rückbank, dorthin, wo die Papiere lagen.

»Sag, wenn dich jemand fragt, wohin du willst, ich hätte dich gebeten, mich zu begleiten. Wir besuchen verletzte Kinder, Opfer der letzten Luftangriffe, im Krankenhaus.«

Ada blickte Salim an, fragte nicht: Warum soll ich lügen?, sondern nickte einfach.

Vor ihnen tauchten zuerst die Mauer, dann die israelischen Fahnen und die ursprünglich weiße, vom Wüstensand mittlerweile hellbraun gefärbte Abfertigungshalle des Checkpoints von Erez auf. Salim fuhr auf die linke Spur, ein israelischer Soldat winkte sie zur Seite, stoppte den Wagen und sie stiegen aus.

Von dem, was Salim auf Hebräisch mit den Wachposten besprach, verstand Ada kein Wort, einmal meinte sie, »ambulance« zu hören, die Soldaten nickten und betrachteten Ada, als wollten sie prüfen, inwiefern sich Salims Geschichte mit ihrem Gesicht in Übereinstimmung bringen ließ.

»Passport, please!«, war der einzige direkt an Ada gerichtete Satz.

Dann winkte der Soldat sie durch. Salim durfte im Auto die Grenze überqueren, anstatt wie Ada gezwungen zu sein, zu Fuß durch die Sicherheitsschleusen, den Tunnel und die Isolierkabine zu gehen.

Ada sah zu, wie sich vor Salims Jeep mehrere Schlagbäume hintereinander öffneten und sich, kaum war der Jeep passiert, wieder schlossen. Dann hörte sie hinter sich einen Pfiff: »Hurry up!« Rein in die Passierhalle und den Sicherheitstunnel. Ada kannte das Prozedere und doch half es nichts, sie fürchtete den Moment, in dem die schwere Stahltür klackend hinter ihr ins Schloss fiel. Jetzt war sie drin, in dem Käfig, dem langen, überdachten Gang, an dessen hinterem Ende ein grünes Licht leuchten musste, damit sich das Tor darunter öffnete. Ada lief über den dreckigen Boden, wahrscheinlich nicht schneller und nicht langsamer, als es der alte Palästinenser an jenem Morgen getan hatte, und auch wenn sie keine Gewehre in ihrem Rücken spürte, spürte sie doch die Augen hinter den Überwachungskameras an den Seitenwänden, sie hörte ihr Herz in den Ohren schlagen, starrte auf das Drehkeuz am Ende, das noch nicht leuchtende grüne Lämpchen über der letzten Sicherheitstür, dieses Lämpchen, das Erlösung versprach und doch mit dem Leuchten auf sich warten ließ, das sie warten ließ, sie, deren schwitzender Körper mit schneidender Schärfe spürte, wie schnell man sich ausgeliefert fühlen kann.

Endlich auf der anderen, palästinensischen Seite der Mauer angekommen, sah Ada zu ihrer Rechten eine lange Schlange voller Menschen, die bereits den Kontrollpunkt der Hamas passiert hatten und jetzt vor den israelischen Drehkreuzen warteten, auch alte Frauen auf Klappstühlen und Kinder waren darunter. Ada entdeckte Salim, der an seinen Jeep gelehnt auf sie wartete, ging auf ihn zu und fragte, ob ihn diese Anzahl von Menschen ebenfalls überrasche. Salim legte den Kopf schief: »Wahrscheinlich hat sich herumgesprochen, dass die Israelis seit der Feuerpause wieder Menschen über die Grenze lassen, damit sie am Wochenende dem amerikanischen Präsidenten erklären können, der Grenzübergang sei ›grundsätzlich passierbar‹.«

Ada betrachtete die Menschenschlange. Was »grundsätzlich passierbar« bedeutete, kannte sie aus unzähligen Erzählungen: Mal wurden Menschen durchgelassen, dann wieder in der gleichen Situation abgewiesen, es gab keine klaren Regeln, war nicht vorhersehbar, und gerade dieses Gefühl, sich nie sicher sein zu können, von der Tagesform der Beamten abhängig zu sein, schürte den Zorn der Einwohner von Gaza.

Salim und Ada stiegen in den Wagen und fuhren auf jener Straße, die stoisch den Spuren der alten *Via Maris* folgte, wenige Meter zum Kontrollpunkt der Hamas. Ein ähnliches Spiel wie vorhin auf der anderen Seite mit den israelischen Grenzposten, dieses Mal auf Arabisch. Salim, der Palästinenser, redete gegen eine Front misstrauisch verschränkter Arme, zeigte seine Papiere, stieg aus und ließ sich kontrollieren, während die bewaffneten Männer Ada dieses Mal völlig ignorierten. Erst als Salim bereits wieder im Wagen saß und den Motor startete, steckte ein Soldat seinen Kopf durchs Fenster, deutete auf Ada und fragte Salim, ob Ada verstanden habe, wann die Grenze heute dicht mache. Mit den wenigen Worten, die sie auf Arabisch kannte, gab Ada zu erkennen, dass sie wusste, wann der Grenzübergang heute schloss: um sechs Uhr. Eine Stunde vor Sonnenuntergang. Endlich gaben die Soldaten den Weg frei und es ging weiter, in Richtung Gaza.

Als sie sich der Stadt näherten, bat Ada Salim, von der Hauptstraße abzufahren, in die Gassen und kleinen Siedlungen, in denen Judith und sie Anfang des Jahres gefilmt hatten. Wenig, erschreckend wenig hatte sich hier seitdem verändert, die Häuser am Wegrand waren noch immer voller Einschusslöcher, Briefkästen hingen schief von den Wänden, die Schutthügel in den Innenhöfen waren nur selten abgetragen worden. Dort, wo die Fassade fehlte, ragten die nackten Überreste der ausgebombten Häuser, tragende Wände und freiliegende Kabel, wie Skelette in die Luft. Ada kam es vor, als betrachte sie die Straßenzüge durch das Auge der Kamera, was sie sah, ähnelte den Bildern in ihrem Film so sehr, als wäre seit den Aufnahmen kein halbes Jahr, sondern höchstens ein Tag vergangen. Die Zerstörung war erstarrt, nicht beseitigt, lag da wie eine offene, eingestaubte Wunde.

Wut brannte in ihr auf, alles hätte Ada vermutet, nicht aber, dass sich in den Monaten gar nichts getan hatte. Warum waren die Betonbrocken, der Schutt immer noch nicht abtransportiert worden? Weil die dafür notwendigen Laster fehlten? Dabei hatten die Einwohner doch damals, kurz nach dem Angriff, sogar mit bloßen Händen ihre Häuser freigeschaufelt! Die Ruinen hatten etwas Unheimliches, fast wirkte es, als habe eine eherne Hand von oben bewirkt, dass alles so bleiben musste, wie es war.

Sie erreichten das Ende der Siedlung und bogen zurück auf die Hauptstraße. Hier war zwar auch nicht jede Fassade intakt, dafür aber gab es offene Läden, Straßenhändler mit Gemüseständen und vor allem Menschen, Passanten mit schweren Tüten, eifrig diskutierende oder vor ihren Häusern Wasserpfeife rauchende Männer, Kinder, die Hühner in Käfigen transportierten oder von den Innenhöfen aus verstohlen auf die Straße schauten. Vom Jeep aus folgte Adas Blick einem jungen Mädchen mit Kopftuch, das am Straßenrand mühsam versuchte, die drei Kinder an seinen Händen zum Vorangehen zu bewegen, zwei von ihnen stemmten sich jedoch mit aller Kraft gegen den Vorwärtszug des Mädchens, schrien und schlugen um sich, als führte man sie zum Schafott. Ein Verhalten, das in Berlin nicht viel mehr als ein genervtes Achselzucken hervorrufen würde, *ungezogene Bälger!*, hier dagegen konnte es alles bedeuten. Beäugt wurde die kleine Truppe von drei bewaffneten Polizisten, die nur wenige Meter entfernt die Straße und die angrenzende Kreuzung bewachten. Ada bat Salim, langsamer zu fahren, trotzdem passierten sie bald die junge Frau, im Rückspiegel sah Ada nur noch, wie sich die Polizisten vor ihr und den Kindern aufbauten. Ada reckte den Hals, hätte sie jetzt ihre Kamera dabei, würde sie Salim bitten, umzukehren, zurückzufahren, so aber – das wusste sie auch – würde ihr guter Wille allein alles nur noch schlimmer machen.

Sie fuhren durch eine Straße, in der Spuren der jüngsten Einschläge zu sehen waren. Einer hohen, fensterlosen Halle, die zurückgesetzt vom Straßenrand auf einem großen Parkplatz stand, fehlten das Dach, eine Seitenmauer und Teile der Fassade.

»Eine Metallwerkstatt«, sagte Salim und deutete auf das Gelände, »in der, so wird vermutet, auch Waffen hergestellt werden.«

Hergestellt worden sind, dachte Ada, denn vom Inneren der Halle war nur noch eine Geröllhalde übrig. Die Aufräumarbeiten waren hier jedoch bereits in vollem Gange, Ada sah durch die Löcher in der Fassade Menschen, teilweise in Schutzanzügen, über die Schutthaufen steigen. Das Gelände war weitläufig abgesperrt und wurde von mehr als einem Dutzend Polizisten bewacht. Ada blickte um sich, auf den angrenzenden Grundstücken neben und hinter der Werkstatt standen ausnahmslos Wohnhäuser, bei einem, dem größten von ihnen, hatte die Detonation Risse in der Außenwand hinterlassen.

»Sag mir, Salim«, begann Ada und setzte sich in ihrem Sitz auf, »was hältst du von der aktuellen Waffenruhe? Gibt es eine Chance –«, sie stockte, ihre Stimme wurde vorsichtiger, »auf Frieden?«

»Frieden?«, wiederholte Salim, wobei er das Wort merkwürdig in die Länge zog, »ist ein hehres Wort.« Er zeigte mit dem Daumen nach hinten, in die Richtung, aus der sie gekommen waren. »Du hast es doch gesehen, zuerst einmal muss die Blockade weg! Die Grenzen müssen sich öffnen, nicht nur für einige wenige mit Genehmigung wie wir, sondern für alle, für Menschen und für Waren. Wenn der amerikanische Präsident dabei helfen kann, bitte, soll er es tun.« Salims Stimme war anzuhören, dass er dies nicht für wahrscheinlich hielt. Sein Blick glitt zum Fenster hinaus und seine Stimme wurde leiser, als er weitersprach.

»Ob die Menschen hier jedoch einen in Ramallah ausgehandelten Frieden überhaupt akzeptieren würden, ist eine andere Frage.«

Ada blickte Salim forschend an. »Was willst du damit sagen? Dass sich die Menschen hier lieber von der Hamas herumschubsen lassen, die Frauen das Rauchen in der Öffentlichkeit verbietet und die sich ausgiebig um ihre eigenen Belange kümmert, während sie die Vorstädte in Dreck und Staub versinken lässt?«

Salim wandte Ada sein Gesicht zu, sein Blick war ungewohnt finster. »Ada. Denk an Ahmed, an die drei Jungen in eurem Film.«

Ada fuhr zurück, ja, sie erinnerte sich.

»Wenn du seit Jahren darauf wartest, dass sich in diesem Käfig endlich etwas ändert«, sagte Salim und Ada merkte, dass er aus dem Film zitierte, oder zumindest paraphrasierte, was Ahmed in dem Ausschnitt, den sie Salim zur Ansicht geschickt hatte, vor der Kamera erzählte. »Wenn du jung, noch halbwegs gesund und bei klarem Verstand bist, aber keine Arbeit findest, weil die wenigen Fabriken zerstört und Ausfuhren quasi unmöglich sind, wenn du allmählich deine Selbstachtung verlierst, dich nutzlos fühlst, beschämt, weil nicht du, sondern eine Hilfsorganisation deine Familie ernährt –«, Salim holte Luft, »dann willst du irgendwann endlich auch mal zu denen gehören, die wenigstens hier, im Inneren, Macht haben!« – »Nur um nicht mehr ausgeliefert zu sein«, setzte Salim verhaltener, in seinen eigenen Worten hinzu, »um überhaupt agieren zu können, dich selbst aktiv zu spüren.«

Ada seufzte auf, sie wusste, was Salim meinte. Judith und sie hatten schließlich mit ihnen gesprochen, mit Ahmed und seinen Kumpels, die sich mit Schlagstöcken in den Händen »sicherer fühlten«, wie sie sagten. Ada wusste aber auch, dass dies nicht alle waren, weiß Gott nicht.

»Eine solche ›Lösung‹ kommt doch höchstens für die infrage«, erwiderte sie heftig, »die nie selbst unter der Hamas gelitten haben! Und das sind, wie du weißt, die wenigsten, du kennst doch die Geschichten, du warst doch dabei, als sie Yassines Laden schlossen, weil er auch Frauen die Haare schnitt, du hast ihn mir doch gezeigt, Mohammeds ausgebrannten Kiosk, weil er die falschen Zeitungen verkaufte.«

»Genau!«, unterbrach sie Salim. »Und was machen Yassines Söhne? Der eine trägt eine Kalaschnikow über seiner Uniform, und Zayd, der jüngere, der nicht einmal zehn Jahre alte Zayd, wirft Steine.«

Zayd, der leicht schielende, magere Zayd. Ada drehte ihr Gesicht zum Fenster, sah ihn vor sich, Zayd und seine Freunde, diese Kinder, die meist nicht älter als zehn Jahre, allerhöchstens zwölf waren. Die in Gruppen zu vier, fünf Jungen, die Mädchen wurden nach Hause geschickt, nachmittags zur Grenze schlichen und Steine über die Mauer warfen, in vollem Bewusstsein, dass ihre Steine auf der anderen Seite nur in einem leeren Graben landeten. Den Kindern war klar, dass ihre Geschosse keinen Israeli treffen werden, die Israelis dafür jedoch möglicherweise zurückschossen, von ihren Wachtürmen aus, mit schärferer Munition und besserem Überblick. Und dennoch ließen Zayd und seine Freunde sich nicht abhalten, sie warfen weiter Steine ins feindliche Gebiet, auch wenn es nichts nützte und obwohl es ihre Eltern ihnen verboten hatten.

Zayd mache noch immer manchmal nachts ins Bett, hatte seine Mutter Ada in einem Gespräch abseits der Kamera anvertraut. Kinder wie er, geboren während der zweiten Intifada, die als Dreijährige gesehen hatten, wie Panzer die Häuser ihrer Nachbarn niederwälzten, die zwischen Märtyrerbildern aufwuchsen und deren Grundschulen während der Luftangriffe immer wieder evakuiert wurden, sie sind – wie hatte Zayds Mutter gesagt? – »eisiger« als ihre Eltern. »Zu mehr bereit.«

Mit der Erinnerung kehrte in Ada jenes diffuse Gefühl aus Verständnis und Angst, eine beklemmende Enge in der Brust zurück.

»Aber wofür werfen Zayd und seine Freunde denn Steine?«, rief sie beinahe trotzig. »Um endlich in Ruhe gelassen zu werden! Sie kämpfen für ihren eigenen, freien Palästinenserstaat. Letztendlich fordern sie das Gleiche wie ihre Brüder in Ramallah«, sagte Ada und fügte leiser hinzu: »Das, was am Wochenende diskutiert werden soll.«

Salim schaute Ada von der Seite aus an, als sei er sich da nicht sicher. »Eins jedenfalls ist klar«, erwiderte er nüchtern, »dem Frieden rennt die Zeit davon. Je länger die Blockade anhält, desto schlechter werden die Chancen, die Isolation hier zermürbt die Menschen, zerstört den letzten Rest Vertrauen.«

Und genau deshalb muss schnell etwas passieren!, wollte Ada einwerfen, tat es aber nicht. Salims Blick, seine Haltung sprachen dagegen, machten Ada Angst, sie spürte, dass Salim skeptisch war, mutloser als noch vor ein paar Monaten. Und solche Zweifel von ihm, der die Menschen in Gaza so gut kannte wie kaum jemand, dessen Organisation seit Jahren die Bewohner hier betreute, waren alarmierend. Wenn selbst Salim die Hoffnung auf Frieden aufgab, was dann?

Salim bemerkte Adas Unruhe, nahm ihre Hand und drückte sie: »Lass uns jetzt«, sagte er sanft und deutete auf die Rückbank, in Richtung Kofferraum, »daran denken, warum du hergekommen bist.«

Ada drehte sich um. Warum sie gekommen war? Sie wusste es, natürlich, und hatte es doch, so unglaublich es schien, für kurze Zeit vergessen. Es war wie immer, sobald man hier war, wurde man hineingezogen, von der Realität überwältigt, was man sah, warf Fragen auf, und man konnte gar nicht anders, als sich den

Kopf darüber zu zerbrechen, wie die Lage zu ändern wäre, wo die Hoffnung lag. »Es beißt dich, bis du läufst«, hatte Judith diese Art des Getriebenseins genannt.

Ada hielt ihr Gesicht in die Sonne, sah Judith und spürte auf einmal, wie ein Gedanke auf sie zuraste und dann glasklar vor ihr stand: Hatte Judith genau das gewollt? Hatte Judith sie deshalb gebeten, ihre Asche bei Gaza zu verstreuen, weil sie wusste, dass es unmöglich war, hier zu sein, ohne Pläne zu schmieden, weiterzumachen, das zu verfolgen, was sie beide gemeinsam begonnen hatten? Der Gedanke durchfuhr Ada wie ein Rausch, die Idee, das alles hier, ihre Diskussion mit Salim, ihr Zorn und ihre Unruhe, könnte von Judith gewollt, ihr letzter Wunsch gewesen sein, versetzte Ada in einen nahezu euphorischen Zustand, sie spürte neue Kraft in sich aufsteigen, packte Salim an der Schulter und rief: »Nein, nicht ans Meer, lass uns zuerst in die Südstadt, zu Bassam und Jafna fahren. Sie sollen entscheiden, welcher Platz der beste für die Asche ist.«

Jafna und Bassam betreiben ein Café, das Restaurant, Kindergarten und Tauschbörse in einem war. Hier trafen sich Bewohner des Viertels, um arabischen Mokka mit viel Zucker zu trinken, Unmengen an Hummus zu essen, die neuesten Entwicklungen zu diskutieren oder einander mit dem Nötigsten, mit Hustensaft, Babyflaschen oder Werkzeug auszuhelfen. Als Salim in die enge, unasphaltierte Gasse einbog, die in einen schattigen, von zwei Zypressen beschützten Innenhof mündete, machte Adas Herz beim Anblick des Cafés, der heruntergelassenen Markise und der kleinen, runden Tische vor Freude einen Sprung. Fast unwirklich, ganz anders noch als eben auf der Straße war die Vertrautheit, die sie empfand, als sie ausstieg und ihren Fuß auf den sandigen Lehmboden setzte, auch wenn Ada wusste, woran das lag: Unzählige Male hatte sie den Hof aus nahezu allen möglichen Winkeln auf dem Bildschirm am Schneidetisch gesehen, hier waren die meisten ihrer Interviews für den Film entstanden, und so fühlte es sich jetzt fast ein wenig an, als trete sie aus dem Film zurück in eine Wirklichkeit, deren stoische Ungerührtheit Ada seltsam berührte.

Ein bisschen wie Nachhausekommen, dachte sie und lächelte bei dem Gedanken, dass sie es nie wagen würde, ihre Empfindung laut so zu nennen. Als hätte sie kein Recht dazu, schließlich war sie hier immer eine Fremde geblieben, jemand, der nicht einmal die Sprache beherrschte, der wieder gehen konnte, gehen musste – trotz Salims Bemühungen hatten Judith und sie auch damals immer nur Einreisescheine für einen Tag erhalten.

Dass sich in dem Innenhof, der von den Luftangriffen und Bulldozern verschont geblieben war, nichts verändert hatte, außer dass die Zypressen um einen Ring am Stamm runder geworden waren, tat so gut, dass Ada das Café zunächst nicht betreten wollte, aus Angst, dort drinnen könne sie doch noch etwas böse überraschen. Lieber blieb sie draußen im Hof und lauschte den Vögeln, die in den Ritzen des alten Gemäuers von sich reden machten.

»Ada!«

Jafna trat aus dem Dunkel des Cafés hinaus ins Licht. Zwei braune Halbschuhe ragten unter ihrem langen, schwarzen Gewand hervor, ein sandfarbener Schleier umrahmte ihr Gesicht, Jafnas tiefbraune Augen, in denen ein freudiges Funkeln zu sehen war: »Achiram.« Endlich.

Endlich?, dachte Ada, als sie Jafnas Hände auf ihrem Rücken spürte. War sie erwartet worden? Hatte Salim von ihrem Besuch erzählt?

»Ahlan wa Sahlan.« Willkommen.

Ada wiederholte den Gruß, Jafnas Melodie übernehmend. Dann lächelte sie entschuldigend, zuckte mit den Schultern, als wüsste Jafna nicht bereits, dass Adas Arabisch damit schon fast an seinem Ende war.

Hast du Hunger? Jafna zeigte auf einen leer gekratzten Teller auf einem der Tische. Ada nickte, ohne ihren Bauch zu fragen. Allein der Gedanke an Jafnas mit Granatapfelkernen garnierten Hummus, das gegrillte Gemüse, dazu eine Scheibe ofenwarmes Brot ließen ihr das Wasser im Mund zusammenlaufen. Zudem wurde ihr hier, unter freiem Himmel, schlagartig bewusst, wie heiß es in der letzten Stunde geworden war. Die Sonne stand hoch, ihre Hitze drang durch die Haut in die Glieder, machte jede Bewegung weich und langsam, »wie in zähflüssigem Honig«, hatte Judith diese mittägliche Trägheit genannt. Jafna blinzelte zufrieden und winkte Ada herein.

Im Café lief ein Ventilator, die Tische waren leer, die Zeit zum Mittagessen offenbar bereits vorbei. Ada setzte sich an einen, *ihren* Tisch am Fenster, von dem aus der Innenhof, das Café und jenes Kindergemälde zu sehen waren, das neben der Theke an der Steinwand hing.

Maha, die Tochter von Jafna und Bassam, hatte das Bild als kleines Kind gemalt, das sich bei den Besuchern des Cafés großer Beliebtheit erfreute. Die leicht ausgebleichte Wasserfarbenzeichnung zeigte eine eingezäunte, blühende Landschaft voller grüner Schlingpflanzen und Blumen, in deren Mitte vier Flüsse, aus allen Himmelsrichtungen kommend, sprudelnd zusammenflossen. Hinter dieser Mündung, zu der es nur ein Hinfließen, keinen Abfluss gab, stand ein großer Baum mit kugelrunden Früchten, mit gelben, orangefarbenen, blutroten und sogar blauen Früchten.

»Das Paradies!«, hatte Bassam damals mit väterlichem Stolz gesagt und Ada bei der Gelegenheit gleich die ursprüngliche Bedeutung des Wortes Paradies erklärt: »von Mauern umgeben«. Was als harmlose Information gedacht war, fiel bei Judith, die von ihrem Computer aufsah, sofort auf gespitzte Ohren: »Von Mauern umgeben, wie im Gefängnis?« Für Judith, die Atheistin, wäre diese ursprüngliche, »wahre« Bedeutung des Paradieses ein weiterer willkommener Beweis ihrer Glaubenskritik gewesen. Der ersehnte, ideale Ort war seinem Ursprung nach eine bewachte Festung? Doch Bassam hatte sie enttäuscht: Nein, nicht wie im Gefängnis, hatte er geantwortet. Vielmehr bezeichnete das altiranische Wort *pairi-daeza* eine Art Gehege, ein genau abgegrenztes Gebiet, sei es ein eingezäunter Tierpark oder ein herrschaftlicher Garten. Ein Garten mit schattigen Plätzen, sprudelndem Wasser und süßen Früchten!, hatte Bassam mit tönender Bruststimme gerufen und von dem Paradies, wie es der Koran beschreibt, geschwärmt: ein üppiger, köstlich duftender Garten, in dem sich die vier paradiesischen Flüsse trafen, jene Flüsse, die im Buch Genesis die Namen Tigris und Euphrat, Pischon und Gihon trugen, Flüsse, von denen auch Mohammed bei seiner Himmelfahrt berichtete, Ströme von Wasser, das nicht verdirbt, und Ströme von Milch, deren Geschmack sich nicht ändert, und Ströme von Wein, köstlich für die Trinkenden, und Ströme von geklärtem Honig.

Jafna stellte einen Tonkrug mit Wasser, in dem eine Zitronenscheibe schwamm, auf den Tisch.

»Wo ist Maha?«, fragte Ada.

Jafna zeigte auf ihr Handgelenk, als trüge sie dort eine Uhr.

»Maha kommt in letzter Zeit oft erst spät«, sagte Bassam, der plötzlich im Eingang stand, laut auf Englisch, »Maha ist jetzt Teil einer Gruppe.«

»Was für einer Gruppe?«, wollte Salim wissen, der hinter Bassam das Café betrat.

Bassam zuckte mit den Schultern, als wüsste er nichts Genaues. »Aus Maha ist nicht viel herauszukriegen. Sie sagt, sie verbringe viel Zeit vor dem Computer, und wenn man sie im Viertel sieht, ist sie jetzt immer mit mindestens einem anderen Mädchen unterwegs.«

Salim und Bassam setzten sich zu Ada an den Tisch, Jafna stellte zwei große Teller mit Hummus zwischen sie, brach das Brot und verteilte die Gabeln.

»Bil hana we shifa!« Lasst es euch schmecken.

Augenblicklich wurde es still.

»Maha!«

Die Gerufene schaute sich um, entdeckte Ada, stürmte auf sie zu und zügelte dann plötzlich auf halber Strecke ihren Schritt, ein Schatten legte sich auf Mahas Gesicht, sie blieb stehen, bedeckte mit beiden Händen ihre Brust und verneigte sich vor Ada. Dabei sagte Maha tonlos ein Wort: »Judith.«

Ada, die zu verwirrt war, um etwas zu erwidern, nickte nur etwas hilflos und winkte Maha zu sich heran. Jafnas Tochter hatte sich verändert, ihr Gesicht war noch hübscher, strenger geworden. So wie das manchmal bei fünfzehnjährigen Mädchen passierte, scheinbar über Nacht klärten sich die Züge, sanft geschwungene Unbestimmtheit verwandelte sich in gerade, ebenmäßige Linien.

Mahas Augen glitten über ihre kleine Gesellschaft, als Salim ihr einen Stuhl direkt unter ihrem Kunstwerk anbot: »Close to Paradise!«, sagte er, Ada zuliebe auf Englisch, und lächelte. Maha wartete genau so lange, wie sie brauchte, um die Aufmerksamkeit aller am Tisch Versammelten auf sich zu ziehen, schielte dann kurz zu ihrem Vater und erwiderte betont kühl: »Das Paradies gibt es ebenso wenig wie den Allerhöchsten.«

Jafna, die hinter ihrer Tochter stand, zuckte zusammen. Und Maha spürte das, obwohl sie ihre Mutter nicht sehen konnte, Ada sah es Maha an, sah es an ihren verkrampften Händen. Maha wusste, wie ihre gläubigen Eltern solche Worte aufnehmen würden, und hatte sie dennoch ganz bewusst gesagt. Harte Worte, die einem demütig Gläubigen in die Seele schnitten wie spitzes Glas. Und die trotzdem ausgesprochen werden mussten, wenn man, wie Maha, überzeugt war, etwas Wesentliches erkannt zu haben. Etwas, das alles Vorherige in Frage stellt, das einem den Boden unter den Füßen wegzieht, das schwindelig macht und einem gleichzeitig neue Flügel verleiht, das einen manischen Prozess von Fragen und Suchen ins Rollen bringt, an dessen Ende sich die Welt verändert haben wird: Der Himmel wird leerer, das Land weiter und härter sein, die Füße werden fester auf dem Boden stehen und der eigene Schritt sich anders anfühlen, und nicht nur die Schritte, auch der Gang, die innere Haltung, mit jedem Atemzug spürt man, wie sie realer wird, sie, die man noch gar nicht richtig kennt, aber bereits in sich fühlt, zuerst nur als vage Ahnung, dann nimmt sie langsam Gestalt an, man spürt es in den Blicken der anderen, die einen anschauen, verwirrt, Vertraute werden einem fremd, Fremde werden vertraut... Ada kannte das alles, obwohl es schon lange her war, bei ihr. Maha war mittendrin.

Bassam, der Jafnas hilflose Augen auf sich spürte, suchte den Blick seiner Tochter, schrie nicht, drohte nicht, sah Maha nur ernst und fragend an.

Maha hielt dem Blick stand, ohne auf ihn zu reagieren. Kein Kampf, weder Trotz noch Schmerz lagen in ihren Augen, als sie nach einer Weile, wie aus heiterem Himmel und doch mit bezwingender Ruhe ihren Vater fragte: »Habt ihr Ada schon das Feld gezeigt?«

Bassam schüttelte den Kopf, heftig, wie erleichtert über das gebrochene Schweigen, und sagte: »Noch nicht.«

Ada blickte zu Salim. Wusste er, wovon die beiden sprachen?

Maha deutete auf die leeren Teller vor ihnen auf dem Tisch und fragte: »Gehen wir?«

Und wieder sah Ada mit Erstaunen, wie prompt, sogar bereitwillig Bassam und Jafna ihrer ältesten Tochter folgten.

Auf der Rückseite des Steinhauses, das Bassam und Jafna mit ihren fünf Kindern bewohnten, lag ein weites Feld. Es war steinig und wüst und hatte früher zu einem Olivenhain geführt, von dem am Horizont nur noch ein paar verlorene Baumstämme und nackte Äste übrig waren, in denen sich der Müll verfing. Eine Vogelscheuchenlandschaft. Bassam führte sie in das Innere des Feldes, Jafna gab Ada ein Tuch für ihren Kopf, die Sonne brannte auf die hellen Steine. Maha hielt sich dicht neben Ada und reichte ihr die Hand, wenn es einen Drahtballen oder einen eingetrockneten Wasserlauf zu überqueren gab.

»Ich habe recherchiert«, sagte Maha, als die anderen sie nicht hören konnten, »ich weiß jetzt, warum Judith und du, warum ihr euch Camarada nennt.«

Erstaunt blieb Ada stehen. Dass Maha überhaupt von dem Spitznamen wusste, überraschte sie.

»Ihr nennt euch nach den Freiheitskämpferinnen im spanischen Bürgerkrieg, nicht wahr? Den Mujeres Libres, den freien Frauen.«

Maha blickte sie erwartungsvoll an. Ja, wollte Ada sagen, auch nach ihnen, den Mujeres Libres, die für Gleichberechtigung und Freiheit kämpften, aber nicht nur nach ihnen, genau genommen haben Judith und ich gar nicht an eine bestimmte Gruppe gedacht, unser Camarada war eher spielerisch gemeint, eine Geste der Freundschaft, bei der Arbeit, es war schön, dieses Stück Vertrautheit in der Hektik des Drehens, es war auch liebevoll gemeint, dachte Ada, blickte in Mahas hungrige Augen und sagte nur: »Du hast Recht.«

Maha klatschte in die Hände und Ada sah, dass diese Hände sie am liebsten umarmt hätten, hier auf freiem Feld, wären sie alleine gewesen.

Bassam, der ihre kleine Gruppe anführte, blieb stehen, zeigte nach links und zog mit seiner Hand eine Linie in die Luft. Hinter seinem Finger erkannte Ada eine Stromleitung, die von einem schwarzen Kasten weiter innen im Feld bis zum Ende der Siedlung führte. Als sie sich dem Kasten näherten, entdeckte Ada einen mit Draht umzäunten, abgetrennten Bereich, der mit Solarzellpanelen ausgelegt war.

»Sonnenenergie!«, sagte Bassam stolz und trat an den Zaun. In holprigem, aber verständlichem Englisch erzählte er von der UN-Organisation, die diese Solarzellen finanziert hatte, erklärte das System der Energieumwandlung und der Stromproduktion in dem schwarzen Kasten. Der Solarstrom mache die Siedlung unabhängiger vom Kraftwerk im Norden der Stadt, erzählte Bassam und lächelte zufrieden.

»Die Sonne können sie uns nicht abdrehen!«, rief er und blinzelte in den Himmel.

Salim betrachtete den schwarzen Kasten, folgte mit den Augen der langen Überlandleitung, die, von wenigen Pfählen gestützt, über das Feld lief. Jafna, die das Laufen in der Hitze anstrengte, atmete mittlerweile wieder ruhiger, nur Maha trat ungeduldig von einem Bein aufs andere, rief: »Lasst uns weitergehen, es ist heiß!«

Wären sie nicht alle auf einmal langsamer geworden, hätte Maha nicht respektvoll die Hände gefaltet und ihren Blick auf die Erde gerichtet, Ada hätte das mit Steinen abgegrenzte, sauber gefegte, lehmig trockene Quadrat im Boden womöglich übersehen. Es war ein Feld, so groß wie ein Zimmer, an dessen hinterem Ende ein Olivenbaum stand, der einzige weit und breit, der unversehrt geblieben war. In einem seiner Äste wehte ein in der Sonne glänzendes, weißes Tuch, keine Plastiktüte, ein Leinentuch. Unten, am Stamm des Baumes, lehnte etwas gegen die Rinde.

»Komm«, sagte Bassam und führte Ada um das Feld herum zu dem Baum. Maha, Salim und Jafna folgten ihnen. Als sie alle fünf vor dem Olivenbaum standen, deutete Bassam auf den Stamm und sagte: »Hier.«

Eine Steinplatte stand, gegen die Rinde gelehnt, in der Erde, in die arabische Schriftzeichen eingeritzt oder mit schwarzer Farbe aufgemalt waren. Ada überflog die Zeilen und entdeckte am Ende jeder Zeile Ziffern, mehrere Ziffern ... Es waren Jahreszahlen. Und das daneben mussten Namen sein. Ada begann zu ahnen, ihre Augen fuhren die untereinander gesetzten Linien hinab, bei der letzten Zeile stockte ihr der Atem: JUDITH stand da, in lateinischen Großbuchstaben. Daneben ihr Geburtsjahr: 1973.

Augenblicklich verstand Ada. Ihr Herz hämmerte gegen ihren Brustkorb, ihre Haut brannte und Ada spürte eine Hand, Mahas Hand, auf ihrer Schulter.

»Hier gedenken wir der Toten«, sagte Maha ruhig und zeigte auf das Feld, »einige sind hier begraben, bei anderen war der Körper –«, sie stockte, »nicht mehr zu finden.«

»Es war Mahas Idee, Judiths Namen hinzuzufügen«, erzählte Bassam und trat näher, »wir hoffen, das ist recht.«

Ada rührte sich nicht und die anderen schwiegen mit ihr. Aus den Augenwinkeln sah Ada ihre wartenden Gesichter, sie spürte, dass es Zeit war, zu reagieren, doch bevor sie etwas sagen konnte, verschwammen Maha und Bassam vor ihren Augen.

Neben ihr raschelte etwas. Jafna wickelte Blumen aus einem Papier, die sie unbemerkt unter ihrem Gewand transportiert haben musste, und auch Salim trat hervor und streckte, einen langen Schatten in der Sonne werfend, Ada etwas entgegen: den Beutel mit der Asche. Dabei schaute er sie fragend und irgendwie lächelnd an. Natürlich, Salim hatte von dem Grab, dem Feld der Erinnerung hier gewusst. Was sonst noch hatte er gewusst, geahnt, geplant? Adas Hirn funktionierte nur langsam, und es war auch egal, wichtig war allein, dass sie Salim den Beutel mit der Asche aus der Hand nahm und sagte: »Hier ist es richtig, nicht am Meer.«

Gemeinsam mit Maha inspizierte Ada den in mehrere Lagen Plastik eingeschweißten Beutel. Bassam reichte Ada ein Messer und zog dann einen Spaten hinter dem Baum hervor, mit dem er ein nicht besonders tiefes, dafür breites Loch in den lehmigen Boden grub. Jafna legte ihre Blumen oben auf die Steinplatte, unter das weiße Tuch. Jetzt sah es Ada: ein Leichentuch, stellvertretend für alle.

Vorsichtig entfernte Ada mit dem Messer die zwei äußeren Schutzhüllen und zog dann mit dem Daumennagel einen kleinen Riss in den Beutel, sodass erste Luft an die Asche kam. Sorgsam vergrößerte Ada den Riss, öffnete den Beutel und schaute sich um: Maha, Salim, Bassam und Jafna – alle starrten auf die Asche. Und jetzt? Ein Lied? Ein Spruch: Wir gedenken deiner – Camarada? Was hätte Judith gewollt? Ada wusste es nicht, auf einmal fühlte sie sich hilflos. Keine unnötigen Worte!, hätte Judith gesagt, dachte Ada, griff entschlossen mit der nackten Hand in den Beutel, nahm die Asche in die hohle Hand, sah auf Judiths Namen auf dem Stein und warf die Asche auf das Feld. Eine Hand voll, eine zweite. Dann hielt sie den Beutel Maha und Salim hin. Die folgten ihr nach, Jafna machte ein Zeichen, sie zu übergehen, Bassam griff nach kurzem Zögern ebenfalls in den Beutel.

Asche in Staub, statt Asche zu Asche. Mit der dritten Handvoll kamen Ada die Tränen, als die Asche schon fast vollständig verteilt war, die Finger in der Tüte suchen, kratzen mussten, selbst schon ganz mit Aschestaub bedeckt, wie sollte sie mit solchen Fingern... ihr Gesicht... mit Asche! Judiths Asche... Was würde Judith... jetzt?... Da hörte Ada Judith lachen, laut und frei, in der Ferne und doch nah, Judiths helles Lachen vibrierte in Adas Ohrmuschel, während ihr Blick über das sonnige Feld strich, Jafnas gekrümmten, leicht schwankenden Rücken streifte, diesen Rücken, der betete, weil Jafna nicht anders konnte als beten, und, sie, Ada, die nicht beten konnte, schaute auf in den Himmel, der tiefblau war, klar und weit wie ein Versprechen, und während sie in diese unermessliche Höhe schaute, tief Luft holte und wusste, dass Judith nicht dort oben war, dass sie auch nicht in der Asche war, dass sie für immer gegangen, in jenes Nichts entschwunden war, das Judith kurz vor ihrem Tod bereits hatte kommen hören, Ada, hörst du es?... – da senkte Ada unter Tränen den Blick, streifte Mahas feuchtes Gesicht, Augen, die ebenso suchend, bewegt waren wie ihre, und in dem Moment verstand Ada, wo Judith zu finden war: In uns, in uns allen, die wir Judith gekannt, die wir ihren Namen in den Stein geritzt, ihr Lachen noch in unserem Ohr haben, in uns lebte sie weiter.

»Bei deiner Mutter frage ich mich manchmal, ob ihre Sanftheit ihr Schutzmantel ist, ihre Art, in dieser Welt zu überleben, vielleicht sogar eine Form von Protest: nicht zu verhärten, trotz allem.«

Maha nickte stumm, sie wusste, wovon Ada sprach. Dann zeigte sie auf einen schmalen Gang und lief zwischen den hohen Betonmauern zweier Häuserfassaden hindurch in einen kleinen Innenhof. Ada folgte ihr. Auf der Rückseite des Hofes klopfte Maha drei Mal kurz gegen eine verschlossene Stahltür, die sich daraufhin öffnete.

Ob sie ihr etwas zeigen dürfe, hatte Maha Ada vorhin auf dem Feld gefragt, als sie beide alleine waren. Natürlich. Ada war nicht einmal verwundert gewesen, Mahas Ruhe, ihre Entschiedenheit gaben ihrem Anliegen etwas Selbstverständliches.

Ada hatte sich mit Salim abgesprochen, der nur genickt und Ada erinnert hatte: Um fünf Uhr am Wagen! Sie mussten rechtzeitig über die Grenze.

Maha hatte Ada durch Straßen geführt, die Ada noch nie zuvor gesehen hatte, nur dass sie sich dem Meer näherten, hatte Ada gerochen. In der Luft verdichtete sich jener faulige Geruch nach Kloake und schlechtem Fisch, der Ada bei ihrem ersten Besuch den Magen umgedreht hatte. »Es riecht wie im Inneren von Gedärmen!«, hatte sie zu Judith gesagt und halblaut hinterher gemurmelt: »Diesen Geruch bekommst du in keinen Film.« Judith hatte sich zu ihr gedreht und mit ernster Miene geantwortet: »Nicht als Geruch, aber irgendwie schon.«

In dem kleinen Raum, den Ada hinter Maha betrat, standen sechs Computer auf Schultischen vor den Wänden, der Boden war mit Kabeln und Papier bedeckt. Auf einem Stuhl mit gebrochener Lehne standen ein Wasserkessel, eine Teedose und ein paar henkellose Tonbecher. Alle sechs Computer waren eingeschaltet, doch nur zwei Stühle waren besetzt, zwei Mädchen im Alter von Maha standen auf und traten auf sie zu.

Farida und Yasmin, sagte Maha, während sie ihr Kopftuch abnahm, und zeigte auf die beiden. Die nickten Ada zu, als wüssten sie, wer Ada war.

»Oha«, sagte Farida.

Ada verstand nicht. Yasmin wiederholte: »Ohla.«

Jetzt begriff Ada: »Hola« – das war spanisch. Sie nickte freundlich, erwiderte die Begrüßung.

»May we show you our work?«, fragte Farida höflich, als verträte Ada eine offizielle Delegation. Die Ähnlichkeit zwischen ihr und Maha, ihre höfliche Resolutheit und ihr reifer Ernst, war erstaunlich. Ada setzte sich auf den Stuhl, den man ihr anbot, Maha nahm links, Farida rechts neben ihr Platz. Yasmin deutete fragend auf den Wasserkessel, Ada schüttelte den Kopf, erinnerte sich dann, wo sie war, schüttelte noch einmal, heftiger den Kopf und verbesserte sich: Nein, natürlich, gerne hätte sie einen Tee.

Im Internet hatten die Freundinnen auf Englisch und Arabisch eine Webseite angelegt, deren Ziel in roten Blockbuchstaben oben auf der Seite prangte: »Für ein freies Gaza.« Die Seite war professionell und übersichtlich aufgebaut, oben gab es verschiedene Informationen zur Geschichte der Palästinenser, unter anderem eine Chronik des Konflikts mit Israel, weiter unten sah Ada einen Blog, außerdem Links zu Facebook und Twitter.

»Unser Manifest hat bei Facebook schon fast dreizehntausend Freunde!«, berichtete Farida stolz und klickte auf den Link. Ada beobachtete Faridas breite, bäuerliche Hand, welche die Maus, eine altmodisch graue, riesige Plastikmaus über den zerkratzten Schultisch zog. Hätte sie jetzt ihre Kamera dabei… diese Hand, dazu Faridas Stimme, ihr offenes Haar, das Anliegen der Mädchen hier, all das stand in einem Zusammenhang, den Ada nicht erklären, aber sehen konnte.

Das »Manifest für ein freies Leben in Gaza« war ein Aufschrei. »Wir, die jungen Palästinenser in Gaza, begehren auf gegen die Unterdrückung!«, hieß es im ersten Satz. »Seitdem wir denken, fühlen können, leben wir in einem Käfig, aus dem es kein Entkommen gibt, nicht vor den Luftangriffen, nicht vor dieser Mauer der Schande, die uns zusammenpfercht wie Tiere, und auch nicht vor den bewaffneten Jungs, die durch unsere Straßen spazieren, Unschuldige festnehmen und jeden freien Gedanken unterdrücken wollen. Doch wir lassen uns nicht unterdrücken«, las Ada vor mehreren Ausrufezeichen, »wir sind keine Hunde und keine Gefangenen, wir haben Köpfe, Herzen und Beine, wir erheben uns und fangen an zu schreien – einen lauten, zornigen Schrei, der von unserem brennenden Schmerz und unserem eisernen Willen erzählt. Wir wollen keine Opfer und keine Geiseln mehr sein, wir sind es leid, zum Abfall eines politischen Kampfes zu werden, in dem jede Seite nur sich selber sieht, wir sind enttäuscht von all den internationalen Experten mit ihren Forderungen und Resolutionen, Menschen, denen der Mut fehlt, das umzusetzen, was sie angeblich so dringend wollen. So geht es nicht weiter. Wir, die jungen Menschen in Gaza, wehren uns, wir werden kämpfen, bis Israel und die restliche Welt nicht mehr ignorieren können, was hier passiert. Wir werden nicht ruhen, bis es etwas anderes gibt als fallende Bomben, verblutende Kinder und keine Zukunft. Wir wollen in Freiheit und Frieden leben! Ein Aufstand wächst in uns, genährt von Verzweiflung und Zorn. Jeder zweite Mensch in Gaza ist unter achtzehn. In unseren Händen liegt die Zukunft und wir werden sie in unsere Hände nehmen. Wir werden kämpfen, werden schreien, bis die Mauer der Gleichgültigkeit durchbrochen ist. Schweigen ist Mittäterschaft! Hört ihr? Hört ihr unseren Schrei!«, stand dort, nicht als Frage, sondern als Ausruf. Und darunter: »Etwas hat begonnen. Wir, die junge Generation in Gaza, wir, die wir genug, aber noch nicht zu viel gesehen haben, wir fangen an, die Gefangenschaft, die uns umgibt, zu zerstören, uns frei zu machen von Züchtigung und Demütigung, um unsere Ehre und Selbstachtung zu wahren. In uns wächst eine Kraft, wie eine Blume. Der Kampf beginnt.«

Ada lief es kalt den Rücken hinunter. Hier ballte sich etwas zusammen, in dem Text pulsierte eine Energie, die ihre Wirkung entfalten würde, auch wenn nicht ganz klar war, wer genau hier sprach. Der Text war unterzeichnet mit »Die neue Generation von Gaza«. Ada schaute unten auf die Webseite, als verantwortlich für die Seite bezeichnete sich »Die Gemeinschaft der jungen Menschen in Gaza«. Keine konkreten Namen, keine Kontaktadresse. Nirgendwo ein Hinweis darauf, dass dieser Text, die ganze Seite von einer Gruppe verwaltet wurde, die, wie Maha gesagt hatte, allein aus Frauen bestand.

An das Manifest schloss sich eine lange Liste mit Kommentaren an, von Hassan bis Cindy versicherte die Facebook-Community den Verfassern: »Wir sind bei euch!«, oder: »Nieder mit der Mauer!« Mohammed A. warnte sogar: »Wenn nicht bald etwas geschieht, wird es zu spät sein.«

12 796 Freunde hatte das Manifest mittlerweile bei Facebook. Doch wer waren diese Menschen? Nachbarn aus dieser Straße? Gleichgesinnte aus aller Welt? Palästinenser aus Ramallah?

Maha, Farida und Yasmin betrachteten Ada, warteten auf eine Reaktion. Ada blickte zurück auf den Bildschirm, in ihrem Kopf hallten Sätze aus dem Manifest: Diese Mauer der Schande... ein Leben im Käfig... Wir werden kämpfen! Sätze, denen ähnlich, welche die Menschen in ihrem Film sagten, während sie in Bassams Cafe saßen oder vor den Überresten ihrer zerstörten Häuser standen. »Wie in unserem Film«, murmelte Ada.

Die Mädchen schauten einander schweigend an.

Ada stach die Zahl 12 796 ins Auge, 13 000 virtuelle Anhänger, wie sah das in Wirklichkeit aus? Wie groß musste ein Platz sein, um so viele Menschen zu fassen? »Die Demonstration, am Wochenende!«, fiel Ada plötzlich ein, sie hatte das Plakat mit dem Menschenauflauf heute Morgen am Flughafen gesehen.

Maha nickte wissend, erklärte, es gebe zwei Demonstrationen, eine am Freitag in Jerusalem und eine weitere am Samstag in Ramallah.

Gehst du hin?, wollte Ada fragen, als ihr einfiel, wo sie war.

»Salim kann euch vielleicht – Genehmigungen besorgen, Tagespässe für Samstag, für Ramallah«, dachte Ada laut, stockte, betrachtete Maha, die lächelte, Ada sanft an der Schulter berührte und dann den Blick senkte.

»Versuchen kann ich es«, sagte Salim, als Ada ihn später im Auto, auf der Fahrt zur Grenze, fragte. »Ein Tagespass könnte klappen, wenn man es geschickt anstellt, zwei oder drei werden schon schwieriger.« Salim setzte den Blinker und überholte einen offenen Laster. »Ich könnte die Mädchen am Samstag früh abholen und nach Ramallah bringen, gegen Mittag wären wir da, dann hätten sie genug Zeit, um sich einen guten Platz – « Salim brach seinen Gedanken ab, fuhr sich durch die Haare, er schien über etwas nachzudenken.

»Glaubst du, es wird nicht gehen?«, fragte Ada.

Statt einer Antwort suchte Salim Adas Blick und sah sie eindringlich an: »Hat Maha dich darum gebeten?«

Ada musste kurz überlegen. »Nicht direkt. Warum?«

Salim wandte sich ab und schaute nach draußen, in das karger werdende Land.

»Ich weiß nicht, was sie vorhat«, sagte er schließlich leise.

Ada blickte aus ihrem Fenster, nein, das wusste sie auch nicht. Sie wusste nur, dass der Abschied vorhin schwer gewesen war. Yasmin und Farida hatten ihr vom Eingang des Computerraums aus nachgesehen, während Maha, jetzt wieder mit Kopftuch, Ada durch die schmalen Straßen zurück ins Café ihrer Eltern geführt hatte. Als hielte immer eine der Mujeres Libres im Computerraum die Stellung, oder als wollten sie nicht alle drei zusammen auf der Straße gesehen werden.

Noch nie hatte Ada die Sperrstunde so sehr auf die Brust gedrückt, dieses Mal konnte sie sich nicht mit dem Schneideplan für heute Abend oder den Vorbereitungen für einen morgigen Drehtag ablenken, heute war sie einfach nur Passant, ein Mensch, der den stacheldrahtumzäunten Tunnel, die weiße Betonmauer durchquerte und einen Teil seines Lebens hinter der hohen Wand zurückließ.

»Eine Freundin von mir, Joana, hat den Schlüssel zu meiner Wohnung«, sagte Salim, als sie im golden werdenden Abendlicht in Richtung Tel Aviv brausten. »Es tut mir wirklich leid, dass ich heute Abend nicht bleiben kann.«

Ada winkte energisch ab: »Deine Nichte hat Geburtstag.«

Es sei, fügte Ada hinzu, ohnehin großartig von ihm gewesen, dass er sich den ganzen Tag für sie freigenommen hatte. Salim lächelte sie von der Seite aus an und strich Ada eine verschwitzte Haarsträhne aus dem Gesicht.

Sie fuhren von der Autobahn hinunter und hielten an einer Tankstelle. Ada kaufte eine Wasserflasche und sah, als sie zum Auto zurückkam, Salim im Gespräch mit einem Mann, einem muskulösen Israeli, der auf eine Baustelle hinter den Tanksäulen zeigte.

»Weißt du, was sie hier bauen?«, fragte Salim, als Ada neben ihnen stehen blieb. »Stromtankstellen für Elektroautos.«

Ada legte den Kopf schief, betrachtete das eingezäunte Feld, auf dem noch nicht viel zu sehen war. In Plastik eingehüllte, filigrane Säulen ragten aus dem Boden, daneben waren auf der Erde Felder mit Klebestreifen markiert.

»Das heißt, hier laden die Elektroautos künftig ihre Batterien auf?«, fragte Ada eher höflich als wirklich interessiert. Der Israeli nickte. Für ihn, der begeistert die in Plastik gehüllte Baustelle betrachtete, schien das alles in greifbarer Nähe zu sein, Ada dagegen konnte sich noch nicht wirklich vorstellen, wie die Autos der Zukunft hier ihre Batterien aufladen würden. Würde es dann zwei Tankstellen geben? Oder ging die Vision so weit, dass man glaubte, in wenigen Jahren führen alle nur noch elektrisch?

Vorsorglich hatte man die Baustelle vor einem großen Areal platziert, auf dem sich bis zum Horizont Hunderte Windräder in der Luft drehten. In einiger Entfernung sah Ada ein mit Kabeln gespicktes Umspannwerk, dahinter blitzte ein ganzes Raster schräg in der Sonne stehender Solarzellpanele scharf wie Rasierklingen in der Sonne.

»Und wer baut hier?«, fragte Ada den Israeli. »Der Staat?«

»Die Firma heißt *Better Place*«, sagte Salim und warf Ada einen vielsagenden Blick zu.

»*Better Place?*«, wiederholte Ada. Salim und Ada sahen sich an und wussten, dass sie beide das Gleiche dachten.

Der Israeli war längst auf sein Motorrad gestiegen und mit lautem Knattern davongebraust, als Salim noch immer vor der in Plastik gehüllten Baustelle stand. Er schien sich nur schwer von den sich gleichmütig gleichmäßig im Wind drehenden Windrädern lösen zu können, riesige Räder, deren schlanke Form zwar leicht und dynamisch wirkte, die jedoch, je länger man hinschaute, auch etwas Gewaltsames bekamen. Solange Wind wehte, waren sie nicht aufzuhalten, mit ihren raketenförmigen Flügeln zogen sie sich die Energie aus der Natur und speisten sie in das Umspannwerk ein, in dem eine Schaltzentrale entschied, wohin, in welches Netz der Strom geleitet werden würde.

»Weißt du, wobei ich mich heute ertappt habe, als Bassam uns so stolz das Solarfeld hinter seinem Haus gezeigt hat?«, murmelte Salim halblaut.

Ada schaute ihn an.

»Einen Augenblick lang habe ich mich gefragt, ob es schlimm oder gut ist, dass Bassam das hier nicht kennt«, sagte Salim und fuhr mit seiner Hand über das weite Feld.

Ada senkte den Kopf. Ihr waren diese Gedanken vertraut, die einem in Momenten der Hilflosigkeit, des Mitleids kamen und denen man sich dennoch nicht beugen durfte.

»Komm«, sagte Ada energisch und fasste Salim am Arm, »deine Nichte erwartet dich.«

Als Ada die enge Treppe des Apartmenthauses hinaufstieg, hörte sie, wie sich mehrere Stockwerke über ihr eine Tür öffnete. In dem Hausflur war es stickig und dunkel, Adas Sandalen klatschten auf die Steinstufen, kündigten mit jedem Schritt ihre Ankunft an, verhinderten, dass Ada der Erschöpfung in ihren Gliedern nachgab und langsamer wurde, stattdessen hielt sie den Rhythmus, ließ sich von ihm ziehen und trug ihn weiter. Zuerst sah sie einen Fuß, ein schmales Lederband lag auf Joanas Fußknöchel, darüber trug die Brasilianerin ein enges, schräg gestreiftes Sommerkleid, in ihren dicken, vom Kopf abstehenden Locken steckte eine grüne Sonnenbrille.

Joana stieß sich von dem Türrahmen, in dem sie lehnte, ab und trat hinaus in den Flur.

»Ada?«, fragte sie lächelnd und streckte ihre Hand nach Adas Koffer aus. Joana nahm Ada das Gepäck ab und umarmte sie, als kennten sie sich schon lange, als wären Salims Freunde auch ihre Freunde. Joanas Haut war angenehm kühl und roch nach Feuchtigkeitscreme, wahrscheinlich hatte sie erst vor kurzem geduscht.

»Salim musste gleich weiter«, sagte Ada und es klang wie eine Entschuldigung.

Joana nickte nur, als wüsste sie Bescheid.

»Möchtest du einen Eistee?«, fragte sie und deutete hinter sich in die Wohnung. »Salim ist so selten hier«, Joana lachte auf, »bei ihm findest du nichts außer Eiswürfeln und Dattelhonig.«

Joanas dunkles, warmes Lachen hallte in Adas Ohr. Auch Joana wusste von dem Honig, den Salims Großmutter zubereitete und den Mitgliedern ihrer Familie in kleinen Gefäßen mitgab, als wäre es keine Süßigkeit, sondern ein heiliges Sekret.

Ada folgte Joana durch den Flur ihrer Wohnung. Beim Gehen schwang ihre Hüfte, nicht aufreizend, eher so, als sei Joana es gewohnt, barfuß über den Bastboden zu laufen. Ihre Hüften waren breit, ihre Taille schmal und ihre gewaltigen Locken wippten auf ihrem Rücken.

»Setz dich doch«, sagte Joana und öffnete die Tür zum Wohnzimmer, dem größten und offenbar kühlsten Raum der Wohnung. Das Zimmer glich einem kleinen Dschungel, überall standen Grünpflanzen, auf deren glänzenden Blättern sich das Nachmittagslicht brach, welches durch die breiten, halb geöffneten Fenster fiel. Hinter der Fensterfront sah Ada die Baumkronen der Ficusbäume auf dem Bürgersteig, auf einem Ast krächzte ein Vogel. Gesang konnte man das nicht nennen, was er in seiner

Kehle produzierte. Als hätte das Tier einen Knoten im Hals. Ein Geräusch, das durstig machte.

Ada sank in das Sofa, dessen weiche Kissen sie auffingen und sanft umschlossen. Joana trat mit einem Tablett ins Zimmer, reichte Ada ein Glas Eistee und setzte sich ihr gegenüber.

»Willkommen in Tel Aviv!«

Sie prosteten einander zu.

Joana legte ihre Füße auf die untere Ablage des Couchtisches, so dass Ada wieder das fein geknüpfte Lederband auf Joanas Fußknöchel, ihrer schlanken Fessel sah. Joana hatte auffallend schöne Beine, gerade, lange Zehen, kleine Füße, wohlgeformte Waden, alles an ihr war weiblich, weich und doch zart. Ein Körper, dessen Formen mit Joanas runden, lebhaften Gesten im Einklang waren. Joana war ein Mensch, der sich in seinem Körper wohlfühlte, in ihm lebte, das sah Ada sofort. Menschen mit einem derart intuitiven Körpergefühl wurden bei Interviews viel seltener nervös, sie ließen sich nicht von der Kamera irritieren, vergaßen sie viel eher. Am schönsten war es, wenn sie in Gedanken abtauchten, ihren Körper verließen und doch jedes Wort mit ihrem Körper sprachen.

»Noch Tee?« Die Armreifen an Joanas Handgelenk, deren aufgezogene Perlen im Sonnenlicht glänzten wie Granatapfelkerne, klapperten gegeneinander.

Ada nickte dankbar. Kühl und glatt rann der Eistee durch ihre Kehle. Dieses Getränk, das Ada in seiner industriellen Dosenform verabscheute, das sie mit dem metallischen Nachgeschmack künstlicher Süße verband, war hausgemacht eine Köstlichkeit, kleine Zitronenscheiben schwammen in dem schwarzen, stärker als sonst nach Bergamotte schmeckenden Tee, verbanden sich mit dem Rohrzucker zu einer herben Süße.

»Ihr wart in Gaza?«, fragte Joana.

Ada wich ihrem Blick aus, fragte sich, was Joana wusste. Schließlich hatten alle Menschen, zu denen Salim sie im Laufe dieses langen Tages gebracht hatte, bereits von Judiths Tod gewusst. Was aber nicht unangenehm war, im Gegenteil, in der Hitze, den intensiven Stunden hatten alle diese Begegnungen etwas von der Selbstverständlichkeit eines Traumes angenommen, alles schien richtig, so, wie es geschah.

»Salim hat im letzten Jahr ein paar Mal von dir und Judith erzählt, von eurem Film«, sagte Joana. »Er nannte euch ›die deutschen Amazonen‹«, sie lächelte, »ein unzertrennliches Team, eine europäische Inkarnation der indischen Göttin Durga, der großen Kriegerin, die mit ihren vielen Armen für Gerechtigkeit kämpft und deren drittes Auge – die Kamera – ihr den Weg weist.«

Ada legte den Kopf schief: Waren das Salims Worte oder Joanas Erinnerung an ein Wesen, das sie selbst, als Salim erzählte, vor ihrem inneren Auge gesehen hatte? Salim hatte Ada gegenüber nie eine Göttin Durga erwähnt. Dass er Judith und sie als unzertrennlich beschrieben hatte, rührte in Adas Brust an einem Punkt, der stach wie eine Nadel.

»Eine Kriegerin, der jetzt zwei Arme fehlen«, erwiderte Ada leise und blinzelte durch das Fenster in die Sonne.

»Salim vermutet, Judiths Tumor habe etwas mit den Uranbomben im Gazastreifen zu tun gehabt?«, hörte Ada Joana sagen. Ihre Stimme pendelte genau zwischen Frage und Feststellung.

»Er vermutet es, ja«, entgegnete Ada so scharf, als müsse sie jetzt, nach Judiths Tod, Judiths vehemente Ablehnung dieser Hypothese übernehmen.

»Das ist aber höchst unwahrscheinlich«, erklärte Ada entschieden, »am gefährlichsten ist das Urangas, wenn man direkt nach dem Einschlag der Bombe damit in Kontakt gerät. Als Judith und ich in den Gazastreifen kamen, war der Krieg aber schon vorbei.«

Joana zeigte keine Reaktion, als erwarte sie, dass Ada weitersprach.

»Und auch die Chance, dass giftiges Uran durch verstrahltes Grundwasser in den Körper dringt und dort zur Bildung eines Krebsgeschwürs beiträgt, ist bei den Menschen, die ständig in Gaza leben, viel höher«, fügte Ada hinzu.

Joana betrachtete sie, ihre Lippe zuckte, als schweige sie aus Höflichkeit und wolle gleichzeitig sagen: Das mindert die Wahrscheinlichkeit, schließt einen Zusammenhang aber doch nicht aus, oder?

Da brannte in Ada Gereiztheit auf, was wusste sie denn! Sie hatte damals doch selbst nicht recht verstanden, warum Judith auf Salims Vermutung so aggressiv reagiert hatte. Warum Judith in jenem Gespräch kurz nach der Diagnose abrupt aufgefahren war und dabei fast den Computerbildschirm umgestoßen hatte. »So ein Unfug!«, hatte Judith gebrüllt, »mein Tumor hat nichts mit dem Krieg im Gazastreifen zu tun!«

Salim war zu perplex gewesen, um etwas zu erwidern. Beide hatten sie es nicht gewagt, der Wut ihrer schwerkranken Freundin etwas entgegenzusetzen. Judiths Situation damals schien diese widerspruchslose Rücksicht zu verlangen. Und heute?

Ada schaute auf, Joana sagte noch immer nichts. Judiths Arzt damals in Berlin, erzählte Ada tonlos, war davon ausgegangen, dass sich der Tumor innerhalb weniger Monate gebildet hatte, folglich in jener Zeit entstanden war, in der Judith und sie in Israel und an manchen Tagen auch im Gazastreifen gewesen waren. Gleichzeitig, fuhr Ada fort, sei das, was sie eben zu Joana gesagt hatte, ebenso richtig: »Über die Gefahr, die von den Uranaerosolen der israelischen Waffen ausgeht, streiten sich die Wissenschaftler, jede Seite wirft der anderen ideologische Vorbehalte vor. Doch selbst die, die an einen Zusammenhang glauben, gehen eher von langfristigen Folgen aus.« Adas Stimme wurde leiser: »Dass in den Körper eingedrungenes Uran so schnell derart gravierende Folgen haben kann, glauben die wenigsten.«

Joana schwieg und gab so Ada Raum, den sich aufdrängenden Gedanken zuzulassen: Das alles erklärte aber noch nicht die Vehemenz von Judiths Empörung. Natürlich nicht, Ada stand auf, ging zum Fenster und versuchte, sich genauer an jenen Nachmittag in Judiths Wohnzimmer zu erinnern. Damals hatte sie den Eindruck gehabt, Judith fand es schäbig, respektlos, die Gefahr, der die Menschen in Gaza ausgesetzt waren, mit ihrer Krankheit in Verbindung zu bringen. Sie wollte die Angst und das Leid jener Menschen nicht dazu benutzen, um ihr eigenes Schicksal zu erklären, sie wollte sich nicht auf eine Art mit ihnen solidarisieren, die ihr irgendwie plump, pietätlos vorgekommen wäre.

»Ich glaube«, begann Ada langsam, »Judith wollte der Versuchung widerstehen, ihrer Krankheit einen Grund zu geben und sie so verständlich zu machen. Ihr Tumor sollte das bleiben, was er war: ein uns alle überraschender Schicksalsschlag, sinnlos und gerade deshalb grausam.«

Joana trat zu Ada ans Fenster, stellte sich neben sie und nickte, als habe sie in diesem Moment Judith kennengelernt.

»Hast du Hunger?«, fragte Joana, während sie die leeren Gläser einsammelte. »Wir könnten am Strand essen.«

Ada schaute aus dem Fenster, versuchte abzuschätzen, wie weit das Meer entfernt war.

»Ich habe ein Motorrad«, ergänzte Joana.

»Ein Motorrad!«, entfuhr es Ada, unverhohlen enthusiastisch. Damit war die Entscheidung gefallen.

Der warme Fahrtwind blies durch ihre Haare, streifte Adas nackte Arme, die fest um Joanas Hüften lagen. Joana steuerte die schwere japanische Maschine, »ihren Wal«, wie sie scherzhaft sagte, wendig durch die engen Straßen. Sie ließen das Neve Tsedek hinter sich, brausten die Küstenpromenade entlang, links von ihnen das Meer, der bereits im Wasser verschwindende, sich anderen Erdteilen zuwendende rote Sonnenball, rechter Hand Tel Aviv im Feierabendgetriebe: überfüllte Autobusse, brüllende Autofahrer in offenen Cabriolets, an den Straßenrändern Plastikmüll und irgendwo ein Motorhorn, das in dieser Stadt immer gleich wie eine Sirene klang. Auch hier hat sich nichts geändert, dachte Ada, um sie herum dieselbe Gereiztheit wie heute Vormittag, wie bei ihrem letzten Besuch.

In einem Restaurant am Pier aßen sie gegrillten Fisch und tranken Weißwein aus einer Flasche, die, sobald sie Ada aus dem Kühlkübel hob, tropfte wie schmelzende Eiswürfel. Von ihrem Tisch am Fenster aus sah Ada den breiten Holzsteg, auf dem sich im Laufe des Abends immer mehr Menschen ansammelten, Pärchen beugten sich eng umschlungen über die Brüstung hinaus, die Bars und Restaurants stellten nach Einbruch der Dunkelheit Laternen und Stehtische vor ihre Eingänge, so dass sich allmählich der ganze Steg in eine offene Bar unter Sternen verwandelte.

Joana erzählte von Brasilien, warum sie nach Israel gekommen und schließlich hier geblieben war.

»Die Israelis mögen meine Sachen«, den Schmuck, den Joana entwarf, die Accessoires und Kleider, die sie in ihrem Laden in der Sheinkin Street verkaufte.

»Viele meiner Sachen sind bunt, verspielt«, sagte Joana und

grinste, dann wurde ihr Gesicht wieder ernst. »Es gibt in dieser Stadt eine große Sehnsucht nach Leichtigkeit.«

Als sie bereits beim Nachtisch waren, einem in Rosenwasser getränkten, süßen Rosinenkuchen, sah Ada auf dem Steg zwei Männer in offenen Hemden und Leinenhosen, die vor der Fensterfront des Fischrestaurants stehen blieben und auf Joana deuteten. Der größere von ihnen trat näher, klopfte gegen die Scheibe und winkte Joana zu. Joana winkte zurück, nickte den beiden freundlich zu, stand aber nicht auf und lud sie ein, sich zu ihnen zu setzen, was die Herren, so kam es Ada jedenfalls vor, eigentlich erwartet hatten.

»Wer war das?«, fragte Ada, nachdem die beiden wieder verschwunden waren.

»Alte Freunde«, antwortete Joana und neigte sich vor: »Der eine auch etwas mehr. Ist aber lange her«, sagte sie und lachte ihr dunkles, warmes Lachen.

»Und zurzeit?«, fragte Ada halblaut, während der Kellner den letzten Rest Wein auf ihre beiden Gläser verteilte.

»Im Moment habe ich eine Affäre mit einem Brasilianer, der auch in Tel Aviv lebt.« Joana griff nach ihrem Glas. »Lange wird das aber nicht mehr dauern.« Ihre Stimme klang fest, nicht fröhlich, aber auch nicht bedauernd.

»Wieso bist du dir so sicher?«, wollte Ada wissen.

Da hob Joana den Kopf und ihre Gesichtszüge veränderten sich, wurden ruhig und klar. »Er hat mich vor ein paar Tagen gefragt, ob ich mit ihm nach New York fahren möchte. Mehrere Male hat er gefragt, insistiert, er war aufgewühlt, sprach von ›uns‹, sagte, er brauche eine Antwort.« Joana holte Luft. »Dabei hat er mich jedes Mal ›Zeruya‹ genannt. Zeruya ist der Name seiner kleinen Tochter«, sagte Joana und lächelte, so zärtlich, dass Ada verstand.

Sie verstand, obwohl sie die Details nicht begriff.

»Seine Kinder –?«, dachte sie laut.

Joana nickte: »Luiz liebt seine Familie. Er hasst Israel, will weg von hier, spricht davon, zu gehen, doch ohne sie –« Joana schüttelte den Kopf. Schüttelte ihn wie jemand, der Friede, mehr noch, Freude in der Gewissheit findet, das Richtige zu tun. Da erkannte Ada: Joana war frei. Frei auf jene tiefe, elementare Art, auf die auch Judith frei gewesen war. Frei, das Richtige zu wollen, nicht das Bequeme.

Adas Blick glitt aufs Meer hinaus und sie musste an Maha denken, die wahrscheinlich noch immer im Computerraum vor dem Bildschirm saß oder zu Hause mit ihren Eltern zu Abend aß. Auch Maha ahnte bereits jene Freiheit in sich und es war diese Ahnung, die sie hart werden ließ, denn nur in kristalliner Härte, in schonungsloser Konzentration konnte sie ihn bereits spüren, den neuen Kern, der in ihr wuchs, der sie frei machen wird von der Angst und ihr die Kraft geben wird, ihren Weg zu gehen.

Ada spürte Finger, Joanas Hand auf ihrer Schulter, sie fuhr hoch, ob sie an Judith gedacht habe, fragte Joana leise. Statt einer Antwort streckte Ada ihren Arm aus und berührte eine von Joanas Locken, jene, die aus dem Wust an Locken herausgesprungen war, wie um sich befühlen zu lassen, die dazu aufforderte, zu prüfen, wie es dazu gekommen war… Joana beugte sich zu ihr, stand auf und sagte: »Gehen wir tanzen.«

Willig ließ sich Ada in die Bar, auf die Tanzfläche ziehen.

Hinein ins zuckende Blitzlicht, in den Beat, der im Brustbein pulsierte, nicht nur in den Ohren. Ada spürte, wie das Blut in ihren Adern schneller floss, sie ließ sich in die Wogen, den harten Rhythmus fallen, tanzen, nur noch tanzen. Joana, ihr verzücktes Gesicht. Ihr glühender Körper, so nah, ihre Hüften, die sich wiegten, ihr Brüste dicht an Adas Rücken, von den anderen Gästen aneinandergeschoben, nahmen sie gemeinsam den Rhythmus auf, tanzten wie die Göttin Durga, ein Körper, die vier Hände von sich gestreckt, Joanas Atem im Nacken, drehte sich Ada, roch ihre Haut, Joanas nicht mehr nur nach Creme riechende Haut, und als sich ihre Lippen, die vier Lippen der Göttin Durga, irgendwann wie zufällig trafen, war auch das vollkommen natürlich.

In dieser Nacht der erleuchteten Straßen, der brandenden Wellen und unbekannten Laken. In dieser Nacht der aufschreienden Vögel und eines süßen, neuen Hungers.

XIX

Luiz saß nun schon über eine Stunde auf der Terrasse und wartete. Das Whiskeyglas vor ihm auf dem Tisch war noch immer fast voll. Er wollte sich nicht jetzt den Mut antrinken, der ihm monatelang gefehlt hatte. Kühl im Kopf bleiben, sagte sein Verstand. Sein Herz raste. Luiz war wütend, wütend auf Rachel, die seit über einer Stunde im Bad beschäftigt war, obwohl sie wusste, dass er mit ihr reden wollte.

»Können wir was besprechen?«, hatte er schneidend knapp gefragt, als sie kurz nach sieben endlich zur Haustür hereingekommen war, mit Fahnen unterm Arm und aufgelöstem Haar. Sie musste ihm angesehen haben, dass sein Anliegen keines war, das schnell mit Ja oder Nein beantwortet werden konnte.

»Geht es um die Kinder?«, fragte sie kurz.

Im ersten Moment wollte Luiz sagen: Ja. Denn er wusste, dann säße Rachel sofort mit offenem Ohr am Küchentisch. Doch er entschied sich gegen diese Lüge, nein, er wollte nicht, dass ihm seine Frau wegen der Kinder zuhörte, er wollte es auf eine Art, die ihm selbst nicht ganz klar war, drauf ankommen lassen. Auch Rachel sollte ruhig erst entwischen und sich später, wenn sie merkte, dass es kein Entkommen gab, stellen. Wer weiß, was sie dort oben unter der Dusche gerade dachte.

Vorhin, als sie die Treppe hochgestiegen war und Luiz ihr von der Glastür aus nachgesehen hatte, war Rachel oben am Treppenabsatz, die Hand am Geländer, noch einmal herumgefahren und hatte einen kurzen Blick hinuntergeworfen, ihre Augen waren über den Flur, über ihn hinweggestreift und hatten ihn doch einen Moment lang fokussiert, als wollte sie fragen: Willst du es mir gleich sagen? Mir schnell zuwerfen wie einen Ball? Nein, hatte Luiz gedacht und sich abrupt abgewandt. Nicht so.

Auf seinem Whiskey war ein Moskito gelandet. Luiz tauchte seinen Finger in die braune Flüssigkeit, führte den Moskito an den Glasrand, drückte zu, zog seinen Finger wieder heraus und schüttelte den feuchten, schwarzen Fleck ab. *Culex pipiens*, eine gemeine Stechmücke. Vor ihr waren nicht einmal die Zugvögel sicher. Letzte Woche hatte Avram ihm im Institut erzählt, »seine«, Luiz' Zugvögel hätten vor genau zehn Jahren auf ihrer herbstlichen Durchreise heimische Moskitos mit dem West-Nil-Virus infiziert. Die Moskitos hatten den Virus dann auf Menschen übertragen.

»Zwölf Israelis sind in dem Spätsommer am Nil-Fieber gestorben«, hatte Avram gesagt und dabei den Kopf geschüttelt, als hätten die Vögel ihr Gastrecht missbraucht.

»Wie sind die Moskitos denn an den Virus gekommen?«, hatte Luiz zurückgefragt. »Sie haben den Vögeln das Blut ausgesaugt.«

Seine Finger trommelten gegen das Whiskeyglas, Luiz stand auf und lief nervös über die Terrasse, dachte an den Moment heute im Büro, als ihm alles plötzlich so dringlich vorgekommen war, dieses Gefühl: Er musste mit Rachel reden, musste wissen, was sie wusste. Fühlte. Und Rachel? Kannte sie diese plötzliche Enge in der Brust? Hatte sie schon jemals ernsthaft über ihre Beziehung, über ihr Leben hier nachgedacht? Oder verließ sie sich darauf, dass der gewohnte Familientrott einfach weiterlaufen würde, fand sie das sogar in Ordnung, lebte sie gut damit? Luiz wusste, dass Rachels Hand, die immer wieder und gerade in Nächten nach einem Streit unter der Bettdecke die seine suchte, gegen eine solche abgeklärte Gleichgültigkeit sprach, und dennoch: Änderte Rachel aktiv etwas an ihrem Verhalten, an dieser Mauer des Schweigens zwischen ihnen? Luiz schaute durch das Wohnzimmer auf die Treppe und merkte, wie die Wut erneut in ihm hochkochte, ein wenig mehr Mühe konnte man doch selbst von einer äußerst beschäftigten, emphatischen Idealistin erwarten! Schließlich war Rachel nicht nur Friedenskämpferin.

Drinnen im Haus rührte sich noch immer nichts. Luiz kehrte an den Terrassentisch zurück und griff nach seinem Mobiltelefon, wie um nachzuschauen, ob ihm Rachel vielleicht eine Nachricht geschickt hatte. Vergeblich. Dann prüfte er zum wiederholten Mal, ob er auch wirklich alle Anrufe an Joana gelöscht hatte. Nichts zu finden, keine Spur. Luiz schaltete das Telefon aus und ließ es in seiner Hosentasche verschwinden. Etwas war im Gange, das spürte er, doch er wusste nicht, was. Joana war anders gewesen heute am Telefon, heiter, unbeschwert und doch in all ihrer Fröhlichkeit distanziert, unpersönlich. Oder bildete er sich das nur ein? Waren die Umstände, der Betrieb im Laden Schuld? Nein, das glaubte er nicht. Er hatte diese Scham gespürt, die einen dann überfällt, wenn man meint, plötzlich etwas zu sehen, das schon lange da gewesen ist, das man jedoch, aus welchen Gründen auch immer, bislang verkannt hat: diese Ferne zwischen ihnen. Ihre komplett getrennten Lebenswelten, die es immer schon gegeben hatte, die nur dann verschwanden, wenn sie wie hungrige Tiere übereinander herfielen... Spürte Joana sie auch? Sie zog sich zurück, so viel war klar, dachte Luiz und empfand eine dumpfe Traurigkeit.

Es gluckerte. In den Rohren hinter der weißen Hauswand, was bedeutete, dass jemand oben im Bad gerade das Wasser abgestellt hatte. Luiz kehrte zurück ins Wohnzimmer und beobachtete aufmerksam die Treppe: Kam Rachel jetzt herunter?

Die Treppe blieb leer. Luiz atmete leise, horchte, hörte, wie sich oben im ersten Stock quietschend eine Tür öffnete. Die Treppe aber blieb weiterhin leer, stattdessen hörte Luiz Schritte oben auf dem Flur, der Boden über ihm knarzte, Rachel ging ins Schlafzimmer! Er stöhnte auf, schüttelte den Kopf und schaute auf die Uhr: also gut, fünf Minuten. Fünf Minuten gab er ihr noch. Keine Sekunde mehr.

Derart zum Warten verurteilt zu sein, empfand Luiz als perfide und er wusste, dass es ihn in der anstehenden Diskussion nicht milde gegen Rachel stimmen würde, aber wenn sie es so wollte ... Der Rasen war staubtrocken und knackte unter den Füßen. Luiz ging tief in den Garten hinein, drehte sich um und sah, dass er Recht hatte: Oben, im Schlafzimmer, brannte hinter den heruntergelassenen Jalousien Licht. Von außen gar ein heimeliger Anblick, das Haus der jungen Familie, die mit Sternen beklebten Fenster des Kinderzimmers im Osten lagen bereits im Dunkeln, während im Elternschlafzimmer noch reges Treiben herrschte. Nur was für ein Treiben? Was machte Rachel dort oben? Zog sie sich an? Saß auf dem Bett und kämmte sich die Haare? Früher, am Anfang ihrer Beziehung, hatte er Rachel gerne beim Haarekämmen zugesehen. Er hatte das System erforscht, nach dem sie sich in Strähnen durch ihre dicke Mähne arbeitete, von unten über den Hinterkopf bis nach vorne zu den Schläfen teilte sie Partien ab und zurrte den stählernen Kamm durch die dunkelblonden Strähnen, mit der Sorgfalt eines Bibers und der Selbstversunkenheit der Menschen. Und wenn Rachel trotz ihrer Konzentration seinen Blick auf sich spürte, sich umdrehte und ihn entdeckte, lächelte sie verlegen, als habe er sie ertappt, nicht sie ihn. Sie zuckte entschuldigend mit den Schultern, wie um anzudeuten, eine solche Mähne sei schon lästig. Nichts, worauf man stolz sein konnte. Rachel war keine Frau, die sich etwas auf ihre Weiblichkeit einbildete, mit ihr spielte, sie hielt sich nicht einmal für besonders weiblich, stark ja, das war sie, aber schön?

Ganz anders als Joana, die sich ihrer Wirkung bei allem, was sie tat, bewusst war, deren Körper von Sinnlichkeit getragen wurde. Joana, die ihn lockte, reizte, ihn bis zum Äußersten trieb und es genau darauf anlegte, die wollte, dass er sich vergaß, Dinge sagte, tat, die ihn selber überraschten, Joana löste etwas in ihm, kam näher und entwischte, spielte Katz und Maus, bis in ihm etwas aufriss und er zupackte, ihr die Hände auf den Rücken oder fest ins Laken presste und sie fickte, hart und tief und schnell, mit einer ungeheuren, unbeirrbaren Kraft fickte er sie, einem Drang, der immer mehr zu werden schien, je mehr er sich gehen ließ. Luiz schüttelte sich unsanft ins Hier und Jetzt zurück.

Das Licht oben im Haus brannte noch immer. Mit seinen Fingern drückte Luiz fest auf seine Augenlider, er wusste, warum er solche Gedanken bislang vermieden hatte, Gedanken an Joana, hier, nur wenige Meter von jenem Zimmer entfernt, in dem das Ehebett stand, in dem er mit Rachel schlief. Nicht mehr so häufig wie früher, aber immer noch regelmäßig. Abends meist, um diese Zeit. Es war nicht einmal schlecht, ein wenig routiniert, abwesend vielleicht, aber nicht lieblos. Aus seiner Sicht zumindest. Und für Rachel?

Luiz hob den Kopf und sah mit Erstaunen, dass oben im Schlafzimmer das Licht erloschen war. Hieß das, Rachel kam endlich herunter? Hastig kehrte Luiz auf die Terrasse zurück.

Im Wohnzimmer, auf der Treppe im Flur war noch immer niemand zu sehen. Luiz trat über die Schwelle der Terrassentür zurück ins Zimmer, er hörte jetzt ein leises Geräusch, das von oben kam, vorsichtig ging er weiter – es war Musik! Ein Klavier, kein Zweifel. Im Flur sah Luiz die Treppe hinauf, die Musik drang durch die verschlossene Schlafzimmertür. Rachel hörte Musik. Im Dunkeln? Das tat sie nur, wenn sie schlafen wollte. In Luiz stieg eine Ahnung auf: Hatte sie seine Bitte etwa vor lauter Vorbereitung, Flyer und Interviews vergessen und war ins Bett gegangen? Allein der Gedanke ließ ihn zittern, Luiz trat auf die unterste Treppenstufe, so würde er sie nicht davonkommen lassen!

Je deutlicher er das Klavier hörte, umso mehr irritierte es ihn. Es war immer noch die CD des Monats, das Klavierkonzert, daraus der langsame Teil mit seinen ziellosen Schlaufen, dem melancholischen Mäandern, genussvollen Sich-Verlieren – am liebsten hätte er die Töne weggeschlagen wie lästige Fliegen. Das war zu einfach, baden in den eigenen, von nichts als Tönen erzeugten Gefühlen! Das war keine Kommunikation, keine Auseinandersetzung, das war selbstgefällig, dachte Luiz und stampfte auf. Kein Wunder, dass Tiere kein Empfinden für Musik hatten. Die können zwar anderen etwas vortäuschen, aber nicht sich selbst.

Luiz war jetzt oben, am Ende der Treppe angekommen. Er ging zur Schlafzimmertür, zögerte, sein Puls schlug ihm im Hals, als er die Türklinke drückte.

Rachel lag angezogen auf dem Bett, ihm den Rücken zugewandt. Ihr Körper war eingerollt, der Kopf im Kissen vergraben. Sie zuckte, krümmte sich, vor Schmerzen? Als Luiz näher trat, erkannte er: Rachel weinte. Sie schluchzte, heftig und gleichzeitig verschämt, um Lautlosigkeit bemüht, in das zusammengeraffte Kissen. Luiz blieb stehen, betrachtete Rachel. Er sah ihren verkrampften, in den eigenen Armen Schutz suchenden Körper, er hörte ihr Wimmern und Schnaufen, merkte, dass sie die laute Musik im Zimmer überhaupt nicht wahrnahm, und plötzlich begriff er, warum die CD lief, warum Rachel hier oben lag, warum sie sich versteckte.

Seine Füße traten vorsichtig einen Schritt auf sie zu. Keine Reaktion. Luiz ging weiter, in kleinen Schritten, den Blick auf Rachels Haare, ihren bebenden Rücken geheftet, die gebogene, zwischen den Haaren sichtbare Wirbelsäule, von der jede einzelne Rippe zu erkennen war. Seine Hand landete auf ihrer Schulter. Rachel zuckte zusammen, zog ihren Kopf aus dem Kissen und drehte sich um. Ihre Augen waren glasig und gerötet, ihre Lippen glänzten, nass wie ihre Wangen. Sie schaute ihn an, fragend, ihre Lippen zuckten, schwiegen. Luiz setzte sich auf den Bettrand, dabei glitt seine Hand von Rachels Schulter hinunter auf die Bettdecke. Er wollte sie wieder heben, wollte Rachel über die Haare streicheln, doch etwas hielt ihn zurück, eine plötzliche Schwere, er zog seinen Arm zu sich und sah, wie Rachel erneut in Schluchzen ausbrach. Sie griff nach seiner Hand, setzte sich auf, strich sich die Haare aus dem Gesicht und flüsterte: »Wenn du«, stockte, holte Luft, griff sich an die Stirn, als habe sie sich dahinter etwas zurechtgelegt, »wenn du eine –«, Luiz wurde heiß, sein Herz begann zu hämmern: Bitte nicht!, dachte er. Bitte nicht.

»Wenn du eine Stelle in einem anderen Land bekommst«, hörte er Rachel sagen, »wenn du Israel verlassen willst, weil du es nicht mehr aushältst – dann komme ich mit. Wir kommen alle drei mit!«, rief sie unerwartet heftig.

Luiz starrte sie an, sein Herz schlug immer noch zu schnell.

»Es ist nur –«, ihre Augen flackerten, »du weißt doch, wir müssen doch – ich habe Verantwortung! Wir dürfen doch nicht alle – einfach, ich kann doch nicht...«, die Tränen kamen wieder, quollen Rachel aus den Augen, »ich kann doch nicht gehen, ohne nicht wenigstens alles, mein Bestes versucht zu haben. Verstehst du das?«, frage sie, ihre Stimme klang flehend.

Da brach in Luiz ein Damm, Zärtlichkeit durchflutete ihn, er beugte sich vor, zog Rachel an sich, drückte sie fest an seine Brust. Seine Finger fuhren über ihren Rücken, streichelten ihre Schultern, er hörte sie atmen, dicht an seinem Ohr, als er leise sagte: »Ich verstehe ... dich.« Rachels Augen schlossen sich, als Luiz' Lippen ihre Stirn suchten. Er fuhr mit dem Mund ihren Haaransatz entlang, ertastete die Haarwurzeln, spürte Rachels Nähe, ihre mit Erleichterung und Erwartung gefüllte Nähe, und in dem Moment, in dem er es sagte, fühlte Luiz, dass es wahr war, dass seine Worte einem Grund tief in seinem Inneren entsprangen, diese Worte, die von Liebe sprachen, von seiner tief verwurzelten, vom Wüstensand verschütteten und doch immer da gewesenen Liebe zu ihr, Rachel.

Später, als sie im Morgengrauen nackt auf der Bettdecke lagen und Rachel ihm wie früher durch die Brusthaare fuhr, begannen sie zu reden. Vorsichtig erst, dann immer fröhlicher fing Rachel an, Pläne zu schmieden, nach New York käme sie auf jeden Fall mit, ohne die Kinder, nur sie beide. Davor gebe es, heute Abend schon, nach der Demonstration, ein Konzert in Jerusalem – Rachel zeigte auf die Musikanlage, lachte unbeholfen, mit der Pianistin der CD, er wisse schon, Rachel versuchte, lauter zu lachen, den gestrigen Abend, ihre Angst, die ganzen letzten Monate einfach wegzulachen, als sich Luiz auf sie drehte, sein Gesicht in ihre nach Seife duftende Halsgrube drückte und sie zurück in die Stille küsste. In die wenige Zeit, die ihnen noch blieb, bevor Joel und Zeruya sie krähend, Nahrung und Beschäftigung fordernd, bald schon wecken würden.

XX

Ein zinnoberroter Streifen erhob sich über der dunklen Erde, wurde orange, dann gelb und immer blasser, bis er schließlich in einem zartblauen Himmel aufging. Ein neuer Tag brach sich seine Lichtbahn, jeden Morgen wieder dieses frische, junge Blau. Jason drückte seine Stirn noch fester gegen das Flugzeugfenster, dass dieser Farbenzauber, der vorhersehbaren physikalischen Gesetzen folgte, seine Magie auch in der hundertsten Wiederholung nicht verlor, faszinierte ihn. Es war wie ein Versprechen täglich wiederkehrender Frische, Unschuld, Kraft. Jason rieb sich die Augen, fischte Krumen des Schlafes aus seinen Lidern.

Er hatte die Maschine genommen, die kurz vor sieben Uhr in Tel Aviv landen würde. Ein voller Tag lag vor ihm, vormittags der Vortrag des Firmengründers von *Better Place* in Tel Aviv, danach ein gemeinsames Mittagessen, bei dem er, wenn irgend möglich, schon etwas klarmachen, zumindest konkretisieren sollte, abends dann das Konzert in Jerusalem.

Jason lächelte, als er Mais vor Aufregung gerötetes Gesicht vor seinem inneren Auge sah: »Nach Israel?«, hatte Mai aufgeregt gefragt. »Da spielt am Freitagabend Makiko!« Ein Konzert mit Klavier und Orchester, in Jerusalem. Mai wusste sogar den Namen der Veranstaltungshalle, wann das Konzert begann, und er – er hatte Mai versprochen, dass er hingehen und sie sich anhören würde: die Pianistin Makiko Yukawa, Tochter des alten Yukawa und Mais Cousine.

Mai hatte angeboten, ihm eine Karte zu besorgen, hatte insistiert, wollte es sich nicht nehmen lassen, einen guten Platz für Jason zu reservieren, so erfreut war sie über seine Entscheidung. Als sie strahlend sein Büro verließ, hatte Jason ihr erstaunt nachgesehen: Und *Kazedo*? Watanabe? Das für *GHL* verloren gegangene Investment? All das schien für Mai auf einmal nicht wichtig.

Im Gang sprang flackernd das Licht an, die Stewardessen zogen mit einem Ruck die Vorhänge zurück und vorne aus der Besatzungskabine drang der untrügliche Duft nach frisch aus dem Ofen geholten Buttercroissants. Jason setzte sich in seinem Sessel auf und klappte den Tisch vor sich herunter.

Helles Licht schien durch die Jalousien auf den Nachttisch, erleuchtete Joanas Armreifen, die auf einem blau glasierten Tonteller lagen. Ada blinzelte, setzte sich im Bett auf, horchte, in der Wohnung war es still. Joanas Kopfkissen lag eingedrückt gegen das Bettgestell gepresst, Ada strich mit der Hand darüber, erwischte ein dunkles, gelocktes Haar, hob es hoch und drehte es im Licht. Lächelte. Durch das gekippte Fenster drang warme Luft ins Zimmer, strich über Adas Gesicht und auf einmal hörte sie den Vogel wieder, der schon gestern, als sie nach Hause gekommen waren, jäh in die Nacht geschrien hatte. Seine kehligen Laute klangen heute Morgen etwas weniger aufgebracht.

Ada stand auf und lief durch den Flur, ihr Körper fühlte sich wundersam leicht an, eingehüllt. Auf ihrer Haut ein samtener Schleier, erinnerte Berührung. Etwas, das blieb, nachglühte wie die Wärme nach einem heißen Sonnentag. In der Küche lag ein Zettel, mit einem Morgengruß, Hinweisen, wo alles stand, der Honig von Salims Großmutter wartete bereits auf dem Tisch am

Fenster, neben einem Schlüsselbund und den Fahrzeugpapieren. Joana war heute nicht mit dem Motorrad in ihren Laden gefahren, sondern hatte »den Wal« dagelassen, für Ada.

Ada setzte Kaffee auf, nahm sich einen Löffel aus der Schublade. Keine Fragen, Interpretationen, nur das Motorrad für sie und den Schlüssel. Eine unaufdringliche Klarheit, die ihr gefiel, die ihr sehr gefiel und die sie genauso versucht hätte herzustellen.

Der Honig tropfte vom Löffel auf das Brot und die feinen Dattelstücke, die Salims Großmutter in die goldene Flüssigkeit gerührt hatte, knackten zwischen den Zähnen. Auf dem Motorrad hinauf nach Jerusalem zu fahren, lohne sich, stand auf dem Zettel, darunter hatte Joana eine Skizze gemalt, wie man von ihrer Wohnung auf die Autobahn nach Jerusalem kam, im Hintergrund ein angedeuteter Hügel, die Spitze von einer Mauer umringt, hinter der ein Kirchturm und die halbmondförmige Kuppel des Felsendoms emporragten. Neben ihre Unterschrift hatte Joana noch etwas – schnell, beinahe unleserlich – an den Rand des Papier notiert, heute Nachmittag fände eine Demonstration in der Innenstadt von Jerusalem statt, die Straßen könnten blockiert sein. Ada las nur: »Demonstration« und auf einmal war alles wieder da: der gestrige Tag, die Erinnerung an Judith, Maha, Farida und Yasmin.

Salim war sofort am Apparat, erzählte, er habe bereits angerufen, in der für Tagesvisa zuständigen Abteilung seiner Organisation.

»Es sieht nicht gut aus, wegen des anstehenden Staatsbesuchs gelten an allen israelischen Grenzen spezielle Sicherheitsvorkehrungen.« Aber seine Kollegen täten, was sie könnten. »Ich sage dir Bescheid, sowie ich etwas Genaues weiß.«

»Mach das«, erwiderte Ada, bedankte sich bei Salim und legte auf.

Zügig packte sie ihre Sachen zusammen und verließ die Wohnung.

Das Motorrad, der »Wal«, lag Ada gut in der Hand, sie musste sich sogar zügeln, um in der engen Straße, in der Joana wohnte, nicht zu viel Gas zu geben. An der nächsten Kreuzung sah sie an der Tür eines Coffeeshops das Plakat, das ihr schon gestern am Flughafen aufgefallen war: *For Peace Now!* stand in großen lateinischen Buchstaben über dem Bild mit dem Menschenauflauf. Daneben vermutlich das Gleiche auf Hebräisch. Ada lenkte den Wal auf den Bürgersteig, wofür sie von ein paar jungen Soldaten, die auf der Bank vor dem Eingang herumlungerten, misstrauisch beäugt wurde, konnte jetzt aber auch das Kleingedruckte auf dem Plakat entziffern: den Versammlungsort im Park vor der Knesset, die Marschroute am Sitz des israelischen Präsidenten vorbei und die Anfangszeit der Demonstration – heute am frühen Nachmittag, wie Joana geschrieben hatte.

Peace Now, dachte Ada, als sie wieder auf dem Wal saß und durch die breiter werdenden Straßen brauste, ein Name, der Programm war. Noch gut erinnerte sie sich an jenen Morgen im Gymnasium, als Thorsten auf einmal einen neuen Sticker auf seinem Rucksack hatte, mit einer Schrift, die niemand entziffern konnte, war das Arabisch? Auf Roberts Frage, was das solle, erwiderte Thorsten: »Das heißt: Frieden jetzt. Ist Hebräisch, modernes Hebräisch.« Sie alle brauchten eine Sekunde, um »modernes Hebräisch« in »das kommt aus Israel« zu übersetzen. Robert hob skeptisch die Augenbrauen, Jana wandte den Blick ab und André scharrte mit den Füßen. In einer Zeit, in der Adas Freunde allesamt Palästinensertücher um die Hälse geschlungen trugen und

Aufkleber von Arafat die Füllerkästen zierten, war ein solcher Sticker nicht unbedingt angesagt. Doch Thorsten ließ sich nicht beirren, zuckte fast provokativ mit den Schultern, hob, da er etwas untersetzt war, sein Kinn und sagte mit einer Festigkeit, die den anderen scharf ins Gesicht wehte: »Bei denen gibt es genauso eine Opposition wie bei uns.«

Das saß, an jenem Morgen auf dem Schulhof in der süddeutschen Provinz, in einem Land, in dem sie alle, Adas Generation, ihre ganze Schulzeit hindurch nichts anderes gekannt hatten als die Regierung Helmut Kohl.

Ada schaute in den Rückspiegel über ihrer linken Hand, wechselte die Spur und fuhr weiter, in Richtung Autobahn. Bei Dreharbeiten im Flüchtlingslager von Jenin hatten Judith und sie einmal sogar persönlichen Kontakt mit einem Mitglied von *Peace Now* gehabt. Ein ungefähr siebzigjähriger Althippie, der mit seiner Gruppe das Errichten israelischer Straßensperren im Westjordanland überwachte, war zu ihnen ins Lager gekommen und hatte ihnen eine Karte mit den aktuell bekannten Straßensperren überreicht, die permanenten Checkpoints waren schwarz markiert, rote Kreuze verwiesen auf die sogenannten *flying checkpoints*, die oft kurzerhand über Nacht errichtet wurden. Israelische Laster fuhren im Morgengrauen vor, luden Steingeröll oder Bauschutt, der vermutlich aus einer entstehenden Siedlung stammte, mitten auf der Straße ab und versperrten so die Durchfahrt. Manchmal blieben die Geröllwalle einen Tag, manchmal auch eine Woche lang stehen und machten gerade im dünn besiedelten Norden der Westbank eine Fahrt von Dorf zu Dorf, hinunter in den Süden unmöglich.

Der Hippie war damals im Lager zunächst komisch angeschaut worden, Männer mit dünnen Pferdeschwänzen, Birkenstocksandalen und tief auf der Hüfte sitzenden Jeans waren in

Jenin unbekannt, wirkten, wie Ada den Gesichtern von Mustafa und Ali entnommen hatte, ebenso westlich wie weiblich. Doch als »John«, so hieß der Hippie oder so nannte er sich zumindest, den Bewohnern des Lagers zeigte, dass er ihre Probleme, die willkürlich schließenden Grenzen, das Abbrennen der Olivenhaine und die chronische Wasserknappheit kannte und dagegen rebellierte, luden ihn die Bewohner sogar auf Tee und Halva ein.

Auf die Autobahn zu kommen, war nicht leicht, denn der Verkehr wurde hektisch, und mit einem Motorrad auf einer israelischen Schnellstraße die Spur zu wechseln, war Ada nicht gewohnt. Obwohl sie die Gegend, das riesige Umspannwerk auf der einen, flache Industriedächer auf der anderen Straßenseite, mittlerweile wiedererkannte; als Salim sie damals vom Arzt in Ramallah aus zurück nach Tel Aviv gebracht hatte, waren sie über diese Autobahn, aus der entgegengesetzten Richtung gekommen. Ada fand ihre Spur, ihr Tempo, bei 85 Stundenkilometern schien der Wal seinen idealen Fluss zu erreichen, er bekam noch mehr Kraft, von der Mitte des Sitzes aus zog es Ada nach vorne. Der Fahrtwind blies die unter dem Helm hervortretenden Haare nach oben und in der Ferne waren bereits die Ausläufer der Hügel von Jerusalem zu sehen.

Die Aufnahmen im Norden in Jenin, bei denen sie John, den Hippie, angetroffen hatten, waren ganz zu Beginn entstanden, damals, als Judith und sie noch vorgehabt hatten, beide Seiten zu zeigen: einerseits die jungen Männer in Hebron und Jenin, deren »Brüder« während der letzten Intifada umgekommen waren und die einander mit Waffen versorgten, und, quer geschnitten dazu, israelische Soldaten, die sich freiwillig für Kampfeinsätze meldeten, Politiker der ultranationalen Front, die vom »Recht auf unser Land« sprachen, Siedlerfamilien beim Einzug in ihre frisch getünchten Häuser... »Ein Psychogramm der Frontlinie« hatten Judith und sie ihr Vorhaben im Vorfeld großspurig genannt, und waren doch schnell in den Lagern von Hebron und Jenin, und vor allem in Gaza, beim Leben der Palästinenser dort geblieben. Ilan hatte den Ausschlag gegeben, nach dem Zwischenfall an der Grenze von Erez hatten sie ihren Plan geändert, erkannt, dass Gaza, auch wenn es schwieriger war, dort zu filmen, nicht umgangen werden durfte. Das Gefühl der Bedrohung dort saugte alles auf, wirkte, das spürte Ada schon bei ihrem ersten Besuch, schwerer noch als die Armut: dieses Gefühl, eingepfercht zu sein, unter ständiger Beobachtung, wenn nicht unter Beschuss. Wer sollte da Vertrauen in die Zukunft, geschweige denn in die andere Seite, den vermeintlichen Feind entwickeln? In Gaza fanden sie zugespitzt, was sie aus Hebron und Jenin bereits kannten, Menschen, bestimmt von dem Gefühl, nirgendwo in Sicherheit zu sein. Die Angst, in dieser Landschaft, die sie liebten, die doch »die ihre« war, keinen Frieden zu finden, saß tief in den Menschen dort. Ein Gefühl, das die Israelis doch ebenso gut kannten! Aus genau dieser Angst heraus griffen sie doch zu so drastischen Mitteln, auf beiden Seiten Angst, unruhig flatternde Herzen.

Würden die Israelis ihre Ängste in den Menschen, die der Film zeigte, wiedererkennen? Eine hehre Hoffnung, das wussten Judith und sie, als sie entschieden, sich auf eine Seite zu beschränken, und doch: »Wer nicht an die Wirkung dessen, was er tut, glaubt, muss gar nicht erst anfangen.« Judith. Ada legte ihre Finger noch fester um die Griffe der Lenkstange, Recht hatte Judith.

Ada gab Gas und fuhr hinein in die judäische Hügellandschaft. Die Straße begann anzusteigen, langsam ging es bergaufwärts, der Highway schmiegte sich in sanften Kurven an den Hang, Ada fuhr in den Schatten und wieder aus ihm hinaus, sie sah auf den weitläufigen Hügeln die hellgelben Steinfassaden alter, meist arabischer Dörfer in der Sonne glänzen, sie sah die trockenbraune, von buschigem Grün und knorrigen Olivenbäumen durchsetzte Erde um sich herum und spürte, wie eine tiefe Freude sie ergriff. Diese Landschaft strahlte etwas aus, das die betonierte Autobahn mitsamt ihren Flutstrahlern zum Verschwinden brachte, sie versetzte einen mit jedem Meter, den man an Höhe gewann, mehr in eine Zeit, die Damals und Heute in sich vereinte. War es der helle, von vielen Jahren Sonne gebleichte Stein? Das Wissen, dass Menschen schon vor Tausenden Jahren von unten, vom Hafen von Jaffa aus über diesen Weg hinauf in die Berge gezogen waren? War es das Gefühl, dem Himmel mit jeder Kurve näher zu kommen? – Jerusalem zog Ada in seinen Bann.

Ein Ortsschild hätte es nicht gebraucht. Als Ada die Ausfahrt hinauffuhr, offenbarten die schwarzen Anzüge und Hüte der orthodoxen Juden auf den Gehwegen, das gereizte Hupen der Linienbusse und die niedrigen Kalksteinhäuser sofort, wo sie angekommen war. Die Straße, die ins Zentrum führte, wurde an beiden Rändern aufgerissen, die Fahrbahnen umgeleitet, Ada kämpfte sich an lärmenden Presslufthämmern vorbei und bog bald in eine der schmalen Seitenstraßen ab. Hier war es ruhiger, eine Wohngegend, nur ab und an mit Geschäften oder Restaurants durchsetzt. Vor einer Bäckerei hatte sich eine Schlange gebildet, Ada verlangsamte ihre Geschwindigkeit, spähte in den Laden und verstand: Auf den Blechen in den Auslagen glänzten mindestens zwanzig frisch aus dem Ofen gezogene Hefezöpfe um die Wette. Der Duft, der aus dem Laden hinaus auf die Straße drang, machte hungrig, Ada überlegte, abzusteigen, entschied sich dann dagegen, fuhr weiter.

Auf einer Litfaßsäule sah sie gleich drei übereinander geklebte *For Peace Now!*-Plakate, das unterste war halb abgerissen, daneben befand sich eine Konzertankündigung des *Jerusalem Symphony Orchestra*, mit dem Bild einer Asiatin, die artig neben einem Flügel stand. Ada las das Programm: das erste Klavierkonzert von Chopin, dazu Liszt, alles sehr europäisch. Der Asiatin im Abendkleid hatte jemand mit Edding einen dicken Schnurrbart und zwei Hörner verpasst. Ada musste schmunzeln, nahm jetzt auch Kinderschreie wahr, blickte um sich, die Litfaßsäule stand direkt neben einem Schulhof. Durch das Gitter des Pausenhofes sah Ada, wie zwei kleine Mädchen sie furchtsam anstarrten, ihre Hände krampften sich an dem Eisengitter fest. Lag das an dem Motorradhelm, der ihr Gesicht verdeckte? Hastig nahm Ada ihn ab, hängte den Helm ans Lenkrad und fuhr sich wild durch die Haare. Eine Geste, welche die kleinen Mädchen amüsieren sollte, die aber auch dem orthodoxen Gemüsehändler auf der anderen Straßenseite nicht entging, demonstrativ wandte er den Blick ab und schüttelte den Kopf. Ada gab Gas, sobald die Ampel umsprang, ein unwohles Gefühl, beinahe so etwas wie Scham überfiel sie, als sie das Gemüsegeschäft passierte, obwohl sie wusste, dass es dafür keinen Grund gab. Dass es dafür in ihrer Welt keinen Grund gab.

Es war, wie aus einer Schale herausgetreten zu sein: Die Sonne traf ihre Kopfhaut jetzt unmittelbar, wärmte Haare, Stirn und Wangen. Ada genoss die Hitze, fuhr an der nächsten Kreuzung frontal der Sonne entgegen, die Straße vor ihr weitete sich, mehr und mehr Busse drängten sich auf die Fahrbahn und sie wusste, was das bedeutete. Hinter dem nächsten Hügel, jener Linie, die den Horizont markierte, begann die Altstadt, lag der Tempelberg, den Ada noch nicht sah und doch ahnte sie bereits, wie oben auf dem Bergplateau der Felsendom in der Sonne strahlte, mit seiner wie flüssiges Gold glänzenden Halbmondkuppel und dem blauen Keramikstein, blau wie die Farbe dieses Himmels, geschaffen, damals, für das Licht von Tausenden Jahren.

Er suchte schon eine ganz Weile nach einem passenden Wort für das, was heute Morgen anders gewesen war auf Rachels Gesicht. Etwas Helles, Leichtes hatte ihre Augen, die Wangen und den Mund umspielt, war es Zärtlichkeit? Erleichterung? Vorfreude auf den kommenden Tag?

Beim Frühstück hatten sie über den Friedensmarsch heute Nachmittag gesprochen, Rachel hatte mit dem Finger die Route auf den Küchentisch gemalt und mit dem Fingernagel jenen Punkt auf halber Strecke markiert, an dem die Demonstranten den amerikanischen Präsidenten abfangen werden: direkt vor Beit Hanassi, dem Amtssitz des israelischen Präsidenten.

Er könne derweil die Kinder hüten, hatte Luiz angeboten, doch Rachel schüttelte den Kopf, es sei alles bereits organisiert: »Meine Mutter erwartet die Kinder.«

»Komm heute Abend mit ins Konzert!«, hatte Rachel stattdessen gesagt und sofort hinzugefügt: »Wenn du möchtest.« Das Konzert sei Teil des Abonnements ihrer Eltern, Esther hatte ihr die Karten angeboten, da sie wusste, wie sehr Rachel die Pianistin schätzte. Luiz hörte Rachel reden und er verstand, dass es hier um mehr ging als um einen Abend mit klassischer Musik, es ging um das Wiederherstellen einer Ordnung, darum, die Musik wieder zu hören, am besten gemeinsam.

»Ich komme«, hatte er geantwortet und seinerseits hinzugefügt: »Du kennst die Autobahnen freitags hinauf nach Jerusalem.« Er fahre gleich nach der letzten Vorlesung los, doch bei dem Verkehr und der Demonstration – Rachel nickte. Sie würden sehen.

Es war Zeit, ins Institut aufzubrechen. Luiz ging in die Küche und stellte seinen Kaffeebecher in das Spülbecken, als sein Blick auf das Vogelhäuschen draußen an der Hauswand fiel. Die Körner vom Vortag waren verschwunden. Luiz lächelte, beschloss, das große, achteckige Vogelhaus, den von ihm selbst gebauten Rastplatz für die Zugvögel, an diesem Wochenende mit Zeruya auf dem Rasen aufzustellen. Es war höchste Zeit. Bald würden sie kommen.

Es zog von den trillernden Fingerkuppen in die Arme hinauf und weiter bis in die Schultern, ein pointierter Bewegungsdrang, der ihren Körper weckte, ihren Rücken streckte, die Gedanken, vorhin im Flugzeug noch schweifend, zerfasert, wurden klar und scharf, vor Makiko entfaltete sich der kommende Tag, sein Rhythmus, Anderthalb-Stunden-Takt.

Ab halb zwölf erwartete man sie am Eingang des *Jerusalem Theatre*, um zwölf Uhr begann ihre Einspielzeit. Es wird ein Steinway sein, so viel wusste sie, gestimmt auf 443 Hertz, in Absprache mit dem Dirigenten und dem Orchesterwart. Punkt ein Uhr folgte dann eine einzige Durchlaufprobe mit dem Orchester, Zeit für Korrekturen gab es keine. Makiko schüttelte den Kopf, seriös war das nicht wirklich, eine Ausnahme, ging nur, weil sie das Konzert von Chopin bereits im Frühjahr mehrmals gemeinsam in London gespielt hatten, das *Jerusalem Symphony Orchestra* und sie. Pünktlich um vierzehn Uhr dreißig mussten sie den Saal räumen, denn um die Konzerthalle herum würde es heute voll werden, eine Großdemonstration, hatte Katie von Geralds Agentur Makiko gestern mitgeteilt, würde sich vor dem Amtssitz des israelischen Regierungschefs versammeln, der, wie Katie erklärt hatte, nur wenig Meter vom *Jerusalem Theatre* entfernt lag.

»Am besten läufst du, ab vierzehn Uhr sperren sie die Straßen ab und das Hotel liegt keine fünf Minuten vom Konzertsaal entfernt. Fünf Sterne!«

Katies sonst so gesetzte Stimme hatte ungewöhnlich eifrig geklungen, als müsse man Makiko versichern, dass sie sich lohne, ihre Reise in dieses staubige, steinige Land. Einen besonders hellen Stein sah Makiko hinter dem Taxifenster immer wieder, er gefiel ihr, dieser meist in Blöcken geschnittene, eierschalenweiße Kalkstein, der zum hellen Licht und dem Himmel passte und der ausgemergelten Natur wenigstens etwas Warmes, Freundliches gab. Die stacheligen Stoppelfelder, die Makiko heute Morgen vom Rollfeld aus gesehen hatte, hatten sie erschreckt: aufgebrochene, staubtrockene Erde, seit mehreren Monaten ausgedörrt. Ein Boden, dem man das Lechzen nach Wasser förmlich ansah. Makiko seufzte, und in Asien hatten sie zurzeit das gegenteilige Problem.

»Versprich mir, dass du auf dich aufpasst«, hatte Mai bei ihrem letzten Telefonat gesagt.

»Du kennst mich doch.«

»Eben.«

Mai war außergewöhnlich gesprächig, beinahe aufgekratzt gewesen, hatte eine Frage nach der anderen gestellt, hatte wissen wollen, welcher Platz im Konzertsaal der beste sei, akustisch und »um dich sehen zu können«. Makiko hatte darauf keine Antwort gewusst, im Allgemeinen kannte Mai die Saalpläne doch viel besser, studierte sie im Netz, sobald die Konzertdaten klar waren. Warum fragte sie das?

»Du weißt, du kannst immer kommen, ich lade dich ein, mit Vergnügen!«

Darauf hatte Mai wiederum nicht geantwortet.

Makiko nahm den Taxifahrer erst wahr, als dieser es seinem roten, wütenden Gesichtsausdruck nach bereits zum wiederholten Mal versuchte: »Stage door or box office?«

»Stage door«, antwortete Makiko und entschuldigte sich für ihre Abwesenheit. Der Fahrer nickte stumm und wechselte die Fahrbahn. Aus den Augenwinkeln betrachtete ihn Makiko, er war schlank, nicht groß, hatte auffallend gepflegte Fingernägel und ein makellos gebügeltes Hemd. Um sein linkes Handgelenk trug er eine feine, goldene Uhr, deren abgeriebenes Lederband nicht zu seiner sonst so reinen, ordentlichen Kleidung passte. Neben dem Taxameter entdeckte Makiko ein Namensschild: Baruch Avital, darüber ein Foto, das den Fahrer mit seiner Frau, einer winzigen, aber stämmigen Person zeigte. Die beiden standen Arm in Arm vor einer Garage, auf deren Flachdach eine israelische Fahne wehte. Makiko fixierte das Foto, die Größe bzw. Nichtgröße der drallen Frau faszinierte sie: Wäre sie als Japanerin in Israel nicht klein, sondern normal groß? Wenn sie an die Mitglieder des Jerusalemer Orchester dachte, so unterschieden die sich äußerlich nicht sonderlich von einem amerikanischen oder europäischen Orchester. Allerdings war dieses Orchester, wie Gerald ihr erklärt hatte, auch kein Spiegel des ganzen Landes, die ursprünglich aus Europa eingewanderten, aschkenasischen Juden dominierten schon seit Generationen die Orchester Israels, was insofern verständlich war, als die klassische Musik für jene Menschen ein Teil ihrer Kultur, ein Stück ihrer alten Heimat war. Und manchmal das Einzige, das ihre Vorfahren damals hatten mitnehmen können. Das, was auch Rebecka mitgenommen hätte, wenn sie denn gegangen wäre. Doch Rebecka hatte sich anders entschieden, sie war in London geblieben, hatte es, wie Gerald sagte, vorgezogen, den neu gegründeten israelischen Staat »im Geiste« zu begleiten und zu unterstützen. Jahrzehntelang hatte Rebecka mit Spenden den Ausbau der Musikhochschule in Jerusalem gefördert, hatte junge Studenten in ihrem Haus in London aufgenommen, wenn die in der englischen Hauptstadt erste Konzerte gaben. Ihr ganzes Leben lang hatte sich Geralds Großmutter stets auf besondere Weise verantwortlich gefühlt für das israelische Musikleben und diese Verantwortung noch vor ihrem Tod an Gerald weitergegeben. Rebecka war der Grund, warum Gerald sich bereit erklärt hatte, das *Jerusalem Symphony Orchestra* in seine Agentur aufzunehmen, obwohl es eigentlich viel zu weit weg lag, Rebecka war letztendlich der Grund, warum Makiko heute hier spielte.

»Ich weiß, dass du andere Städte vorziehst, dass es ein Gefallen, ein Geschenk von dir an mich wäre«, hatte Gerald sanft gesagt und sich dann, um sie nicht zu bedrängen, von ihr weg, zum Fenster gewandt; eine Geste, in der sich so viel von Geralds Wesen, seine respektvolle Distanz und einfühlsame Zuneigung ausdrückten, all das, was Makiko an ihm liebte.

»Ich gebe das Konzert«, hatte sie geantwortet, sofort, sie brauchte keine Bedenkzeit, wollte es tun, Gerald zuliebe, Rebecka, der geretteten Taste, all dem zuliebe, was Gerald und sie miteinander verband.

Alles, was Gerald und sie miteinander verband... Plötzlich, unerwartet verengte sich ihre Kehle und Makiko spürte, wie Tränen in ihr aufsteigen wollten, hastig hob sie die Hand und drückte ihre Finger fest auf beide Augenlider. Bis jetzt hatte sie nur ein einziges Mal geweint. Zwei Tage, nachdem sie aus der Klinik gekommen war, war ihr beim Sortieren ihrer Noten eine alte, von Gerald geschenkte Ausgabe von Schumanns *Kinderszenen* in die Hände gefallen und hatte bei Makiko einen plötzlichen Druck in der Brust ausgelöst, eine Atemnot, die jedoch, nachdem sie die Noten im Schrank verstaut, am Klavier Platz genommen und ihre

Finger auf die Anfangstöne von Chopins g-Moll Ballade gelegt hatte, wieder verschwunden war.

Die Erinnerung half. Makiko atmete mehrmals tief durch, hielt die Augen geschlossen, bis sie sicher war, den Angriff abgewehrt zu haben, etwas quietschte laut und mit einem Ruck hielt der Wagen. Makiko schnellte vor, öffnete die Augen und sah voller Erstaunen, auf welcher Straße das Taxi zum Stehen gekommen war: Der Boulevard vor der großen, modernen Konzerthalle trug den Namen *Rehov Chopin*! Es war wie ein Zeichen.

Das Konzept stimmte, die Zahlen auch, und der Kopf des Ganzen konnte reden! Meine Herren, dachte Jason beeindruckt, da war gleich vom Menschen in unserem Jahrhundert die Rede, der mit dem technischen Fortschritt dieses Mal zur Natur zurückkehren wird. In den vergangenen zwei Jahrhunderten war technischer Fortschritt, so Amos Sarrot, der Gründer von *Better Place*, oft gleichbedeutend gewesen mit einer Entfremdung von der Natur: der Rausch der Beherrschbarkeit, die Hybris einer Mikroebene mit maximalen Konsequenzen, der Trugschluss unerschöpflicher Quellen… Dieser Trend jedoch kehrte sich jetzt um, grüne Energie, Nachhaltigkeit – das war der Weg unseres Jahrhunderts.

Jason hörte Sarrot zu, der ihn ein wenig an Greenberg erinnerte, und betrachtete derweil die an die Wand des Vortragsraums projizierte Landkarte. Israel war kleiner, als er es in Erinnerung hatte, hatte nicht mal die Größe eines mittelgroßen US-Bundesstaates, doch das Klima war ideal für die majestätisch im Wind rotierenden Räder, die riesigen, schräg in der Sonne liegenden Solarzellpanele, die der Vortragsfilm gezeigt hatte.

»Wir produzieren die Energie, die wir in die Akkus einspeichern, gleich mit!«, verkündete Sarrot und Jason nickte, auch das war etwas, das ihm an dem Projekt gefiel.

Leider war Jason nicht der Einzige, dem Sarrots Vision, dieses potentielle Investment, offensichtlich zusagte, aus den Augenwinkeln heraus sah Jason, wie eine Gruppe älterer Israelis, allesamt mit dicken Bäuchen und grellbunten Krawatten, immer wieder bestätigend mit den Köpfen nickten oder kurze Notizen in ihre Blackberrys tippten. Auch zwei chinesische Herren waren geladen worden, denen man jedoch nichts ansah. Jason dachte kurz an Watanabe und schob den Gedanken gleich wieder weg.

Als Sarrot sie alle nach dem Vortrag hinüber in das zum Trade Tower gehörende Restaurant zum Mittagessen bat, beschloss Jason, den für ihre Gruppe reservierten Saal nicht wieder zu verlassen, ehe er mit Sarrot ein Treffen zu zweit vereinbart hatte. Hier, unter so vielen Augen, ließ sich nichts ernsthaft besprechen, und doch musste er Sarrot so bald wie möglich ein Angebot machen, denn um später für *ASC* die besten Konditionen aushandeln zu können, durfte *GHL* kein kleiner Investor unter vielen sein, *GHL* musste maßgeblich, entscheidungskräftig werden.

Das Essen war zäh, lustlos stocherte Jason in seinem Steak herum, Sarrot saß zu weit weg, lächelte zwar ein paar Mal freundlich zu ihm herüber, kam jedoch erst zum Kaffee, endlich, auf Jasons Seite. Dafür war er dann umso höflicher, *GHL*, das sei eine Ehre, und selbstverständlich der ideale Partner »to go global«.

Jason nickte kurz, fragte, wann sie sich alleine sehen könnten.

»Heute Nachmittag?«

Sarrot schüttelte den Kopf, ohne eine Erklärung. Heute Abend gehe es leider auch nicht, der Vorabend des Sabbat sei seiner Mutter heilig: »Da kommt in unserer Familie keiner drum herum!« Sarrot lachte und zuckte entschuldigend mit den Schultern.

Jason erwiderte knapp, auch er sei heute Abend in Jerusalem beschäftigt.

»Wann fliegen Sie zurück?«, wollte Sarrot wissen.

»Morgen Abend«, antwortete Jason.

Da beugte sich Sarrot vor und sagte leise zu Jason: »Dann lassen Sie uns morgen Vormittag in einem Café in Tel Aviv treffen, ich maile Ihnen die Adresse. Passt Ihnen elf Uhr?«

Jason nickte erleichtert.

Sarrot stand auf, auch er schien sich zu freuen, und setzte grinsend hinzu: »Aber erzählen Sie das nicht meiner Mutter – arbeiten, am Sabbat!«

Jason versprach es.

»Und Sie bringen morgen die Pläne für die Akkuladeplatten mit?«, fragte Jason Sarrot, als dieser ihn nach draußen begleitete.

Sarrot zog seinen Zeigefinger von der Stirn weg nach oben, wie sie es beim Militär tun, und erwiderte: »Wird gemacht.«

»Nach Jerusalem?«, fragte er noch, als er Jason zum Abschied die Hand schüttelte. »Sie treffen Ihren Präsidenten?«

Jason brauchte ein paar Sekunden, um zu verstehen, was Sarrot meinte. Heute Morgen im Flugzeug hatte ihm eine Stewardess erzählt, dass der amerikanische Präsident heute Nachmittag ebenfalls in Jerusalem eintraf.

»Grüßen Sie ihn, wenn Sie ihn sehen!«, fügte Sarrot schmunzelnd hinzu, und Jason versprach auch das.

Als er schließlich alleine draußen in der Hitze auf dem Vorplatz des gläsernen Büroturms stand, fühlte Jason sich ausgelaugt. Der Strand war nah, doch in einem Anzug wie dem seinen eine Utopie. Er suchte die Mail von Mai heraus, die das Konzert heute Abend betraf, seine Karte war bereits bezahlt und auf seinen Namen hinterlegt. Dazu fand Jason eine neue, gerade mal zehn Minuten alte Mail von Mai mit Informationen zu den am Abend gespielten Stücken, »für die Fahrt hinauf nach Jerusalem. Mai Sato«.

Jason lächelte, schrieb: »Danke, Mai – für alles!« zurück und fragte sich erst danach, wie eine Japanerin solch formlose, impulsive Spontaneität aufnehmen würde. Mai wird verstehen, entschied Jason.

Er nahm seinen Rollkoffer in die Hand, hielt Ausschau nach einem Taxi, auf einmal freute er sich auf heute Abend, das Konzert, auf Mais Klavier spielende Cousine.

Es sei unglaublich, rief Rachel in den Hörer, der Park vor der Knesset fülle sich immer mehr mit Menschen, sei schon fast voll, »dabei beginnt der Friedensmarsch erst in einer Stunde!« Luiz hörte die Erregung, Freude in Rachels Stimme, er hörte den Lärm, die Rufe im Hintergrund und fühlte sich auf einmal in seinem engen Büro wie eingesperrt. Er ging zum Fenster, öffnete es und hielt das Telefon dicht an seinen Mund. »Ich komme, sobald ich kann«, rief er, »ich melde mich von unterwegs!« – da tutete es in der Leitung. Die Verbindung war unterbrochen, wahrscheinlich wegen Netzüberlastung.

Ada sah die Fahnen und Transparente zuerst, zwischen den Bäumen im Park, der abgeriegelt war, sämtliche Verkehrsmittel mussten draußen bleiben. Ada parkte ihr Motorrad unweit des Parks in einer Nebenstraße, lief zurück und trat durch die Absperrung. Es roch nach Feuer und Sonnencreme. Auf dem Rasen sitzend, skandierte eine Gruppe Jugendlicher etwas auf Hebräisch, von dem Ada nur *Schalom* verstand, mit jeder Wiederholung wurde ihr Gesang lauter.

In einem Kreis von Musikern entdeckte Ada eine junge, bis auf den Schädel rasierte Frau, deren beringte Finger schnelle, komplizierte Rhythmen auf die Pergamenthaut ihrer Bongo trommelten, in ihren blassen Oberarm war ein vergittertes Fenster eintätowiert. Eine Anspielung auf Jahre, die sie als Armeeverweigerin hinter Gittern verbracht hatte? Auf ihrem Rucksack klebte ein Button: *No chains!*

Ada dachte an Farida, sah die beiden zusammen, in einem Parallelschnitt, zwei Hände, die eine auf der Trommel, die andere auf der Maus, getrennt nur durch den feinen Schnitt in der Bildschirmmitte. Reflexartig klopfte Ada ihren Körper ab, wo war ihre Kamera? Welcher Teufel hatte sie geritten, nach Israel aufzubrechen, ohne ihre Kamera mitzunehmen! Die Bongospielerin bemerkte, dass Ada sie fixierte, sie legte den Kopf schief, hörte nicht auf zu trommeln und schaute Ada herausfordernd an. Wahrscheinlich war sie gaffende Blicke, auch dumme Sprüche gewohnt. Ada besann sich, griff in die Tasche, zog einen ihrer Flyer hervor und legte ihn vor der Frau ins Gras.

»In three weeks«, erklärte Ada, die Premiere ihres Filmes. Hier in Jerusalem.

»About Gaza and Jenin.«

Die junge Frau nickte und ihr Gesicht schien etwas weniger streng, als sie weitertrommelte.

Peace Now or War Forever. – President of Peace or Crime?

Viele Transparente waren auf Englisch, wie für den amerikanischen Präsidenten gemacht. *Quiet nights on both sides!* War das Englisch wirklich nur für ihn, überlegte Ada, oder auch für andere Zuschauer, die kein Hebräisch sprachen, für jene Fernsehkameras, die mit dem Präsidenten eingeflogen waren und die *Peace Now* für sich nutzen wollte? Ada schaute um sich, ob sie bereits hier im Park Kameras oder Tongabeln sah, obwohl anzunehmen war, dass sich die Kameras der Fernsehsender eher vor Beit Hanassi, dem Sitz des israelischen Regierungschefs, positionierten; dort, wo die Demonstranten auf den amerikanischen Präsidenten treffen, ihn abfangen werden, bevor dieser sich mit seinem israelischen Kollegen zum Gespräch zurückziehen wird.

Vorne am Eingang des Parks sah Ada im Schatten eines großen Baumes eine bereits geschulterte Kamera, davor einen Rasen, der sich zunehmend mit Menschen füllte. Was würden die Sender zeigen, wie viel in ihren Abendnachrichten, die ganz sicher vom Besuch des US-Präsidenten berichten würden, auch von den Demonstranten zeigen?

Langsam begab sich Ada zum Haupteingang, zu jenem Tor, von dem aus der Marsch seinen Anfang nehmen sollte.

Die Fenster ihrer Garderobe waren schalldicht. Durch das Glas sah Makiko die Menschen über die Straße ziehen, einer riesigen Schlange gleich, von hinten geschoben, von vorne gezogen. Fahnen und an Stöcken befestigte Transparente ragten wie Segelmasten aus dem bewegten Meer heraus. Makiko sah eine Gruppe Trommler, die sich zu jedem Taktbeginn nach vorne neigten, sie sah in die Höhe schnellende Fäuste, die rhythmisch die Parolen anfeuerten, sah sich drehende Rasseln und aus Händen geformte Schalltrichter – sie sah all den Lärm, ohne ihn zu hören.

Vorsichtig öffnete Makiko das Fenster und die Geräuschflut schwappte ihr entgegen. Skandierende Rufe, Forderungen nach

Frieden. Gerechten Grenzen. Einem Ende der Gewalt. Aus den Stimmen hallten Kraft und eine große Entschlossenheit. Makiko dachte an Fryderyk, damals noch nicht Frédéric Chopin, der, kaum in Paris angekommen, von der Niederschlagung des Aufstands seiner polnischen Landsleute erfahren hatte, von dem blutigen Sieg der russischen Armee, die so dem Versuch der Polen, ihre Souveränität wieder zu erlangen, ein rüdes Ende gesetzt hatte. Chopins Zorn, sein Schmerz und seine Wut mussten irgendwo hin und flossen in seine Etüde in c-Moll, die sogenannte »Revolutionsetüde«. Ein aufgebrachtes Stück. Knappe drei Minuten anklagendes Rasen, dazu ein jähes Ende, das wie ein Fragezeichen in der Luft hängen bleibt. Ein Aufschrei, aufgrund seiner Kürze und Verve als Zugabe beliebt. Sollte sie die Etüde heute Abend spielen? Normalerweise mied Makiko das Stück, es war ihr zu grob und hart, zu vordergründig virtuos und der schroffe Schluss verstörte sie jedes Mal. Aber vielleicht war das gerade die Idee?

Abwarten. Zugaben entschied Makiko stets spontan, das hing vom Publikum, dem Geist des Abends ab.

Jason begann sich zu fragen, in was er da hineingeraten war: Schüler in Doc Martens und Wollstrümpfen bei gefühlten 35 Grad, der Geruch Tausender transpirierender Körper, lauter werdende Parolen, Emphase, die sich selber nährte. Und das alles nur, um dem amerikanischen Präsidenten, »seinem« Präsidenten, zwischen den Köpfen und ausgestreckten Armen ein paar Sekunden lang zuzuwinken, ihm etwas entgegenzubrüllen, wenn er aus seinem Wagen ins Freie treten wird? Jason hatte sich verleiten lassen, von dem Zufall, dass in seinem Hotel auch die Delegation des Präsidenten und zahlreiche amerikanische Journalisten wohnten. »Fahren Sie mit uns?«, hatte einer von ihnen hektisch in der Lobby gefragt, als er hörte, dass Jason am Empfangstisch Englisch sprach. »Unser Bus fährt in fünfzehn Minuten, direkt bis Beit Hanassi!« Beit Hanassi? Das war, wie Jason vorhin im Taxi auf der Karte gesehen hatte, direkt neben der Konzerthalle.

»Gern«, hatte er geantwortet.

Peace Now or War Forever – President of Peace or Crime?

Jason war erstaunt, wie viele Transparente er lesen konnte, als ginge es den Demonstranten gar nicht vorrangig um die heimische Regierung, sondern hauptsächlich um ihn, den amerikanischen Präsidenten, der daheim immer wieder, und teilweise heftigen Widerständen zum Trotz, verkündet hatte, Frieden hier im Nahen Osten, eine schnelle Zwei-Staaten-Lösung sei sein großes Ziel. Das hatten die Trommler und Rassler nicht vergessen, in Blockbuchstaben auf Bettlaken erinnerten sie den Gast an sein Versprechen, zitierten seine jüngste Verurteilung der Luftangriffe auf Gaza, appellierten an das »Recht jedes Menschen auf Gerechtigkeit«.

Jason holte Luft. Und der derart Angerufene selbst? Was wird er angesichts dieser grölenden, fordernden Masse empfinden? Was denken, wenn er sein Foto, vor der amerikanischen Flagge, neben den Bildern anfliegender Kampfflugzeuge sehen wird? Beeindruckte ihn so etwas? Machte es ihn wütend, und wenn ja, auf wen? Jemand schubste Jason, er stolperte nach vorne, fing sich, blickte zurück und sah ein Mädchen im Kapuzenpulli, das entschuldigend die Hand hob. Mit ausgestreckten Armen bewegte Jason sich weiter, durch die mittlerweile stehende, immer dichter werdende Menge, in der alle das Gleiche suchten: einen guten Sichtplatz.

Ein Raunen fuhr durch die Menge, es hieß, der amerikanische Präsident sei bereits unten an der Kurve, in drei Minuten da. Ada reckte den Hals, jemand stieß sie an der Schulter, die sonst so rhythmischen Rufe überschlugen sich und auch das heisere Geschrei des Wahnsinnigen vor ihr wurde wieder lauter: »Niemand verkauft Jerusalem! Uns hat er Jerusalem gegeben!« Ein Schreihals, der sofort ungute Erinnerungen weckte, die Ermordung von Jitzchak Rabin damals auf einer Friedenskundgebung durch einen jüdischen Fundamentalisten. Doch zum Glück, so hatte es bei seinem ersten Ruf blitzartig die Runde gemacht, handelte es sich hier um einen unbewaffneten, eher geltungssüchtigen Mann, der von den Demonstranten gut in Schach zu halten war. Jeder seiner kehligen Schreie provozierte auf Anhieb eine ganze Flut an Antworten: »Land für Frieden!«, »Nein zur Gewalt!«, die den dünnen Ruf des Störenfrieds unter sich begrub, erstickte. Vor Ada wurde getwittert, iPhone-Kameras wurden in die Höhe gehalten und Ada fiel Maha ein, die sich gemeldet, ein Foto geschickt hatte, aus ihrer Widerstandszentrale, mit ausgestrecktem Arm und erhobenem Daumen.

Da kam er. Um die Ecke, in einem dunklen Wagen, einer Kolonne aus blitzendem Stahl und in der Sonne glänzendem Lack. Die zweite der vier Limousinen hielt direkt vor dem ausgerollten Teppich, die Eisentore des präsidialen Anwesens öffneten sich und im Eingang erschien, wie ein Schattenriss, der israelische Premierminister, der offenbar beschlossen hatte, keine Sekunde länger als nötig der lärmenden Menge ins Auge zu sehen.

Männer sprangen herbei und öffneten die Wagentüren, der amerikanische Präsident stieg aus, das Gegröle hob an, er winkte, schaute sich um, winkte weiter. Hielt sich schützend im hellen Licht die Hand vor die Stirn und sein Blick glitt den Menschenauflauf entlang: Die Transparente und Spruchbänder stachen in den Himmel, Parolen türmten sich übereinander – *Peace Now! – Now!*, alles strebte in die Höhe und auch der Präsident streckte seine Arme aus, faltete die Hände über dem Kopf zusammen und nickte ihnen damit zu, als wollte er sagen: Ich bin bei euch! Dann drehte er sich um, lief über den Teppich zum Eingang, begrüßte seinen Gastgeber und verschwand mit ihm in einem dunklen Flur. Die vier Wagen folgten durch das Eisentor, das sich hinter ihnen schnell wieder schloss und jeden weiteren Blick grob abschnitt. Zurück blieben sie, die Demonstranten.

Unruhe kam auf, Ada sah um sich, überall irritierte, einander suchende Gesichter: Und jetzt? Das war alles? So viel Aufregung für ein paar Sekunden? Das war nicht genug, die angestaute Energie musste irgendwohin, die scharrenden Füße und geballten Fäuste… Die Kameras auf dem Hochmast schienen dasselbe zu denken, schwenkten von der Residenz zurück in die Menge, als warteten sie auf etwas.

Makiko stand auf der Bühne und knackte jeden einzelnen ihrer Finger durch. Knackte von der Tiefe in die Höhe, in Klaviertasten gedacht, und wieder zurück. Vor ihr lag der leere Konzertsaal, der bald schon nicht mehr weit und ruhig, sondern warm und gefüllt sein würde. Sie liebte diesen Moment. Wenn jemand noch schnell ein Kabel verlegte oder im Saal das Licht testete, ansonsten jedoch alles still war. So still, dass man den Atem hörte. Jenen Atem, auf den es ankam.

Eine explosive, stickige Enge drohte auszubrechen, da sah Ada, wie jemand vor ihr in der Menge die Hände zu einem Trichter formte und aus vollem Halse rief: »Schalom achschaw!« Frieden jetzt! Ein Ruf, der wie ein Feuer durch die verunsicherte Menge zuckte, auf einmal hoben sie wieder an, die Parolen, lauter noch als vorher. Jetzt erst recht, schienen alle zu denken, dann müssen wir eben durch die verschlossenen Mauern und verpanzerten Fenster schreien! Ada schaute auf in den Himmel, und dachte an Judith. Der Tod ist nicht, nicht mehr sprechen zu können, sondern nicht mehr gehört zu werden. Wer hatte das gesagt?

Die Kameras verfolgten von ihrem Hochmast aus die erneut bewegte Menge und irgendwo weit vor Ada setzte sich der Zug wieder in Bewegung, stellte den inneren Kompass auf das nächste Ziel ein, die Altstadtmauer, in deren Schatten man sich zur Abschiedskundgebung versammeln und später eine Wache halten würde, bis zum Morgengrauen, und dann den morgigen Tag hindurch bis zum Beginn des zweiten Friedensmarsches in Ramallah. Der Gedanke daran machte Adas Knie weich, ihr Kopf schmerzte, sie hatte Durst, wischte sich die schweißbedeckte Stirn, merkte erst jetzt, wie heiß es geworden war.

Wasser. Luiz spürte Feuchtigkeit in seinen Hemdsärmeln, prüfte nach, Schweißflecken, kein Zweifel. Dabei war er noch nicht einmal angekommen, wofür hatte dieses Auto eine Klimaanlage, wenn sie derart schlecht funktionierte! Er hasste es, mit feuchten Achseln herumlaufen zu müssen, dass Menschen noch immer schwitzten, schien ihm wie ein Hohn der Natur. Schwitzen alle Lebewesen?, hatte er sich als kleiner Junge gefragt und den Gedanken sofort auf seine gefiederten Freunde übertragen: Wenn diese im Frühherbst, wie es in den Büchern hieß, aus jenen kälteren Ländern, die ihre Heimat waren und auf die ihr Gefieder ausgerichtet war, gen Süden, nach Afrika zogen, wurde ihnen dann nicht fürchterlich heiß, beim Überfliegen von Syrien, dem Nahen Osten und der Sahara? Dass Vögel nicht schwitzten, sondern in der Lage waren, ihr eigenes Blut zu kühlen, hatte ihn schon damals nachhaltig fasziniert, ihre durch Hecheln erzeugte »innere Ventilation«, die sie mit den Hunden teilten und die noch viel effektiver war als das reine Aufplustern des Gefieders. Vögel trugen ihre Klimaanlage in sich, glichen selbstständig ihre Energie aus, was für ein glorreiches Erzeugnis der Evolution. Luiz setzte den Blinker, ein Grinsen umspielte seine Lippen: War die Evolution immer noch der größte Erfinder? Führte blanke Notwendigkeit, nicht menschliche Neugier oder Gier, immer noch zu den größten Fortschritten?

Ada ruderte seitwärts durch die Menge, spürte den Druck des jetzt wieder kraftvoll nach vorne drängenden Stroms, kämpfte sich weiter und hielt sich mit ihrem Blick an den Bäumen am Straßenrand fest, sie musste zu ihnen, brauchte Schatten und Wasser. Dort angekommen, blickte sie um sich, suchte einen der Straßenhändler, die auf dem Bürgersteig Wasserflaschen aus ihren Kühlboxen verkauften. Wo waren sie plötzlich alle? Hatten die Vorräte nicht ausgereicht, war das Wasser längst ausverkauft und gab es auch keinen Nachschub mehr, in der ganzen Stadt nicht, begann ab jetzt die Dürre, ein großer Durst auf den Hügeln? Die Häuser am Straßenrand versprachen keinen raschen Erfolg, in den Hang gebaute, breite Terrassenhäuser verschlossen sich hinter hohen Mauern und alarmgeschützten Einfahrten, und die wenigen freien Auffahrten führten zu verrammelten Regierungsgebäuden. Das hier war keine Gegend, in der man schnell im Kiosk an der Ecke eine Flasche Wasser kaufen konnte, das hier war Regierungsviertel und luxuriöses Wohngebiet.

Unter der stechenden Sonne machte Ada sich auf den Weg, lief mit schmerzenden Füßen und einer pelzigen Zunge den Bürgersteig entlang, bog an der nächsten Kreuzung hangabwärts in eine Straße ein, auf deren linker Seite ein langgezogenes, gewaltiges Gebäude zumindest Schatten versprach. Ein moderner, nahezu fensterloser Bau aus hellem Stein, dessen geometrische Verspieltheit und plastische Gestalt auffielen, das Gebäude wirkte wie eine riesige, geschliffene Skulptur, die jemand von oben auf die Erde gesetzt hatte.

In seinem Schatten angekommen, sah Ada eine Reihe von Schaukästen, gefüllt mit Plakaten und Spielplänen des *Jerusalem Theatre*. Ein Poster erkannte Ada wieder, das mit der Asiatin im Abendkleid, die dieses Mal keinen Schnurrbart trug. Dafür sah Ada jetzt zum ersten Mal den Gesichtsausdruck der Frau: Die Pianistin schaute knapp an der Kamera vorbei, ins Nirgendwo und doch fokussiert. Augen, die sahen, ohne zu betrachten. Kein sympathischer, ein verschlossener und doch aufgrund seiner Intensität anziehender Blick. Ada schloss die Augen, versuchte sich zu erinnern an das angekündigte Stück, ein Konzert von Chopin, das sie kannte, auch wenn sie vergessen hatte, wie es genau klang. Sie würde es wiedererkennen, mit dem ersten Ton, so war es doch bei Musik. Ada öffnete die Augen, auf einmal bekam sie Lust auf Musik, den Klang eines großen Orchesters, auf stilles Zuhören und leichte Füße.

Sie sah an sich herab, für ein Konzert gekleidet war sie nicht. Würdest du deshalb nicht gehen?, hörte sie Judith ungläubig fragen.

Jason stand unter den Bäumen vor der Konzerthalle und wartete, weil es noch keinen Grund gab, so früh hineinzugehen. Er sah, wie sich der Vorplatz langsam füllte, viele ältere Menschen kamen an, oft Damen, die sich an Stöcken festhielten oder am Arm ihres Mannes. Eine junge Frau mit hochrotem Kopf und einem aufgelösten, blonden Haarknoten schlich näher, schaute ein wenig hilflos um sich und trat an die gläserne Eingangstür. Es war eine dieser Frauen, die attraktiv sein könnten, wenn sie ihren Körper nicht in derart unförmigen Kleidern versteckten, einer weiten Cargohose und einem Oberhemd, in das er selbst gepasst hätte. Solche Kleidung sei, wie ihm einmal ein Mädchen im College mit ebenso viel Herablassung wie deutlichem sexuellen Interesse erklärt hatte, vor allem Statement: »Ich bin ein handelndes Subjekt, kein Objekt. Ich krempele die Ärmel hoch, anstatt mich bewundern zu lassen.«

Jemand rempelte Jason an, entschuldigte sich hastig, auf Englisch, hetzte weiter. Der Mann hielt beim Laufen seine Arme seltsam verkrampft an den Körper gepresst.

»Und?«

Rachel nickte ihm strahlend zu: Über einhunderttausend Demonstranten auf den Straßen Jerusalems! Dazu zahlreiche Interviews, das israelische Nationalradio und mehrere Fernsehsender aus dem In- und Ausland hatten von dem Friedensmarsch berichtet.

»Aaron hat uns in den Nachrichten gesehen und gesagt, der amerikanische Präsident habe prophetisch ausgesehen!«

Luiz streichelte Rachel über ihre wie elektrisiert vom Kopf abstehenden Haare, ihre heißen, nackten Schultern.

Makiko hielt den Atem an, als die Garderobiere den Reißverschluss des Kleides zuzog. Die Korsage war eng, betonte ihre Taille, gab den Armen und Schultern Freiraum und bot gleichzeitig Halt, auch der lange Rock war schmal geschnitten, figurbetonter als alles, was Patrice bislang für sie entworfen hatte. Makiko drehte sich nach links und rechts, spürte die Seide auf ihrer Haut, eng und weich wie streichelnde Hände. Schade, dass Gerald sie nicht sehen konnte. Er wird sie in Spanien sehen, in diesem Kleid, bald.

Auf dem Garderobentisch lag ihr Telefon mit Geralds Nachricht, drei Worte und ein Foto von der Bank im Parc Monceau. Makiko lächelte, nur Gerald und sie sahen das junge Mädchen auf der Bank, mit den gefrorenen Fingern.

Makiko begann, ihre Finger von Neuem durchzuknacken. »Nicht! Warum tust du das?«, hatte die kleine Mai aufgeschrien, verängstigt von dem brechenden Geräusch.

»Ich wecke das Skelett in mir auf«, hatte Makiko geantwortet, »den Geist, der in mir schläft.«

Jason blätterte durch das Programmheft auf der Suche nach einem Bild von Makiko Yukawa, der »reichen Pianistin«, wie ihr Vater gesagt hatte. Das Foto, das er fand, war nichtssagend, abwesend, als hätte sich Yukawas Tochter mit dem Fotografen verkracht und dessen Auftrag, sie zu portraitieren, boykottiert, zudem wies das Bild keinerlei Ähnlichkeit zwischen Vater und Tochter auf. Zumindest keine Verwandtschaft, die Jason erkennen konnte. In seiner Sitzreihe kam Unruhe auf, Jason schaute auf, jemand zwängte sich an den Beinen der bereits sitzenden Zuhörer vorbei – es war die Cargohosenfrau! Voll beladen, mit zwei

Wasserflaschen in der Hand, entschuldigte und bedankte sie sich bei jedem Einzelnen, kam näher und nahm schließlich auf dem leeren Sessel neben Jason Platz. Jason zog seine Schultern ein, als könne er so Raum schaffen. Seine Nachbarin roch nach grellem Tageslicht, der Demonstration und Seife, ihr Haarknoten war neu gebunden, sah jetzt ordentlicher aus als vorhin auf der Straße, und doch wirkte die Frau, die sein Alter haben mochte, immer noch nicht bei sich, aufgelöst, erschöpft. Dunkle Schatten umrahmten ihre Augen, als habe sie letzte Nacht nicht geschlafen.

Zur Ruhe kam sie auch jetzt nicht, kramte ihr iPhone hervor, ein Foto erschien auf dem Bildschirm, ein Mädchen mit Kopftuch – Jason erstarrte. Glaubte, seinen Augen nicht zu trauen: Das Mädchen auf dem Bild sah genauso aus wie Leyla! Leyla trug kein Kopftuch, natürlich, war auch schon etwas älter, und dennoch gab es zwischen den beiden, ihrem Blick, den dunkelbraunen Augen, der feinen, schmalen Nase eine geradezu unheimliche Ähnlichkeit.

Ihr Nachbar beugte sich so tief über ihren Schoß, dass Ada befürchtete, gleich falle er hinein. Was sollte das? Kannte er keine Scham? Wie jemand, dem Umgangsformen fremd waren, sah der Mann nicht aus, eher wie einer von denen, die glaubten, ihnen gehöre die Welt, ihre Neugier dürfe alles in Beschlag nehmen, nur weil sie einen Designeranzug und eine Uhr am Handgelenk trugen, die mindestens ein Pfund wog und zudem auf dem Zifferblatt drei weitere, kleinere Zifferblätter aufwies, von denen jedes wahrscheinlich eine andere Zeitzone anzeigte oder in Mikrosekunden raste. Ein Zeitmesserfetischist, jemand, der sogar die Zeit sehen, beherrschen wollte. Ada tippte auf Investmentbanker, einen dieser Händler, die Geld auf oder gegen die Zukunft setzten.

»Sie waren auf der Demonstration?«

Seine Nachbarin fuhr zusammen, starrte ihn an, als habe Jason sie nach ihren geheimsten Phantasien gefragt.

»Ich war da«, fügte er hinzu.

Ihre Augen wurden schmal wie Schlitze, als glaubte sie ihm nicht.

»Sind Sie Journalist?«

Er schüttelte den Kopf: »Ich bin –«, Jason stockte, sein Blick fiel auf den tarngrünen Rucksack, die abgelaufenen Schuhe der Cargohosenfrau und ihn beschlich das Gefühl, dass er mit seiner Standardantwort, er sei Teil einer Investmentfirma, ihr nicht näherkäme.

»Ich arbeite in der Wirtschaft, war hier für eine Besprechung, es geht um neue Energien.«

Seine Nachbarin lehnte sich zurück, als müsste sie darüber nachdenken.

»Windkraft? Sonnenenergie?«

Jason nickte: »Auch das, als Lieferanten. Wir beschäftigen uns hauptsächlich mit Elektromobilität.«

Ada dachte an die sich im Bau befindende Tankstelle kurz vor der Grenze bei Aschkelon, an der Salim und sie gestern gehalten hatten, sie sah die eingepackten Säulen vor dem Solarfeld und den Windrädern.

»Darf ich fragen, wer die Frau auf dem Foto ist?«

Der Amerikaner deutete auf ihr iPhone, Ada war verwirrt: Wieso wechselte er auf einmal das Thema?

»Ich kenne, kannte eine Iranerin, die dem Mädchen auf dem Bild ähnlich sieht. Sehr ähnlich.«

Dass eine Erklärung seinerseits bei dem skeptischen Blick der Frau vonnöten war, hatte Jason begriffen.

»Ihre Eltern sind damals nach England ausgewandert, sie

selbst lebt schon lange nicht mehr im Iran, nein, sie hat nie dort gelebt, und trotzdem –« Er gab es auf. Die prüfende Strenge dieser Frau brachte ihn ganz aus dem Konzept, das war ja schlimmer als in der Schule!

»Maha kommt aus dem Gazastreifen«, erwiderte sie da plötzlich, deutete auf das Foto und lächelte sogar. »Ihr Vater produziert auch Sonnenenergie.«

»Wirklich?«, gab Jason schnell zurück. »Für wen? Wie genau?«

Seine Nachbarin griff sich in die blonden Haare, als wäre das ein längeres Thema. »Mit Hilfe der UN und eines kleinen Transformators. Damit die Familie wenigstens ausreichend Strom hat, für Licht und den Kühlschrank in ihrem Café, mit dem sie ihr Geld verdienen.« Und den Computer, dachte Ada, obwohl Mahas Computerraum etwas weiter entfernt lag, wahrscheinlich schon außerhalb des Versorgungsgebiets.

»Die Versorgung dort ist nicht zuverlässig?«

Ada schaute auf in das Gesicht des Amerikaners – was für eine Formulierung...

»Der Gazastreifen ist ein Gebiet mit blockierten Grenzen und daher von Treibstofflieferungen aus Israel abhängig. Wenn dort jemand den Hahn abdreht, kann das Ölkraftwerk in Gaza, das die Region mit Strom versorgt, nicht mehr produzieren.« Ada strich sich eine Haarsträhne aus der Stirn. »Zudem zerstören die Luftangriffe jedes Mal auch Teile der Infrastruktur, manches wird monatelang nicht repariert«.

Ihr Nachbar nickte, sein Blick schweifte ab, als gliche er das, was Ada sagte, mit Bildern in seinem Inneren ab.

»Das heißt«, begann er schließlich, »Sie meinen, um dort investieren zu können, großflächig, mit Perspektive, muss man zunächst das Land abtrennen, der israelischen Kontrolle entziehen?«

Ada staunte: »Ja«, sagte sie. »Ganz genau.«

Die Türen des Saales wurden geräuschvoll geschlossen, zum Zeichen, dass es gleich losging, und das Licht abgedimmt.

Rachel setzte sich auf, griff nach Luiz' Hand, er fühlte warmen Schweiß, sie war aufgeregt, wie ein Kind. Luiz wies auf ihr iPhone, das offen in der Tasche lag, Rachel nahm es in die Hand, schaute auf das Display und schaltete es dann aus. Im Zuschauerraum wurde es dunkler und auf der Bühne entstand um den Flügel herum ein Lichtkegel.

Die Musiker auf den Fluren nickten ihr aufmunternd zu, auf ihren Gesichtern lachte fröhliche Gelassenheit, sie kamen erst zum zweiten Stück auf das Podium. Der Inspizient auf der Seitenbühne hob, als er Makiko sah, den Daumen, alles war bereit.

Ihre Finger waren feuchter, ihr Herz schlug schneller noch als sonst, zügig ging Makiko in den Applaus hinein, spürte beim Laufen die Seide auf ihrer Hüfte, am Po, und verbeugte sich, ihre Hände auf den Oberschenkeln gefaltet. Jason staunte, das war nicht die Welt Mai Satos, Mais demutsvoll gesenkten Blicks. Das war eine Frau, die auftrat und sich kleidete wie eine Europäerin, die es vermochte, die Aufmerksamkeit Hunderter Menschen auf sich zu ziehen, die ihre Sinnlichkeit nicht versteckte, anmutig und doch bestimmt das Klavier ansteuerte.

Mit dem ersten Ton löste sich die Spannung, fanden die Finger zurück in eine Welt, in der ein Ton den nächsten hervorbringt, in der die Finger – nein, die Musik weiß, wie es weitergeht. Aus der Tiefe erhebt sich eine Stimme, sucht, hält inne, klopft an. Sucht weiter, Ada folgt ihr, durch den Saal streift ihr Blick, streift die Hand einer dunkelblonden Frau, die beim nächsten, klopfenden

Akkord sanft den Arm ihres Nachbarn drückt, der dreht den Kopf, die beiden sehen sich an, als kennten sie sich noch nicht lange.

Ausbrechen, wachsen, um sich schauen, festigen, Wiederholung ist Vergewisserung. Vergewisserung oder Stagnation, der langsame Tod, das Klavier weiß das, der Doppelschlag, zunehmend laut, zunehmend heftig, bricht in Ada den Traum auf von der Frau, die sich auszieht, erst ihr Kleid, die Unterwäsche und Ohrringe, dann die Haut, sie wird abgezogen, aufgerollt, die Adern fädeln sich auf ins Herz, alles zieht ins Herz, das pocht, sich aufbläht, prall wird wie ein Ball, ein Rad, Riesenrad, bis schließlich alles Herz ist, schwer pulsierend, dunkel... Da reißt eine helle, aus der Höhe perlende Kaskade Ada zurück ins Licht, den Saal mit den vielen Gesichtern, die alle gebannt in die gleiche Richtung schauen, sogar ihr amerikanischer Nachbar beugt sich, als die Kaskade ihre Mündung erreicht und zischend aufschäumt, nach vorne – beeindruckt von der Virtuosität, der Energie, die aus den Fingern von Mais Cousine strömt. Ihr Rücken ein sehniger Stamm, lehnt sich ins Klavier hinein, alles fließt in die Finger, die greifen in die Tasten und produzieren mehr als physische Schwingung, mehr auch als Musik, das ist gestaltete Kraft, ein Triumph des Willens! Ein aufflatternder Vogelschwarm! Luiz sieht weiße Vögel. Warum ausgerechnet weiße Vögel, hatte er Rachel gefragt: Warum weiße Tauben, diese herrischen Streithälse, als Symbol für Frieden? Rachels zartwissender Blick, als sie antwortete: Weil sie so leicht abzuschießen sind, weil ihr Weiß sie verrät, die Tauben schutzlos macht am blauen Himmel, sie ausliefert, jenen, die die Macht in ihren Händen halten... Rachel blickt zu ihm, streicht mit ihrer Hand über sein Handgelenk, seine Gedanken kann sie nicht lesen, wohl aber spüren, dass er bei ihr, mit ihr hier ist, in der Musik, die ihn heute Abend nicht kalt lässt.

Wahrscheinlich liegt das auch an der Pianistin, es fesselt ihn, mit welch verwegener Kühnheit sie in die Tasten hämmert, ihr Innerstes nach Außen kehrt, rückhaltlos und ohne Angst.

Ihr Spiel ist makellos, klar geführt, präzise und dabei frei, freier noch als sonst. Makiko spürt Glück, es tut gut, das Tempo, der Strom in den Adern ist geweckt, wieder da die überscharfe Wachheit, die Wärme der vielen Atem im Nacken, der sich aufheizende Saal. Alles ist richtig, natürlich erklimmt sie auch die schweren Läufe mit Schwung, eine Spitze jagt die nächste, bohrt sich höher, hebt die Kuppel des Saals, gibt den Blick frei auf den Himmel über der Stadt... Maha morgen unter welchem Himmel... mit Hanson die Karte Gazas anschauen... die ersten Vogelschwärme von Norden... Rebeckas Lächeln, ihre Hand fest um das Stück Holz gelegt... auf der Bank im Park... ein Rauschen... durchdringendes Rauschen... darin ein Pochen... Schlagen... sein Herzschlag... Klang.